Kapitel

»Dad? Brauchst du noch was von hier unten?«

»Was?«

»Was?«, äffte ich ihn nach. Furchtbar! Dad wollte partout nicht einsehen, dass ab einem gewissen Alter Hörgeräte einfach Pflicht waren. Vielleicht sollte es dafür ein Gesetz geben. Am besten eines, das zu den Grundrechten eines jeden Menschen zählt. Paragraf Irgendwas: Jedes Kind sollte das Recht haben, seine Eltern ab dem vierzigsten Lebensjahr mit einem Hörgerät ausstatten zu lassen – auch gegen ihren Willen.

»Ob du noch was von hier unten brauchst!«, brüllte ich so laut ich konnte zurück. Der genervte Unterton in meiner Stimme war nicht zu überhören.

»Nein ... nein, ich glaube nicht, Liebes.«

»Sicher?«

»Sicher!«

Ich stapelte die leeren Holzkisten in einer Ecke des Kellers und ging die Treppe zum Laden hinauf. Raus aus unserem furchtbaren Keller – welcher zu allem Überfluss auch noch ein absolut typisches Exemplar war, so wie man es sich vorstellte, oder vielmehr *befürchtete*: alt, muffig, feucht, mit jeder Menge gruseliger, ekelerregender Spinnen und den dazugehörigen unvermeidlichen Spinnennetzen an den Wänden und in den Ecken. Man war einfach dazu bestimmt, mit dem Kopf voran in eins hineinzulaufen, um sich das Netz dann gleich wieder angewidert aus dem Gesicht zu kratzen. Wobei man natürlich mehrmals nachfassen musste, um auch die feinsten Spinnenfäden zu erwischen.

Ich war ja wirklich ein naturverbundener Typ und liebte für gewöhnlich alles, was dazugehörte. Insbesondere Tiere – bis auf Spinnen natürlich. Miniausgaben von flauschigen Cockerspaniels, die sich kleine Hundebetten in die Zimmerecken bauten, waren doch viel cooler als diese Ekelviecher!

Außerdem fragte ich mich immer, ob die Leute meinem Dad das Obst und Gemüse auch noch abkaufen würden, wenn sie wüssten, *wo* der ganze Kram gelagert wurde. Er war ja der Meinung, dass es dafür kein besseres als ein kalt-feuchtes Klima geben könnte. Doch in Anbetracht dieser furchteinflößenden Krabbler, die sich davon geradezu magisch angezogen fühlten, war ich mir da nicht so sicher.

Vermutlich war der ganze Gemüseladen sowieso nur ein Vorwand, damit Dad hier unten unbemerkt eine gefährliche Spinnenkolonie züchten konnte, um mit ihr später die Weltherrschaft an sich zu reißen. Wie bei dem Zeichentrickfilm »Pinky und der Brain«. Nur, dass mein Vater irgendwie Pinky und Brain in einer Person war. Zumindest nach meinem Dafürhalten ...

Der Laden von meinem Dad, oder »Fruity-Fred«, wie ihn alle nannten, war bis auf einen überschaubaren Getränkeladen und eine Bar das einzige Geschäft, in dem man hier in Greenwood, einem Städtchen in Mississippi, etwas käuflich erwerben konnte. Aber mehr brauchte unser kleiner, verschlafener Ort auch nicht. Vermutlich hielt uns der Laden deswegen halbwegs über Wasser.

Ich fühlte mich ziemlich wohl hier, eine Großstadtpflanze war ich ohnehin nicht. Mit überfüllten Läden, Lärm und Hektik verbreitenden Großstadtmenschen konnte ich einfach nichts anfangen. Aber die Natur, die mochte ich! Und das dorfähnliche Idyll mit den wunderschönen Wäldern, die unsere kleine Stadt umgaben, würde ich um nichts auf der Welt eintauschen wollen.

Nach gefühlten hundert Stufen war ich wieder im Laden. Dad musterte mich.

»Was ist?!«, blaffte ich ihn missgelaunt an. Er sah so aus, als wenn er jetzt doch noch etwas aus dem Keller benötigen würde.

»Ähm ... Emma, Liebes, ich seh grad, die Pink Ladys sind alle. Würdest du deinem alten Herrn noch welche raufholen?«

Oh Mann! Mein Dad war ja so was von berechenbar!

»Mach ich«, knurrte ich und drehte mich auf dem Absatz um, um wieder in das »Grabgewölbe« hinabzusteigen.

War ja klar ... Immer, wenn ich aus dem Keller kam, fiel Dad wieder irgendetwas ein, was er noch von unten brauchte. Unser Highscore an Mehrfachgängen lag derzeit bei fünf. Ich wartete jetzt schon auf den Tag, an dem Dad diese Zahl toppen und mich sechsmal – oder noch öfter hintereinander in den Keller schicken würde. Auch, wenn er es selbst auf seine eigene Schusseligkeit zurückführte, hatte ich das Gefühl, dass er das manchmal absichtlich tat. Zumindest konnte er nicht leugnen, wenigstens ab und zu seinen Spaß daran zu haben.

Ich schnappte mir eine der Apfelkisten und machte mich auf den Weg zurück in den Laden. Ich schnaufte, als ich die Treppe ein zweites Mal hochstieg. Sie war zwar nicht besonders lang (nicht mehr als zwanzig Stufen, oder so), aber ich war leider auch der Inbegriff der Unsportlichkeit. Jemand, der noch unsportlicher schien als ich, konnte eigentlich nur tot sein.

Auf der Hälfte der Treppe hörte ich das leise Bimmeln der Türglocke, die verkündete, dass Besucher den Laden betraten.

Oh nein ... Hoffentlich waren es keine bekannten Leute. *Bitte, bitte mach, dass es fremde Leute sind!*

Ich hatte keine Lust auf irgendwelche Omas und Opas, die mir in die Backe kniffen, mir sagten, wie groß ich geworden sei und wie nett sie es von mir fänden, dass ich meinem Vater half. Und schon gar nicht wollte ich irgendwelchen Klassenkameraden hier begegnen.

Die meisten von ihnen wussten zwar sowieso, dass ich nachmittags bei meinem Dad aushalf, aber sie mussten ja nicht ständig daran erinnert werden. Ich wurde schließlich schon genug gehänselt. Aber so war das eben, wenn man nachmittags arbeiten musste, anstatt sich wie die anderen nach der Schule treffen zu können. Wobei ich das nie als schlimm empfunden hatte.

Klar, die Arbeit war zum Kotzen, aber meine Klassenkameraden trafen sich meistens eh nur zum Rauchen oder um ein paar Bier plattzumachen. Bier schmeckte mir ohnehin nicht, und hätte mir jemand einen dieser Stinkstängel angeboten, hätte ich ebenfalls abgelehnt. Ob ich nun blöd angemacht wurde, weil meine Eltern nicht so viel Geld hatten und ich im

Laden aushelfen musste, oder weil ich weder Bier trank noch rauchte, war ja letztendlich auch egal ...

Vorsichtig stieg ich die restlichen Stufen nach oben und linste durch den schmalen Gang in den Laden hinein: Ein großer, gut aussehender Junge stand vor dem Verkaufstresen und unterhielt sich angeregt mit meinem Dad. Ob er sich verirrt hatte? Er sah zumindest nicht so aus, als wollte er etwas kaufen.

Schnell schlüpfte ich in die Mitarbeitertoilette, stellte die Kiste ab und zupfte geschickt ein paar Strähnen aus meinem Zopf heraus. Wer auch immer das sein mochte, er sollte mich nicht mit meinem üblichen, langweiligen Pferdeschwanz sehen, den ich meistens so streng nach hinten gebunden hatte, dass er mein komplettes Gesicht straffte. Nicht, dass ich es nötig gehabt hätte, aber meine glatten braunen Haare hingen sowieso immer wie durchgegarte Spaghetti an meinem Kopf herunter. Die Haare zu einem Pferdeschwanz zusammenzubinden war daher die schnellste Frisur, die ich morgens vor der Schule zaubern konnte. Auch wenn meine Mutter immer sagte, damit sähe ich aus wie meine eigene Oma. Selbst schuld, schließlich hatte sie mir auch den altmodischen Namen meiner Großmutter verpasst. Wer außer mir hieß denn schon *Emma*?

Sollten Dana oder Amilia, oder wie sie alle hießen, ruhig morgens um fünf Uhr aufstehen, damit sie gestylt wie Topmodels in der Schule ankamen. Ich schlief dafür lieber länger. Und auch, wenn ich schon immer groß und schlank gewesen war und dazu nicht unbedingt hässlich, wenn man so etwas überhaupt von sich selbst sagen durfte, bildete ich mir nichts darauf ein. An mir gab es nichts Besonderes ... Oder doch, Moment! Zählten negative Eigenschaften auch dazu? Wenn ja, waren meine Haare etwas Besonderes. Etwas *ganz* Besonderes sogar! Ich kannte keinen Menschen, dessen Haare ständig so schlapp am Kopf herunterhingen, wie meine. Selbst wenn ich frisch aus der Dusche kam, meine Kopfhaut danach mit Lockenwicklern perforierte und so viel Haarspray benutzte, dass ich womöglich allein für das Ozonloch hätte verantwortlich sein können: zehn Minuten, und meine Haare waren wieder so gerade wie ein Highway ...

»Emma? Hast du die Äpfel?«

Ich griff nach der Kiste und betrat den Verkaufsraum.

»Das ist meine Tochter Emma«, stellte Dad mich vor.

»Hey, ich bin Liam!« Ein charmantes Lächeln entblößte eine Reihe makelloser weißer Zähne, und der Junge reichte mir die Hand.

Ich stellte die Holzkiste auf dem Boden ab, ergriff Liams Hand und hauchte ein unsicheres »Hey« zurück.

Liam hatte einen festen Händedruck. Das würde Dad gefallen! Seine Hände waren groß und sahen stark aus, doch seine Haut war seidenweich und warm.

Schnell entzog ich ihm meine kalte, schweißnasse Hand und rieb sie an meiner ausgefransten Jeans trocken. Zu meinem Bedauern hatte ich immer kalte Hände. Hinzu kam, dass sie auch noch ständig schweißnass wurden, sobald ich etwas aufgeregt war.

»T'schuldigung. Sind klebrig – von den Äpfeln«, log ich schnell, doch Liam sah nicht sehr überzeugt aus und musterte mich mit einer hochgezogenen Augenbraue.

»Liams Familie ist gestern in die Nähe der Fields gezogen. Er wollte sich erkundigen, ob wir vielleicht eine Aushilfskraft suchen. Tüchtiger Junge, nicht wahr?«

In die Nähe der Fields? Dann wohnte er ja nur ein paar Häuserblocks weiter. Ich wusste nicht wieso, doch ein kleiner Freudenschauer durchfuhr mich, während Liam mich lässig angrinste. Ich überhörte nicht, wie mein Vater die Worte *erkundigen* und *Aushilfskraft* betonte. Anscheinend hatte Liam sie verwendet und Dad schien ganz angetan von seiner vornehmen Ausdrucksweise zu sein.

»Ich hab mir gedacht, dass er dich ein bisschen ablösen könnte. Dann brauchst du nicht jeden Tag zu helfen und könntest stattdessen mehr für die Schule tun.«

»Dad, ich ...«

Doch er ließ mich nicht aussprechen: »Kein Aber ... deine Note heute in Mathe spricht doch wieder für sich. War mal wieder haarscharf!«

»Dad …« Ich hatte keine Chance, zu Wort zu kommen.

»Wenn du so weitermachst, wirst du noch als arbeitslose Pennerin in der Gosse enden und dich aus Mülleimern ernähren.«

»Dad!« Prima. Musste er mich ausgerechnet jetzt darauf aufmerksam machen? Auf den Auslöser meiner ganzen hundsmiserablen Laune heute? Und dann auch noch vor fremden Leuten?

Mathe war einfach nicht mein Ding. Sozusagen das berühmte Buch mit sieben Siegeln – zumindest für mich … Ich hatte drei Wochen am Stück gelernt und gedacht, ich hätte es endlich kapiert. Doch nachdem auf meiner Arbeit nun ein dickes rotes D mit einem Minus so lang wie von hier bis nach Australien prangte, verließ mich jegliche Hoffnung, irgendwann hinter die Logik der Mathematik zu steigen. Emma und Logik … Anscheinend waren das zwei Dinge, die sich gegenseitig ausschlossen. So wie ein Magnet mit zwei gleichen Seiten – wobei das irgendwie noch realistischer erschien …

Eigentlich war das mit dem Minus ja nicht üblich, doch mein überaus netter und zuvorkommender Lehrer wollte mich wohl ganz dezent darauf hinweisen, wie knapp meine ohnehin schon schlechte Note dieses Mal wieder gewesen war. Und obwohl ich ansonsten richtig gut in der Schule war, blieb Mathe einfach ein Arschloch, dessen Freund ich in diesem Leben nicht mehr werden konnte. Damit hatte ich mich im Gegensatz zu meinem Vater schon längst abgefunden.

Liam grinste jetzt noch mehr. Seine Brust bewegte sich etwas schneller auf und ab – zu schnell für eine normale Atmung, und obwohl er keinen Ton von sich gab, war ich mir sicher, dass er mich auslachte.

»Na toll … herzlichen Dank, Dad«, murmelte ich und senkte verschämt den Blick.

»Ich bin ganz gut in Mathe. Ich könnte dir Nachhilfe geben.«

Entsetzt blickte ich Liam an, der mir munter zuzwinkerte. Wie peinlich war das denn bitte? Würde ich jemals von einer Demütigung, die sich mir bot, verschont bleiben?

»Nicht nur höflich, sondern auch noch schlau«, lobte mein Dad. »Was hältst du davon, Emma?«

»Auf gar keinen Fall ...«, nuschelte ich und merkte, wie meine Wangen heiß wurden. Eigentlich hatte ich das so leise sagen wollen, dass Liam es nicht hören konnte, doch jetzt schien er wirklich Schwierigkeiten zu haben, sein Lachen zu unterdrücken. Womöglich war es mir aber auch lauter herausgerutscht als beabsichtigt. Egal – ich würde jedenfalls unter keinen Umständen bei diesem Typen Nachhilfe nehmen. Da konnte kommen, was wollte!

»Na ja, du kannst es dir ja noch überlegen. Liam werden wir ab jetzt öfter hier sehen. Vorausgesetzt, du möchtest hier anfangen?« Dad blickte Liam mit seinem freudestrahlenden Verkaufswunderlächeln an. So nannte ich es zumindest immer, wenn er über beide Backen strahlte. Und das tat er meistens, wenn er einem Kunden besonders viel aufzuschwatzen versuchte.

»Ich würde mich freuen, Mr Forsyth«, antwortete Liam höflich und reichte meinem Vater die Hand.

»Guter Händedruck, Liam!«, freute sich Dad.

Argh! Ich wusste es! Obwohl es nicht beabsichtigt war, entfuhr mir ein tiefer Seufzer.

»Räumst du bitte die Äpfel beiseite? Und zeigst Liam dann alles?«

Ich nickte und bückte mich, um die Apfelkiste aufzuheben, doch Liam war schneller.

»Warte, ich helf dir. Die ist doch sicher schwer ...«

Und wie schwer sie war!

Liam jedoch riss die Kiste in die Höhe, als wäre sie nur mit Federn gefüllt und ich sah, wie sich unter den hochgekrempelten Hemdsärmeln die Muskeln seiner Arme spannten. Leider hatte mein Gehirn Liams Hilfsangebot noch nicht registriert und ich bückte mich weiter nach vorne, sodass wir mit den Köpfen zusammenstießen.

»Aua ...«, jammerte ich und rieb mir die Stirn. Warum musste immer mir so etwas passieren?

»Sieht wohl so aus, als hätte doch ich den Holzkopf von uns beiden ...« Liam schenkte mir ein derart atemberaubendes Lächeln, dass mein Herz sofort ins Stocken geriet, und blickte mir dabei verschmitzt in die Augen. Mein Gejammer schien ihn offensichtlich zu amüsieren.

Ich korrigierte mich. Er war nicht nur gut aussehend. Er war *überaus* gut aussehend. Um genau zu sein, war er der schönste Junge, den ich in meinem ganzen Leben gesehen hatte. Seine schwarzbraunen Augen waren tiefgründig und funkelten wild, und sein dunkles, kurzes, zerzaustes Haar lud geradewegs dazu ein, darin herumzuwühlen, als wäre man Dagobert Duck in seinem Geldspeicher. Von seinem V-förmigen Oberkörper fing ich lieber gar nicht erst an ...

»Klar erkannt ...«, zischte ich, entsetzt darüber, welche merkwürdigen Gefühle er in mir auslöste.

Ich rieb mir weiter die Stirn, während Liam mir mit der Kiste folgte.

Nachdem wir die Äpfel verstaut hatten, erklärte ich ihm, wie welche Obst- und Gemüsesorten hießen. Ich hatte eigentlich vor, ihn ein bisschen zu ärgern und fragte immer wieder nach den seltensten und schwierigsten Exemplaren, doch zu meinem Ärger wusste er jedes Mal die korrekte Antwort.

»Klugscheißer ...«, brummte ich und resignierte.

Liam grinste breit. »Wir sehen uns dann am Montag in der Schule!«, verabschiedete er sich und verschwand durch die Ladentür.

Gedankenverloren starrte ich ihm hinterher.

»Toller Typ, oder?« Dad hatte sich von hinten an mich herangeschlichen, ohne dass ich es bemerkt hatte und ich zuckte erschrocken zusammen.

»Ganz okay, glaub ich ...«, antwortete ich so neutral wie möglich. Ich musste ihm ja nicht gleich auf die Nase binden, dass ich ihn mindestens genauso toll fand wie er.

Mein Dad musterte mich argwöhnisch. Ihm schien nicht entgangen zu sein, dass mir Liams gutes Aussehen aufgefallen war, er sagte aber nichts dazu. Ich in Verbindung mit Jungs? Glücklicherweise keins von Dads Lieblingsthemen.

2. Kapitel

Montagmorgen stand ich früher auf als sonst und zwang mich unter die Dusche. Normalerweise tat ich das immer abends vorm Zubettgehen, doch diesmal wollte ich vor der Schule duschen. Ich redete mir ein, dass ich einfach mal etwas Neues ausprobieren wollte und es absolut nichts mit Liam zu tun hatte, den ich heute wiedersehen würde.

Eigentlich lief mir meine Mom in der Frühe selten vor die Füße. Sie arbeitete als Köchin und musste grundsätzlich zu den Zeiten, zu denen ich zu Hause war, arbeiten.

»Morgen Mäuschen, du bist schon wach?!« Ihr Mund blieb von der Frage offen, dazu ein hübsch-entsetzter Gesichtsausdruck. Nett!

»Ähm ... ja? Wollte duschen.«

»Morgens?!« Meine Mutter schien aus allen Wolken zu fallen.

»Ist das so ungewöhnlich?«, pampte ich sie an, in der Hoffnung, sie würde das Gespräch fallenlassen. Auch wenn ich mich ausnahmsweise früh aus dem Bett geschält hatte, hieß das noch lange nicht, dass meine Morgenmuffeligkeit liegengeblieben war.

Mein Plan funktionierte.

»Eigentlich schon«, antwortete Mom immer noch etwas verwundert, ging dann aber zurück ins Schlafzimmer, um sich anzuziehen.

»Ist bestimmt wegen dem neuen Jungen«, hörte ich Dad sagen.

»Welcher neue Junge?«

Das hatte definitiv das Interesse meiner Mutter geweckt. Sie hoffte ja schon lange – ungefähr seit ich aus den Windeln raus war – dass ich mir endlich einen Freund suchen würde, doch mangels vernünftiger Auswahl hatte ich bis dato immer dankend darauf verzichtet.

»Liam – ein überaus höflicher, gut aussehender junger Mann, der neu in unsere Nachbarschaft gezogen ist.«

Ich konnte es zwar nicht sehen, doch ich konnte mir bildlich vorstellen, wie meine Mom jetzt strahlte.

»Wurde ja auch langsam Zeit, dass sie sich für Jungs interessiert. Als ich sechszehn war ...«

»Daran erinnerst du dich noch? Ist ja 'ne Ewigkeit her!«, neckte mein Vater sie.

Ja! Gut so, Dad! Verpass ihr einen Dämpfer, dann bleibt uns der Rest erspart!

»Na ja, jedenfalls dachte ich schon, unsere Tochter sei eine asexuelle Amöbe und würde noch zwischen deinem ollen Gemüse verschimmeln.«

Ich biss die Zähne zusammen. Konnte meine Mutter nicht ein einziges Mal zwischen den Dingen unterscheiden, die gesagt werden durften und denen, die man höflichkeitshalber lieber nur denken sollte? Bekam so etwas nicht schon jedes kleine Kind beigebracht?

»Jetzt lass sie doch ... Sei froh, dass es erst jetzt anfängt und sie uns nicht schon früher einen Idioten nach dem anderen mit nach Hause geschleppt hat ...«

»An denen hätte sie aber wenigstens üben können ...«

In Bezug auf Sexualität war meine Mutter schrecklich. Wenn aus irgendeinem Grund das Thema aufgegriffen wurde – und damit meine ich ganz sicher nicht freiwillig von mir – übertrat sie sämtliche Grenzen, die es gab. Mir wurde nichts sachlich geschildert – ohhh nein! Ich wurde mit vulgären Aussagen regelrecht bombardiert, die mich noch Wochen später allein nur bei dem Gedanken daran erröten ließen.

Bevor die beiden das Thema noch weiter vertiefen konnten und mich womöglich noch mit einbezogen, schlüpfte ich schnell unter die Dusche und ließ mir heißes Wasser über den Körper rieseln. Das tat gut ... Ich seufzte laut.

Dann klopfte es an der Tür.

»Schatz? Kann ich reinkommen? Oder tust du gerade etwas Unanständiges?« Ich hörte sie kichern.

Keuchend schnappte ich nach Luft. So etwas konnte nur von Ava kommen. Ich dachte bewusst *Ava*, nicht Mutter. Irgendetwas schien – nein, musste –

damals im Krankenhaus schiefgelaufen sein. Ich gehörte bestimmt zu einer wohlgesitteten Familie. Sie hatten mich einfach nur vertauscht ...

»Was ist jetzt? – Fertig? Oder noch fünf Minuten?« Wieder dieses Kichern: »Ih ih ih.«

Meine Mutter hätte hervorragend die böse Hexe in einem Horrorfilm spielen können. Zumindest wäre es schon mal nicht notwendig gewesen, ihre Lache zu vertonen.

»Komm rein!«, zischte ich genervt. Nachdem ich das Shampoo und das Duschgel abgewaschen hatte, trat ich aus der Dusche und rubbelte mich trocken.

»Da unten solltest du dich jetzt immer besonders gut waschen.« Sie blinzelte auf die Stelle, wo sich normalerweise der Reißverschluss der Hose befand.

»Mom ...«, stöhnte ich. Steckte ich heute Morgen nicht schon tief genug in Peinlichkeiten und Demütigungen? Wollte sie mich auch noch darin ersticken?

»Wirklich ... man weiß nie, wann es soweit ist.«

»Mom!« Noch ein Wort und ich müsste ihr das Handtuch in den Mund stopfen.

»Papa hat einen Gemüseladen. Kein Fischgeschäft. Die Ausrede fällt somit flach.«

»Dad! Mom ist wieder so ... SCHRECKLICH!« Mein Hilfeschrei sollte eigentlich meinen Vater dazuholen. Er war mir gegenüber in solchen Dingen viel zu verklemmt und das Gespräch wäre sehr schnell beendet gewesen. Doch leider erstarb mein Hilferuf unter dem lauten Summen von Moms Föhn. So blieb mir nur noch die Flucht aus dem Badezimmer.

Ich wusste ja, dass meine Mutter nur witzig sein wollte und das alles nicht ernst gemeint war. Aber gerade frühmorgens, wenn ich sowieso noch zu müde für alles war und dann auch noch in die Schule musste, konnte ich nicht so tun, als würde ich ihren Humor teilen.

Ich rubbelte meine Haare so gut es ging mit dem Handtuch trocken, zog mich an und band das braune Wirrwarr duttähnlich hinter dem Kopf zusammen. Auch wenn überall Haarsträhnen heraushingen und der Haarknoten eher kläglich aussah: Ein Pferdeschwanz war heute ausgeschlossen. Nicht, weil ich Liam dieser langweiligen Frisur nicht schon wieder aussetzen wollte, sondern weil meine Haare so lang waren, dass in kurzer Zeit mein ganzes Shirt nass geworden wäre – zumindest redete ich mir das ein.

Ganz passabel, dachte ich, und meine grünen Augen betrachteten mich zufrieden im Spiegel.

Als ich runter in die Küche ging, war meine Mutter zum Glück schon weg. Noch mehr gute Ratschläge hätte ich heute Morgen auch nicht ertragen.

Schnell löffelte ich noch eine Schale Schokomüsli und machte mich dann auf den Weg zur Schule. Mein Fußweg dauerte eine halbe Stunde.

Ob Liam auch schon unterwegs war? Verstohlen blickte ich mich um. Und wenn schon, konnte mir das nicht egal sein? Ich ging doch schließlich jeden Morgen allein zur Schule. Trotzdem erwischte ich mich dabei, wie ich mich immer wieder umdrehte. Anscheinend war es mir nicht *ganz* egal. Aber zum größten Teil ... Ja, zum größten Teil. Ganz sicher.

Auf dem Schulhof angekommen, sah ich Liam bereits – umringt von einer Heerschar an Mädchen.

Ein Gefühl von Aggression machte sich in mir breit, gepaart mit ein klein wenig Verzweiflung. Normal würde man das wohl als Eifersucht bezeichnen. Dieses Gefühl kannte ich noch gut aus Kindertagen, wenn meine bescheuerte Cousine zu Besuch kam und grundsätzlich mit dem spielen wollte, was ich gerade in Händen hielt. Meine Mutter bevorzugte sie dann immer und ich musste mein Spielzeug hergeben. Allerdings war dieses Gefühl hier schlimmer. Andererseits ... man konnte doch nur eifersüchtig werden, wenn andere etwas wegnahmen, was einem gehörte, oder? Gehörte Liam mir? Nein. Aber ich hatte ihn zuerst gesehen! Gab mir das irgendeinen Anspruch auf ihn?

»Irgendwie schon!«, brüllte mein Herz, doch mein Verstand sagte schlicht: »Nein«.

Wollte ich denn überhaupt einen Anspruch haben? Schließlich schien er sich geradezu in der Aufmerksamkeit zu suhlen, die ihm heute Morgen zuteil wurde. Dieser selbstgefällige, kleine Wurm ... Und wie er sich ständig verlegen ins Genick fasste und dann auch noch ununterbrochen so dämlich grinste. Oh Mann ... Er sah wirklich hinreißend in seiner verwaschenen Jeans aus! Sein weißes Hemd hing an einer Seite lässig aus der Hose, war an den Ärmeln hochgekrempelt und oben leicht aufgeknöpft, wodurch man seine muskulöse Brust erahnen konnte. Ich erinnerte mich an den Anblick von gestern, wie sich seine leicht gebräunte Haut über seinen starken Bizeps spannte, als er die Kiste mit den Äpfeln hochhob.

Schnell senkte ich meinen Blick und ging in großem Bogen an ihm vorbei. Hoffentlich sah er mich nicht. Wenn die anderen jetzt aufmerksam wurden, spotteten sie bestimmt über mich, um sich vor ihm zu profilieren. Das würde mir gerade noch fehlen. Doch ich hatte Glück. Keiner schenkte mir Beachtung.

Was bildete ich mir überhaupt ein, dass jemand wie Liam auf mich aufmerksam werden konnte. Manchmal war ich ein echter Einfaltspinsel. Ich schmunzelte, als mir dieses Wort einfiel. Dad benutzte es zu gern.

Im Klassenraum angekommen, ging ich zielstrebig auf meinen Tisch zu. Die Betonung liegt hier auf *meinen Tisch*, denn ich saß allein. Das lag jedoch nicht nur daran, dass ich nachmittags die Aushilfe für meinen Dad spielen musste. Nein. Ich hatte auch einfach ganz andere Interessen als meine Mitschüler. Während die meisten das »Partymachen« für sich entdeckt hatten, konnte ich mich stundenlang in unseren Garten setzen, meinen Zeichenblock hervorholen und malen, was sich mir bot. Egal ob Blumen, Schmetterlinge oder der Nachbarshund ... Alles war bereits in meinem Block verewigt und ich stellte erfreut fest, dass ich von Mal zu Mal besser wurde. Vor allem die Aquarelle, mit deren Farben ich anfangs noch einige Schwierigkeiten hatte, wurden zunehmend professioneller und ich liebte es, die wunderschönen Farbtöne, in die sich zum Beispiel ein Schmetterling kleidete, zu Papier zu bringen.

An dem Tisch neben mir saßen ein Junge, Edwin, und ein Mädchen, Roswitha. Sie waren ähnlich unbeliebt wie ich. Jedoch waren sie meiner Meinung nach auch nicht ganz unschuldig daran. Ständig liefen sie in schwarzen Mänteln herum, auch wenn es draußen noch so heiß war, und der Junge schien ein merkwürdiges Faible für Make-up zu haben. Weiße Haut und schwarz umrandete Augen hätte ich sofort klischeemäßig in die Gothicszene gesteckt, doch als ich ihn einmal darauf ansprach, wehrte er sich mit Händen und Füßen dagegen.

Manchmal unterhielten wir drei uns ein bisschen, doch das kam eher selten vor, da ich immer den Eindruck hatte, dass sie lieber für sich blieben. Aber das war okay.

Ich warf meinen Rucksack auf die Tischseite, die ich nicht benötigte, und wartete darauf, dass der Unterricht anfing – wie jeden Morgen. Langsam füllte sich das Klassenzimmer, doch ich konnte Liam nicht entdecken. Vermutlich war er einer anderen Klasse zugeteilt worden. Ich wusste ja noch nicht einmal, wie alt er überhaupt war. Vielleicht war er sogar eine Stufe unter mir? Nein, eher unwahrscheinlich. Jünger als ich sah er bestimmt nicht aus. Aber älter? Das konnte gut sein.

Alle Aufregung völlig umsonst. Irgendwie erleichtert ließ ich meinen Kopf auf die Tischplatte sinken und schloss noch einmal kurz die Augen. Ich war noch recht müde, hatte ich mich doch heute Morgen – so unnütz – früh aus dem Bett gewälzt. Ich lächelte darüber. Wie albern von mir …

Mr Pickel, unser Lehrer, betrat den Raum und das Getuschel verstummte.

»Guten Morgen«, sagte er höflich und wartete darauf, dass die Klasse ihm antwortete. Selbstverständlich machten wir das brav. Die einen mehr, die anderen weniger schnell.

Mr Pickel nickte zufrieden und wandte sich erneut an uns: »Bevor wir heute mit dem Unterricht anfangen, möchte ich euch euren neuen Mitschüler vorstellen.«

Ich hob aufmerksam den Kopf von der Tischplatte. Liam kam doch in meine Klasse? Mein Herz begann zu klopfen. Schnell scannte ich das Klassenzimmer nach einem freien Platz ab, auf den er sich folglich setzen musste. Zu früh gefreut! Dana, Amilias beste Freundin, schien heute nicht da zu sein, sodass neben ihr der Platz frei war. Liam würde sich bestimmt dorthin setzen. Neben die wunderschöne Amilia, die bereits so fraulich und erwachsen aussah, als wäre sie mindestens fünfundzwanzig Jahre alt. Es versetzte mir einen kleinen Stich in der Herzgegend.

Als Liam das Klassenzimmer betrat, bat Mr Pickel ihn, sich kurz vorzustellen. Liam wandte sich zur Klasse und ich lauschte seiner männlichen Stimme.

»Hey, ich bin Liam Hunter, komme aus Northville bei den Blackstone Hills und bin vor kurzem siebzehn geworden.« Bingo! Ich würde erst in einem halben Jahr siebzehn werden. Das passte ja schon mal zu meiner altmodischen Vorstellung, dass der Mann älter als die Frau sein muss. Ich grinste schelmisch.

»Du darfst dich dann setzen«, ordnete Mr Pickel an. »Such dir einen freien Platz aus.«

Wie auf Kommando rückte Amilia den Stuhl neben sich zurecht, warf ihre langen blonden Locken zurück und blickte Liam mit einem verführerischen Lächeln an. Miese Schlampe! Meine Augen verengten sich ungewollt zu Schlitzen, doch zu meiner Überraschung beachtete er sie gar nicht.

»Hi, Emma«, begrüßte er mich herzlich, »kann ich mich neben dich setzen?«

Wortlos und verdattert darüber, dass er Amilia hatte abblitzen lassen, zog ich für ihn den Stuhl zurück und sammelte meine Tasche ein. Ich war so perplex, dass ich noch nicht einmal fähig war, zu antworten.

»Ich hab dich schon auf dem Schulhof vermisst. Hast du gut geschlafen?«

Ich nickte wortlos. Er hatte mich vermisst ... Auch wenn es nicht ganz dem Sinn entsprach, den dieses Wort bereithielt, freute ich mich darüber. Mein Herz machte einen kleinen Hüpfer. Liam starrte mich derweil erwartungsvoll an und ich blickte fasziniert in seine fast schwarzen Augen, die von dichten, dunklen Wimpern umrahmt wurden.

»Und? Gut geschlafen?«, fragte er noch einmal.

Ach so ... ich sollte etwas sagen.

»Ähm, ja. Du auch?«

Er nickte.

»Wolltest du dich nicht lieber zu Amilia setzen?« Jetzt, nachdem er saß, konnte ich ja ruhig gönnerhaft sein.

»Wer ist Amilia?«

Schon wieder ein kleiner Hüpfer, der von meinem Herz ausging. War sie ihm tatsächlich nicht aufgefallen? Ich konnte es nicht glauben. Amilia wurde von ausnahmslos ALLEN Kerlen angehimmelt. Sollte Liam tatsächlich immun gegen sie sein? Gegen sie und ihre langen blonden Locken, mit denen sie sich medusenartig reihenweise die Kerle angelte? Oder lag es daran, dass er sich, da er noch neu war, nicht auf so viele Sachen gleichzeitig konzentrieren konnte? Wahrscheinlich eher das Letztere. Amilia würde schon noch ihre Krallen in ihm versenken ... oder hatte sie womöglich gar kein Interesse? Hatte sie ihm nur aus Höflichkeit den Stuhl angeboten? Ich betrachtete Amilia, die uns ebenfalls aus den Augenwinkeln beobachtete. Nein ... das stimmte definitiv nicht. Erstens tat Amilia nie etwas aus reiner Höflichkeit, wenn sie daraus keinen eigenen Nutzen ziehen konnte, und zweitens hatte sie Interesse. Das sah selbst ein Blinder mit Krückstock. Und dass Liam sie vorhin verschmäht hatte, schien das alles noch zu verstärken. Gäbe es eine Skala von eins bis zehn, mit der man ihr Interesse an Liam messen könnte, läge sie bestimmt bei einer Billion oder so.

Es klingelte. Nachdem wir die Stunde fast schweigend nebeneinander verbracht hatten, stand ich auf und ging wie gewohnt auf den Pausenhof. Dort setzte ich mich auf ein paar Palisaden, die das spärliche Grünzeug einrahmten, und packte mein Pausenbrot aus. Ich hatte nicht erwartet, dass Liam mir folgen würde, doch plötzlich setzte er sich neben mich.

»Ähm ... ich hoffe, ich nerve nicht. Aber es ist schön, wenn man schon jemanden kennt.«

Wieder ein kleines Lächeln. Konnte er nicht mal damit aufhören? Mir wurde ganz warm ums Herz.

Liam griff in seine Tasche und holte ebenfalls sein Pausenbrot hervor. Ein Brötchen, welches dick mit Mett bestrichen war. Ungläubig starrte ich erst ihn an, dann das Mettbrötchen. Wie es wohl aussehen würde, wenn sich zwischen seinen gepflegten Zähnen lauter Mettreste befanden? Ich schüttelte mich bei dem Gedanken, doch ... würde mich das wirklich stören? Nein ... wahrscheinlich nicht ... Selbst, wenn er dazu noch Zwiebeln aß (was mein Vater bei Mettbrötchen immer tat) und danach wie ein alter Ziegenbock roch, wäre mir das egal.

Liam sah mich an und verfolgte meinen Blick zu seinem Mettbrötchen.

»Willst du mal beißen?«

Hä? Was wollte ich?

»Ganz werd ich es dir nicht geben. Ich hab Megakohldampf! Aber ich würde dich beißen lassen.«

Wieder dieses charmante Lächeln. Mein Gott! Wenn er mich so ansah, brachte mich das total aus der Fassung.

»Ähm ... nein, ich mag Mett nicht besonders ...«, antwortete ich zögerlich und verzog angewidert das Gesicht. Wie konnte man nur rohes Fleisch essen?! Ich war zwar keine richtige Vegetarierin, aber man konnte schon sagen, dass ich bevorzugt fleischlose Gerichte aß.

»Echt nicht? Magst du keine Tiere?«

Sein Grinsen wurde plötzlich frech, während ich ihn verwirrt ansah. Wie makaber war das denn jetzt bitte?!

»Doch, natürlich. Und genau deswegen sehe ich auch davon ab, sie zu verspeisen«, antwortete ich empört, doch Liam lachte nur.

»Das ist ein Argument. Welches ist denn dein Lieblingstier?«, fragte er interessiert.

»Ich glaube, es sind Hunde. Oder Pferde? Oder Hunde und Pferde? Ich weiß es nicht. An Hunden mag ich ihre Treue. An Pferden die wunderschöne Eleganz und Kraft, die sie verkörpern.«

Liam nickte verhalten. »Also eher Haustiere?«

»Ich weiß nicht, ob ein Pferd zur Kategorie ›Haus‹-Tier zählt, aber wenn dem so ist, dann vermutlich schon. Wobei man das so auch nicht sagen kann. Ich mag alle Tiere. Jedes ist für sich einzigartig und besonders.«

Ich lächelte leicht und er nickte wieder.

»Was ist denn dein Lieblingstier?«, fragte ich neugierig.

»Meins?« Nachdenklich sah er mich an, dann begann er schallend zu lachen. »Mein Lieblingstier ist Steak!« Wie zur Bekräftigung biss er herzhaft in sein Brötchen.

Obwohl ich seine in meinen Augen eventuell etwas gestörte Liebe zu Fleisch nicht teilte, musste ich grinsen und biss ebenfalls in mein Brot – dankbar darüber, kein rohes Fleisch darauf zu haben.

Ich bemerkte gar nicht, dass ich mein Essen bald wieder eingestellt hatte, um Liam dabei zu beobachten, wie er das Brötchen förmlich herunterschlang, bis er mich mit einem lächelnden »Was denn?« darauf aufmerksam machte.

Verschämt senkte ich den Blick.

»Ähm ...« Ich sollte mir schnell etwas überlegen, was mich nicht wie einen kompletten Volltrottel dastehen ließ, doch wollte mir in dem Moment einfach nichts einfallen.

Glücklicherweise begann Liam das Gespräch von neuem.

»Warum sitzt du hier eigentlich alleine in der Pause herum und bist nicht bei den anderen?«

Mein Mund klappte hörbar zu. Mööp! Falsche Frage!

»Ich ... äh ... ich bleib lieber für mich. Ich kann mit anderen ... äh ... nicht so viel anfangen, weißt du?«

Oh Emma! Natürlich wusste er das nicht. Jemand wie er konnte sich wahrscheinlich nicht einmal eine Cola holen, ohne dabei von einem Schwarm Frauen begleitet zu werden.

Ungläubig zog er eine Augenbraue nach oben. Seinen Gesichtsausdruck konnte ich jetzt nicht wirklich deuten. Er sah irgendwie skeptisch aus. Aber auch ein bisschen ... na ja, vielleicht eingeschnappt?

Ich überlegte, was ich soeben gesagt hatte: *Ich bleib lieber für mich. Ich kann mit den anderen nicht so viel anfangen.* Oh nein! Jetzt hielt er mich bestimmt für eingebildet. Die arrogante Emma, die mit den anderen nichts zu tun haben wollte. Dabei war es doch eigentlich umgekehrt. Wie konnte ich nur so leichtfertig einfach irgendetwas dahinplappern? Wie konnte ich nur immer so unüberlegt sein? Darf ich vorstellen? Ms. Fettnäpfchen, Emma Fettnäpfchen ...

Da begann Liam schon wieder frech zu Grinsen.

»Tja ... da hast du jetzt aber Pech gehabt. Ich sitz ganz gut auf meinem neuen Platz.«

Gedanklich schlug ich mir mit der flachen Hand gegen die Stirn. Von dieser Seite hatte ich es gar nicht betrachtet. Ich hatte ihm soeben durch die Blume gesagt, dass ich keinen Wert auf Gesellschaft legte. Mir wurde heiß, als ich merkte, dass es ihn – zumindest so, wie ich es gesagt hatte – mit einschloss. So ein Unsinn! Er musste doch wissen, dass das absoluter Schwachsinn war. Oder nicht?!

»So ... so war das nicht gemeint ...«, stotterte ich los, doch sein Grinsen wurde immer breiter. Ich musste mich wohl oder übel geschlagen geben. Egal, was ich jetzt noch sagte, alles würde sich nach einem kläglichen Rettungsversuch anhören. Also lächelte ich gequält zurück.

Die Pausenglocke läutete wieder.

»Sollen wir?«, fragte Liam.

Schwungvoll stand er auf und reichte mir seine warme Hand zum Aufstehen. Ich legte meine nur zu gern hinein. Nein, ich wollte nur nicht unhöflich sein und sie ablehnen. Das war alles.

In der Klasse zog Liam mir meinen Stuhl zurück, sodass ich mich setzen konnte. Dann ließ er sich selbst sanft auf seinen Stuhl gleiten. Jetzt hatten wir Mathe. Ich stöhnte. Mein absolutes Lieblingsfach.

Mr Morrison betrat die Klasse und begrüßte uns.

»Ah, sieh an. Sie müssen wohl unser neuer Schüler sein«, sagte er zu Liam, welcher mit einem kurzen Kopfnicken zustimmte.

»Ich habe gesehen, dass Sie Mathematik in ihrer vorherigen Schule zum Schwerpunkt gewählt und mit der Bestnote abgeschlossen haben.«

Mr Morrison nickte Liam anerkennend zu.

Auch das noch! Ich saß neben einem unheimlich gut aussehenden, charmanten Mathe-Genie. Etwas Unpassenderes an meiner Seite konnte es wohl nicht geben ...

»Vielleicht haben Sie ja die Güte, Liam, unserer Emma diesbezüglich ein wenig auf die Sprünge zu helfen. Sie ist mit Abstand die schlechteste

Schülerin, die ich in meiner zwanzigjährigen Laufbahn als Lehrer bisher hatte.«

»Mr Morrison!«, warf ich bestürzt ein, und Liam begann laut zu lachen.

»Sehr gerne helfe ich ihr!«, gluckste er und grinste mich dermaßen unverschämt an, dass es mir schwerfiel, meine Hand im Zaum zu halten, und sie nicht mit einem lauten Scheppern auf seine Backe krachen zu lassen.

Beleidigt schob ich die Unterlippe vor, stützte meine Ellenbogen auf den Tisch und legte meinen Kopf in die Hände. So ein eingebildeter Schnösel! Selbst Einstein hatte nur eine Vier in Mathe gehabt und da er als einer der klügsten Köpfe unserer Zeit galt, schien dieses Fach doch eindeutig überwertet zu sein.

Der Rest des Unterrichts verlief ohne irgendwelche Zwischenfälle. Ich starrte stur zur Tafel und beobachtete Liam immer mal wieder aus den Augenwinkeln heraus. Er würdigte mich jedoch keines Blickes. Wahrscheinlich ärgerte er sich gerade, dass er sich neben so eine dumme Nuss wie mich gesetzt hatte, wo er doch neben Amilia hätte sitzen können.

Endlich erlöste mich das Klingeln der Schulglocke. Schnell stopfte ich Bücher und Hefte in meine Tasche und ging eiligen Schrittes zur Tür.

»Hey ... warte doch mal!«, rief Liam.

Zuerst wollte ich mich umdrehen, doch er konnte unmöglich mich meinen. Warum auch? Wir hatten die ganzen Schulstunden nebeneinandergesessen und keinen Muff miteinander geredet, doch plötzlich griff mir eine starke Hand auf die Schulter und drückte leicht zu.

»Hey ... dich meine ich!«

Sein Daumen berührte dabei sanft meinen Hals und ein kleiner Schauer ließ mich erzittern.

»Sollen wir nicht zusammen gehen?«

Ich nickte, unfähig irgendetwas zu sagen und wieder durchfuhr mich ein leichter Schauer. Diesmal aber aus Freude. Liam wollte mit mir zusammen nach Hause gehen ...

»Heute trete ich ja meinen Dienst bei euch an ...«

Diese Aussage traf mich wie ein kalter Waschlappen ins Gesicht. Das hatte ich ja völlig vergessen! Er hatte einen Aushilfsjob bei meinem Dad angenommen. Natürlich war er jetzt besonders freundlich zu mir – mein Dad war sein Chef! Und natürlich wollte er mit mir zusammen heimgehen – er musste schließlich arbeiten!

Geknickt über meine Erkenntnis machte ich mich mit Liam auf den Heimweg.

3. Kapitel

Mein Vater begrüßte uns schon von weitem.

»Du bist aber früh dran, Liam«, strahlte Dad ihn an. »Sehr lobenswert.«

Liam grüßte zurück und zwinkerte mir zu.

Bei seinem frechen Grinsen, in Kombination mit diesem kecken Zwinkern, wurde mir ganz heiß, und obwohl Liam eigentlich von meinem Vater eingestellt worden war, damit ich mehr Freizeit hatte, würde ich vermutlich genauso viel Zeit im Laden verbringen wie vorher. Wenn nicht sogar mehr ... Jedenfalls wollte ich versuchen, in Liams Nähe zu sein, wann immer es möglich war. Er schien so ganz anders zu sein als die Jungen, die ich bis dato kannte. Nicht, dass irgendein Junge aus der Schule jemals wirklich meine Aufmerksamkeit erregt hätte, doch ich sah, wie sie sich untereinander verhielten. Ständig knufften und verspotteten sie sich, warfen sich Beleidigungen an den Kopf und lachten sich gegenseitig aus, wenn jemandem von ihnen etwas Unangenehmes passierte. Falls das für sie Freundschaft bedeutete, wollte ich lieber kein Freund von ihnen sein.

Liam ging bereits in den Laden, während ich die Treppe hinaufschoss und mein Schulzeug in die Ecke pfefferte. Schnell warf ich einen prüfenden Blick in den Spiegel, bevor ich mindestens genauso schnell wieder herunterlief.

Merkwürdig. Früher hatte mich mein Spiegelbild nie interessiert, doch vermutlich gehörte das zu den Dingen, die sich im Alter änderten. Meine Mutter prophezeite mir laufend mehrere dieser wundersamen Wandlungen und die dazugehörigen Gespräche waren mindestens genauso schrecklich wie ihre Aufklärungsversuche.

Sie begann dann immer mit Worten wie: »Emma, wenn aus einem Kind eine Frau wird ...«

Sobald dieser Satz über ihre Lippen kam, verdrückte sich mein Vater vor den Fernseher oder versteckte sein Gesicht hinter einer Zeitung, und ich konnte zusehen, wie ich diese Peinlichkeit ertrug.

Schließlich folgte nach dieser Einleitung immer ein Thema, über das man mit seinen Eltern eher weniger gern redete, wie beispielsweise die erste Periode, Geschlechtsverkehr oder die damit womöglich einhergehenden Geschlechtskrankheiten.

Bis jetzt hatte ich jedoch weder etwas mit Geschlechtsverkehr noch mit den dazugehörigen Krankheiten zu schaffen gehabt. Trotzdem meinte meine Mutter wohl, es könne nicht schaden, mich ausführlich und vor allem laut darüber zu informieren. Egal, ob wir gerade beim Einkaufen waren und die Verkäuferinnen schon fragend zu uns herüberschauten oder ob wir auswärts aßen und mein Dad mit einem knallroten Kopf am Tisch saß, der jeder Ampel Konkurrenz machen konnte.

Ich stand auf der letzten Treppenstufe und atmete noch einmal tief durch. Liam sollte bloß nicht denken, ich hätte mich seinetwegen so beeilt.

»Hast du's eilig?«, fragte Dad, während er aus dem Verkaufsraum kam, der direkt in unseren Flur mündete.

»Äh ... nein, wieso?«

»Du siehst so ... gehetzt aus?«

Mein Dad war wirklich nicht der Feinfühligste, aber irgendwie hatte er immer ein Gespür dafür, mich ausgerechnet in den Momenten zu erwischen, die ich ihm lieber verheimlicht hätte. Glücklicherweise war er genauso gutgläubig.

»Das bildest du dir nur ein«, log ich, obwohl meine gezwungen ruhige Atmung überhaupt nicht zu meinem rasenden Puls passte.

Betont langsam setze ich mich in Richtung Verkaufsraum in Bewegung.

»Hatte ich Liam nicht eingestellt, damit er dir etwas Arbeit abnimmt?«, begann er erneut.

Ich blickte über die Schulter und überlegte schnell. Glücklicherweise fiel mir sogar etwas ein, was sich auch noch ganz passabel anhörte.

»Ja, schon. Aber solange er neu ist, helfe ich ihm, sich zurechtzufinden.«

Dad nickte kritisch. Ich wusste nicht, ob er mir die Geschichte abkaufte. Es sah nicht wirklich danach aus, aber er schien es zu akzeptieren, denn er sagte nichts mehr dazu. Ich hätte auch nicht gewusst, ob ich noch einmal so schnell eine passende Ausrede parat gehabt hätte. Schlagfertigkeit gehörte nicht zu meinen hervorstechenden Eigenschaften.

Liam war bereits dabei, das frisch gelieferte Obst aus dem Keller heraufzutragen.

Vergnügt schlüpfte ich in den Verkaufsraum und ging hinter die Theke. Ich tat so, als würde ich das Geld in der Kasse zählen, doch in Wahrheit hatte ich nur Augen für ihn. Ich beobachtete, wie er unermüdlich eine Kiste nach der anderen aus dem Keller holte und wunderte mich gleichzeitig, warum er nicht müde wurde. Ich stand bereits nach zwei Kisten kurz vorm Exitus, aber die wievielte schleppte Liam gerade herauf? Die fünfte oder sechste? Kein Wunder, dass er solche muskulösen Oberarme hatte. Das hier schien er eindeutig öfter zu machen.

Mein Dad kam um die Ecke und verscheuchte mich von meinem Platz.

»Geh in den Keller und hilf Liam mit dem Obst«, kommandierte er.

»Geh in den Keller und hilf Liam mit dem Obst«, ätzte ich.

Doch ich gehorchte und trabte die Kellertreppe hinunter, während Liam oben die Kisten ausräumte. Glücklicherweise hatte mein Vater den Befehl so laut gegeben, dass Liam ihn gehört haben musste. Nicht, dass er noch auf den absurden Gedanken kam, ich würde ihm hinterherlaufen … Pfff!

Vor der letzten Bananenkiste ging ich in die Hocke, um sie besser anheben zu können. Diese Dinger waren wirklich verdammt schwer. Kaum zu glauben, dass Liam sie so mühelos tragen konnte. Hau ruck! Ich riss die Kiste mit aller Kraft in die Höhe und meine dünnen Arme zitterten vor Anstrengung. Naja, so sparte ich mir wenigstens den Gang ins Fitnessstudio. Bei Liam zumindest sah man ja, dass auch Kistenschleppen diesbezüglich hilfreich sein konnte.

Ich ging einen Schritt zurück und stolperte, da mich das schwere Teil komplett aus dem Gleichgewicht brachte. Ohne, dass ich es wollte, taumelte ich zurück – und stieß gegen etwas Hartes, aber gleichzeitig Warmes und Weiches. Ein »Uff« entfuhr meinen Lippen, als die Luft aus meinen Lungen gepresst wurde. Der Aufprall gegen eine Steinmauer hätte nicht härter sein können. Gegen was war ich da nur gelaufen?

Nachdem ich wieder halbwegs festen Stand unter meinen Füßen hatte, drehte ich mich um und schaute direkt in Liams dunkle Augen. Erschrocken darüber, dass er so plötzlich hinter mir stand, machte ich einen Schritt in die entgegengesetzte Richtung und fiel dabei über meine eigenen Füße.

»Hiergeblieben!«, lachte Liam, umfasste blitzschnell meine Taille und zog mich nahe an sich heran. Mit der anderen Hand fing er derweil die schwere Kiste ab und ließ sie langsam zu Boden gleiten – so, als wäre sie nur aus Luft.

Meine Hand lag auf seinem Oberarm und fühlte die Wärme, die von seinem Körper ausging, seine wunderbar weiche Haut und die darunterliegenden stahlharten Muskeln.

Ich merkte, wie er unter meiner Berührung erschauerte. Oje – war ihm das etwa unangenehm? Prüfend schaute ich ihn an. Nein, er sah nicht so aus. Vermutlich lag es an meinen Eisgriffeln. Ich hatte immer kalte Hände. Als ob ich tot wäre ... Das war echt lästig!

»Ich hatte dich gar nicht kommen hören«, stammelte ich, doch Liam schaute mich nur belustigt an.

»Wärst du dann nicht gestolpert?« Ein leichtes Grinsen umspielte seine Mundwinkel.

Ich wusste, dass ich völlig hilflos in seinem Arm lag. Wahrscheinlich stand zu allem Übel noch mein Mund offen, so als wäre ich geistesgestört. Doch ich konnte nichts dagegen tun. Seine Ausstrahlung war so überwältigend, dass mir einfach die Luft wegblieb. Selbst der Ozean konnte nicht mehr Tiefe besitzen, als der Ausdruck seiner Augen.

Viel zu schnell ließ er mich wieder los, doch die Intensität seines Blickes hatte ausgereicht, um mir begreiflich zu machen, dass Liam wirklich ein unglaublicher Junge war.

Verlegen schlug ich die Augen nieder.

»Danke«, murmelte ich und entschuldigte mich. »Ich weiß auch nicht, warum die blöden Kisten heute so schwer sind.«

»Das liegt daran, dass ich sie ein bisschen umbefüllt habe, um nicht so oft laufen zu müssen. Du kennst doch sicher das Sprichwort ›Ein fauler Esel schleppt sich auf einmal tot‹?«

Er grinste und auch ich musste lächeln. Das hätte glatt von mir sein können und wenn ich kräftiger gewesen wäre, hätte ich sicherlich auch schon zu solchen Methoden gegriffen.

Ich wollte die Kiste wieder hochheben, doch da hatte Liam sie schon an sich gerissen. »Keine Sorge. Ich mach das schon«, sagte er und schritt elegant die Treppe hinauf.

Immer noch etwas benommen von seiner Berührung, schlich ich hinter ihm her.

Oben angekommen, trat mein Vater uns ungeduldig entgegen.

»Wo wart ihr denn so lange?«, fragte er vorwurfsvoll.

»Die restlichen Bananen holen«, entgegnete ihm Liam gelassen, doch ich wurde knallrot.

Mein Dad blickte zwischen mir und Liam hin und her. Hätte er nur ihn gesehen, wäre das eine normale Frage mit einer normalen Antwort gewesen, doch meine leuchtende Gesichtsfarbe verriet uns – oder zumindest mich. Dessen war ich mir ziemlich sicher.

Mein Dad musterte mich, doch ich wand mich schnell ab und begann, die Bananen von der Kiste auf den Verkaufstisch zu legen. Ich hätte schwören können, er grinste in sich hinein. Aber was gab es denn da so dämlich zu grinsen?

Ärgerlich über meine nicht vorhandene Privatsphäre und meine leichte Durchschaubarkeit – vor allem wenn ich log, mich daraufhin ertappt fühlte oder mich so bis auf die Knochen blamiert hatte –, grapschte ich eine Banane nach der anderen und knallte sie auf den Tresen.

Ich war mir sicher, Dad würde morgen sämtliche Bananen aussortieren müssen, da sie bestimmt von oben bis unten mit Druckstellen übersät sein würden, nachdem ich meinen Gewaltakt beendet hatte. Doch das war mir egal.

Die nächste Banane platzte unter meinem zu festen Griff auf und noch bevor ich Dads strafenden Gesichtsausdruck sah, seufzte ich resigniert und verließ den Verkaufsraum.

»Ich muss Hausaufgaben machen ...«, verabschiedete ich mich dabei und ging hinauf in mein Zimmer, wo ich mich aufs Bett warf und ein Buch von meinem Nachtischschränkchen nahm.

Gedankenverloren blätterte ich darin herum, während ich mir mit der anderen Hand die zermatschte Banane, die ich vor lauter Ärger mitgenommen hatte, in den Mund schob.

Ich hatte das Gefühl, gerade erst mit dem Lesen begonnen zu haben, als es an meiner Tür klopfte. Zu meiner Überraschung stellte ich jedoch fest, dass es bereits nach halb sieben war und es gleich Essen geben würde.

»Mäuschen?« Es war Dad, der vor meiner Tür stand.

»Hab keinen Hunger!«, blaffte ich ihn an und las unbeirrt weiter.

»Emma, Liebes? Komm herunter. Ich fände es unhöflich, wenn du unseren Gast alleine am Tisch sitzen lassen würdest.«

Da wurde ich hellhörig. Unseren Gast? Ich überlegte. Hatte ich irgendeinen Geburtstag vergessen? Nein, unmöglich! Schreckliche Verwandtengeburtstage bereiteten mir schon immer tagelang vorher Bauchschmerzen. Absolut unvorstellbar, dass ich so einen vergessen hätte. Was sollte das also für ein Gast sein?

Neugierig öffnete ich die Zimmertür und blickte meinen Vater fragend an.

»Wir haben Liam zum Essen eingeladen, nachdem er deine Aufgaben miterledigt hat. Wirklich schnell, der Junge ...«

Schlagartig meldete sich mein schlechtes Gewissen, weil ich Liam mit der ganzen Arbeit alleingelassen hatte, doch ich ließ es schnell wieder verstummen. Dad schien echt beeindruckt zu sein. – Moment, was hatte er da eben gesagt? *Sie* hatten Liam zum Essen eingeladen?

»Und Mom?«, fragte ich vorsichtig.

»Die kocht ...«

Diesmal schlug ich mir nicht nur gedanklich an die Stirn. Hoffentlich würde sie sich am Riemen reißen. Aber das war genauso wahrscheinlich, wie als würde man versuchen, Wasser bei 200 °C im Ofen gefrieren zu lassen.

Dad schaute mich eindringlich an. Anscheinend sprach mein Blick Bände. *Bände?* Er füllte wohl eher ganze Bibliotheken.

»Ich habe mit deiner Ma geredet. Sie will sich benehmen.« Er zwinkerte mir zu und sah vergnügt aus, während ich einen eher zweifelnden Laut von mir gab.

»In fünf Minuten ...«, sagte er, bevor er sich umdrehte und die Treppe hinunterging.

Hektisch sprang ich auf und hechtete vor den Spiegel. Nichts, was noch in fünf Minuten zu retten wäre, lautete mein vernichtendes Urteil. Ich schob mir die Strähnen, die mir aus dem Zopf gefallen waren, hinter die Ohren und ging langsam die Treppe hinunter.

Unten duftete es köstlich.

»Hi!«, begrüßte ich Liam, der bereits am Tisch saß und sich mit meinem Vater unterhielt, während ich versuchte, so locker und lässig wie möglich zu klingen.

»Hi!«, grüßte Liam zurück und schenkte mir ein kurzes Lächeln. Dann widmete er sich wieder meinem Vater. Sie schienen sich über Politik zu unterhalten.

Ich seufzte. Das war Dads Lieblingsthema. Mit Sicherheit würde ich keine Gelegenheit erwischen, selbst mit Liam zu reden – und so war es dann auch.

Dad quatschte ununterbrochen über die Versprechungen, die uns die Parteien machten, und welche dann nicht eingehalten wurden. Er echauffierte sich darüber, dass alle Politiker ohnehin nur Lügner seien und es ihr einziges Ziel sei, den armen Bürgern das Geld aus der Tasche zu ziehen.

Selbst Mom kam bei so viel Engagement nicht zu Wort, und das wollte schon etwas heißen.

Ich bewunderte Liam. Wie konnte er sich das Gelaber anhören und dabei auch noch interessiert aussehen? Vor allem, wie schaffte er es, immer zu den richtigen Zeitpunkten ein »Ja«, »Nein« oder »Seh ich genauso« einzuwerfen?

Meine Mutter stellte die Töpfe auf den Tisch und verteilte das Essen. Es gab Steaks mit Kartoffeln, Erbsen und Möhren.

»Für mich bitte nur das Fleisch«, sagte Liam höflich, als meine Mutter ihm das Gemüse auf den Teller schaufeln wollte.

»Oh, magst du das Gemüse nicht?« Meine Mutter sah leicht bekümmert darüber aus, dass sie etwas gekocht hatte, was Liam nicht schmeckte.

»Ähm ... es geht nicht speziell um dieses Gemüse. Ich esse Gemüse generell nicht sooo gerne.« Liam lächelte sie an und das entschädigte einfach für alles.

Eigentlich hatte meine Mutter etwas gegen mäkelige Esser, doch auch sie schien gegen seinen Charme nicht gefeit zu sein.

»So ist's recht. Die jungen Herren wollen lieber Fleisch. Kann's dir nicht verdenken, Liam. In deinem Alter war ich genauso. Emma dagegen ist ein Spickser, der braucht man damit nicht zu kommen.«

Dad klopfte ihm freundschaftlich auf die Schulter. Offensichtlich hatte sich mein Vater immer einen fleischfressenden Sohn gewünscht, den er jetzt in Liam gefunden zu haben schien! Prima!

»Dann passt ihr beide ja hervorragend zusammen, wenn du lieber Fleisch isst und Emma immer nur Gemüse in sich reinstopft.« Meine Mom strahlte über beide Backen bezüglich ihrer Erkenntnis.

»Ja, ja«, sinnierte sie weiter, »die jungen Herren brauchen ja auch Fleisch. Der Eiweißhaushalt muss schließlich in Schwung gehalten werden, falls in der nächsten Zeit irgendjemand auf die Idee kommt, ihn anzuzapfen.« Meine Mutter hatte ihr typisches Ich-habe-einen-versauten-Witz-gemacht-Grinsen aufgesetzt. Vielsagend schaute sie zu mir herüber und ich rollte mit den Augen, denn mir war klar, jetzt würde sie sich nicht mehr beherrschen können.

Wie ich befürchtet hatte, machte Mom nun Bewegungen, als würde sie eine Kuh melken. Dazu gab sie schmatzende Geräusche von sich und grinste vehement weiter. Wenigstens eine, die sich immer wieder über die Schamlosigkeiten amüsieren konnte.

Ich hatte mir gerade eine Gabel voll Kartoffeln in den Mund gesteckt und verschluckte mich prompt, was zu einem erheblichen Hustenanfall führte. Bestens! Das Maß an Peinlichkeiten hatte für diesen Abend soeben seinen Höchstpunkt erreicht.

Zuerst sah Liam auch ein wenig überrascht aus, doch dann antwortete er mit einem knappen »Stimmt« und begann zu lachen. Meine Mutter fiel in das Lachen mit ein, während mein Vater stur auf seinen Teller starrte und sich eine volle Gabel nach der nächsten in den Mund stopfte, als wollte er einen neuen Rekord in Sachen »Schnellessen« aufstellen. Der Verlauf, den das Gespräch genommen hatte, war ihm sichtlich unangenehm. Also, schnell aufessen und raus aus der Gefahrenzone. Andererseits: Was hatte er erwartet? Er kannte meine Mutter ja schließlich schon länger als ich und selbst mir war klar gewesen, dass sie sich natürlich nicht zurückhalten würde.

Ich sank gegen meine Stuhllehne und hoffte, dass sich der Erdboden auftun möge. Liam war das erste Mal bei uns zu Besuch. Musste sie ihn direkt so erschrecken? Er hielt sie jetzt bestimmt für eine lüsterne Mumie, die sich bei jeder günstigen Gelegenheit auf Frischfleisch stürzen wollte. Ich schmunzelte, als ich mir meine Gedanken bildlich vorstellte. Glücklicherweise war in der Sache auf meinen Vater Verlass. Wenn die Umstände keine Flucht zuließen, versuchte er alles erdenklich Mögliche, um das Thema zu wechseln. Schadensbegrenzung sozusagen ...

»Schönes Wetter heute, oder?!« Leider war Dad nicht besonders geschickt darin. Da ich Liam jedoch weitere peinliche Situationen ersparen wollte, ging ich darauf ein. Meine Mutter schien zunächst etwas irritiert zu sein, ließ sich dann aber ablenken.

Nachdem das Abendessen beendet war, räumte ich die Gedecke vom Tisch. Liam war bereits aufgestanden, griff seine Jacke von der Stuhllehne und zog sie über.

»Du willst uns schon verlassen, Liam?« Meine Mutter sah ein wenig enttäuscht aus.

Liam nickte. »Mr Morrison hat mich gebeten, Ende der Woche ein Referat über das Bestimmen von Wendepunkten zu halten. Als Einführung in das neue Thema. Dafür muss ich noch ein paar Sachen zusammensuchen.

Den Rest der Woche habe ich nicht allzu viel Zeit dafür und außerdem soll Emma ja ihren Schlaf bekommen.« Er zwinkerte mir zu.

»Das denk ich mir, dass sie den nicht bekommen würde, wenn du da wärst. Ginge mir wahrscheinlich genauso, wenn ich in Emmas Alter wäre«, grinste meine Mutter und freute sich, dass sie zurück bei ihrem Lieblingsthema war. Glücklicherweise ignorierte mein Dad das und stellte sich neugierig neben Liam.

»Bist du nicht ganz neu auf der Schule?«

»War mein erster Tag heute.« Ein leiser Klang von Stolz schwang in seiner Stimme mit.

»Alle Achtung, Liam.«

Eigentlich war es nicht so einfach, meinen Vater zu beeindrucken, aber Liam schien damit keine Probleme zu haben. Generell war mir aufgefallen, dass er überall sehr gut ankam. Hübsche Menschen schienen es einfach leichter im Leben zu haben. Schade, dass ich nicht mit außergewöhnlicher Schönheit gesegnet war. Ob das etwas an meiner Mathenote verändern würde? Nein ... bleiben wir realistisch. So schön konnte ich gar nicht werden ...

Liam bedankte sich bei meiner Mutter für das vorzügliche Mahl und ging zur Haustür.

»Ach Liam?«, rief sie hinter ihm her. Fragend blickte er sich nach ihr um.

»Komm gut heim! Das nächste Mal kannst du ja bei uns übernachten.« Meine Mom winkte freundschaftlich und widmete sich dann dem Abwasch. Ich biss die Zähne zusammen und schob Liam aus der Haustür. Nicht, dass meine Mutter noch mehr Chancen bekam, mich bloßzustellen.

»Vielleicht«, kicherte er und warf mir einen verstohlenen Blick zu. Mein Herz rutschte in die Hose. Hatte er das ernst gemeint? Oder wollte er mich – ganz Gentleman, wie er war – nur nicht blamieren?

Ich lächelte verlegen zurück und merkte, wie mir die Röte ins Gesicht schoss. Schnell verabschiedete ich mich bei Liam mit einem flüchtigen »Bis morgen« und schloss die Tür. Dann wirbelte ich herum.

»MUTTER!« Eigentlich wollte ich sie mit sämtlichen Hasstiraden bedenken, die ich kannte, doch mir fiel nichts Passendes ein. Für ihr Verhalten gab es einfach keine Worte. Meine Mutter blickte auf und schien zu warten, dass ich etwas sagte.

»Du kannst doch nicht ... Bist du eigentlich vollkommen verrückt? Was fällt dir überhaupt ein?«, legte ich wutschnaubend los. Meine Wut vernebelte meine Sinne, und ich konnte keinen klaren Gedanken mehr fassen. Alles, was ich sagte, hörte sich selbst in meinen eigenen Ohren nur nach »Bla bla bla bla« an. Meine Mutter schien das allerdings wenig zu kümmern. Sie lächelte unberührt ihr liebevolles, mütterliches Lächeln.

»Ich kann doch auch nichts dafür, dass du deine Zähne nicht auseinander kriegst und ich alles für dich regeln muss.«

»Regeln?! Blamiert hast du mich! Mal wieder!«, fuhr ich sie an.

»Ich habe Liam nur gezeigt, dass nicht alle aus unserer Familie so verklemmt sind wie du und dein Vater – und dass für dich somit auch noch ein Funken Hoffnung besteht.« Sie verdrehte die Augen.

»Und wenn ich das gar nicht will?«, zischte ich. Da wurde ihr Blick spöttisch.

»Was nicht will? Liam?«

»Möglich.«

»Kind, jeder Vollidiot sieht, dass du Interesse an ihm hast. Was man dir aber auch keinesfalls verdenken kann, wenn man ihn sich genauer anschaut.«

Da mir nichts mehr darauf einfiel, kniff ich erbost die Augenbrauen zusammen und schaute sie verächtlich an.

»Jetzt guck' doch nicht so böse. Ich mein's doch nur gut.« Meine Mutter legte ihren Arm um meine Schultern.

»Ich guck nicht böse, ich versuche zu töten!«, knurrte ich.

»Woher hat unser Kind nur diesen fürchterlichen Sarkasmus?«, seufzte meine Mutter, doch ich ging hinauf, um mich in meinem Zimmer zu verkriechen. Gegen meine Mutter war einfach kein Kraut gewachsen.

Besorgt dachte ich darüber nach, wie Liam wohl den Abend empfunden hatte. Er hatte gesagt, er müsse nach Hause, weil er das Referat vorbereiten wollte. War das nur eine Ausrede? War ihm der Abend genauso unangenehm gewesen wie mir? Sicher wollte er einfach nur noch schnell weg aus diesem Irrenhaus. Liam hatte es gut. Er *konnte* wenigstens einfach weg. Ich seufzte.

Doch dann durchfuhr mich ein kleiner Hoffnungsschimmer. Vielleicht hatte er den Rest der Woche wirklich schon verplant und musste den Vortrag heute fertigstellen? Ich beschloss zu meiner Beruhigung daran zu glauben und grübelte noch ein bisschen darüber nach, was er wohl alles so Wichtiges zu tun haben könnte, bis ich irgendwann erschöpft einschlief.

4. Kapitel

Schlaftrunken schlug ich auf meinen klingelnden Wecker und brachte ihn so zum Schweigen. Es kam mir vor, als wäre ich gerade erst eingeschlafen. Obwohl Liam gestern so früh gegangen war, hatte er mich in gewisser Weise doch um meinen Schlaf gebracht.

Lächelnd darüber, dass mein Morgen direkt mit ihm anfing, krabbelte ich aus dem Bett und schlüpfte ins Badezimmer, um mich zu duschen. Am vergangenen Abend hatte ich mich einfach nicht mehr dazu aufraffen können.

Beruhigend floss das heiße Wasser über meinen zitternden Körper. Warum musste es einem nach dem Aufstehen immer so furchtbar kalt sein? Einer der Gründe, warum es besser war, abends zu duschen. Zähneklappernd wartete ich darauf, dass mir wärmer wurde.

TOK, TOK, TOK machte es an der Tür.

»Was?«, fragte ich genervt. An der Art des Anklopfens hatte ich gehört, dass es nur meine Mutter sein konnte.

»Ordentlich waschen!«, rief sie durch die geschlossene Tür und kicherte schon wieder schelmisch. Ich reagierte gar nicht darauf. Sollte sie doch zu Dad rübergehen und ihn am frühen Morgen piesacken.

Nachdem ich fertig war, stieg ich aus der Dusche und stellte fest, dass ich noch massig Zeit hatte. Ich holte den Föhn hervor und genoss die warme Luft, die mein Haar langsam trocknete. Eigentlich war es ja ganz bequem, morgens alles in Ruhe zu erledigen. Wenn nur mein innerer Schweinehund nicht wäre, der jeden Morgen versuchte, mich mit all seinen Kräften – und er war verdammt stark – am Aufstehen zu hindern.

Nachdem ich fertig war, ging ich in mein Zimmer und durchwühlte meinen Schrank nach ein paar Klamotten. Die Auswahl war nicht sehr groß, schicke Kleidung besaß ich keine. Ich war eher der sportive Typ, auch wenn sich das voll und ganz auf meine Kleider beschränkte. Schließlich zog ich eine verwaschene Jeans und eine braune Sweatshirt-Jacke hervor, die mit hellem Teddyfell gefüttert war. Ein Blick aus dem Fenster verriet mir, dass ich sie heute brauchen würde. Draußen herrschte mal wieder typisches Herbstwetter: Es war neblig, grau und es nieselte.

»Emma? Willst du heute nicht in die Schule?«, rief mein Dad von unten. Erschrocken blickte ich auf die Uhr. Wo war denn plötzlich die ganze Zeit hin? Jetzt reichte es noch nicht einmal mehr für ein schnelles Frühstück.

Ärgerlich darüber, dass ich so herumgetrödelt hatte und mich jetzt doch noch abhetzen musste, rannte ich hinunter in die Küche und steckte mir eine Handvoll Müsli-Riegel in die Tasche.

»Morgen Dad, bin weg!«, schnaufte ich ihm im Vorbeilaufen zu und verschwand durch die Haustür. Mit großen Schritten eilte ich meinen Schulweg entlang – da stockte ich plötzlich, und meine hastigen Schritte verwandelten sich schlagartig in angewurzeltes Stehenbleiben. Liam lehnte lässig an der Laterne, welche die Stelle markierte, an der sich unsere Schulwege kreuzten. Seine Wuschelhaare waren feucht, wie auch die Schulterpartie seines langen grauen Mantels. Er hielt sich die Hände vor den Mund und blies anscheinend hinein, um sie zu wärmen. Offenbar stand er schon länger da.

Verunsichert, warum er wohl dort wartete, ging ich ihm langsam entgegen. Wollte er sich bei mir über den gestrigen Abend beschweren? Wollte er mir sagen, wie schrecklich meine Familie war? Dass er nie wieder auch nur einen Fuß über unsere Schwelle setzen würde?

»Nun mach schon!«, hetzte er mich von weitem. Wie von selbst beschleunigten sich meine Schritte wieder. Trotz des unguten Gefühls, machte mein Herz einen kleinen Hopser, weil er wohl tatsächlich auf mich gewartet hatte. Wenigstens besaß er soviel Anstand, mir seine Meinung persönlich unter vier Augen zu sagen, anstatt mich vor der ganzen Klasse herunterzuputzen – was wiederum sein gutes Recht gewesen wäre. Wer weiß, wie ich nach so einem erschreckenden Abend reagieren würde?

»Ich dachte schon, du lässt mich hier festfrieren«, begrüßte er mich mit einem leichten Lächeln.

»Ich ... wusste nicht ... dass du ... auf mich wartest ...«, stammelte ich und hielt den Blick dabei gesenkt – bereit, den Anschiss meines Lebens zu kassieren. Doch zu meiner Überraschung hatte er das gar nicht vor.

»Natürlich warte ich«, entgegnete er entrüstet. »Ich wollte heute Morgen gerne mit dir zusammen gehen.«

Was hatte er da gesagt? Ich sah in seine dunkelbraunen Zartbitteraugen, die mich innig anschauten. Eigentlich hätte ich schon längst antworten und mich über seine Aussage freuen sollen, stattdessen war ich kurz irritiert. Irgendetwas war anders an diesen Augen als bei den übrigen Menschen. Ich kam nur nicht darauf, was es war.

Mein Blick glitt über sein ganzes Gesicht und ich freute mich, ihn endlich einmal ganz offiziell mustern zu können und es nicht immer nur bei heimlichen Blicken zu belassen. Seine blassrosa Lippen waren wohlgeformt und wirkten weich, seine markanten Gesichtszüge ließen ihn sehr maskulin aussehen und selbst seine dunklen Augenbrauen waren ästhetisch und nicht so buschig und ungepflegt, wie bei den meisten meiner männlichen Klassenkameraden.

Mit einem »Wenn du das überhaupt willst ...« holte er mich wieder in die Realität zurück.

»Ich würde unheimlich gerne mit dir zusammen zur Schule gehen«, antwortete ich und spürte, dass ich leicht errötete.

Seine Fingerspitzen streiften leicht meine Wange, als er mir eine Haarsträhne hinter das Ohr schob und seine Berührung verursachte mir Gänsehaut. Ich hatte in der Hektik heute Morgen völlig vergessen, meine Schnittlauchhaare irgendwie zu »frisieren«, wobei das schon ein sehr gehobener Ausdruck für das war, was ich normalerweise mit ihnen veranstaltete.

»Das ist schön ...«, sagte er sanft.

»Bist du denn sicher, dass du das überhaupt willst? Ich meine, nach dem Abend gestern ...«, erinnerte ich ihn und schämte mich einmal mehr in Grund und Boden dafür.

»Wenn ich nicht wollte, hätte ich heute Morgen nicht schon über eine halbe Stunde in der Kälte verbracht.«

»Wie lange?!« Ich konnte nicht verhindern, dass meine Stimme entsetzt klang, doch Liam lächelte mich liebevoll, geradezu beruhigend an.

»Halb so wild. Ich bin doch schon groß«, zwinkerte er mir zu, doch so richtig überzeugen konnte er mich damit nicht, Skeptisch musterte ich ihn.

»Ich wusste ja nicht, wann du morgens losgehst. Bei den Geschwindigkeiten, in denen du dich üblicherweise fortbewegst, hätte es gut sein können, dass du um diese Uhrzeit längst unterwegs bist, um überhaupt rechtzeitig anzukommen.« Sein liebevolles Lächeln wurde plötzlich spöttisch und der Schalk blitzte aus seinen Augen, als er mir diese Erklärung lieferte.

Zuerst wollte ich dagegen protestieren, doch was sollte ich schon dazu sagen? Recht hatte er. Ich war eine Schnecke und Sport war für mich mindestens genauso schlimm wie Mathe, nur mit der zusätzlichen, gemeinen Eigenschaft, dass man sich dabei auch noch verletzen konnte. Das Erbärmliche war nur, dass er mein Defizit schon nach drei Tagen erkannt hatte. Mein Problem musste also akut, nein, schon eher mitleiderregend sein. Ich stieß einen tiefen Seufzer aus.

»Wir sollten jetzt besser gehen, sonst kommen wir wirklich zu spät.«

Ich nickte gehorsam und wollte gerade einen Fuß vor den anderen setzen, da nahm er mir behutsam meine Tasche ab und schwang sie gekonnt über seine starke Schulter. Erstaunt über diese altmodische, wenn auch sehr charmante Geste, hielt ich inne, während er schon weiterlief. Für Liam schien das völlig normal zu sein.

»Du musst nicht …«, begann ich, doch Liam winkte ab und setzte seinen Weg fort.

»Danke«, murmelte ich verschämt und beeilte mich, ihn einzuholen.

»Ach, Emma?«

»Mmh?«

»Ich mag es, wenn du deine Haare offen trägst. Es sieht sehr …« – er schien nach einem geeigneten Wort zu suchen – » … attraktiv aus.«

Die Freude, die aufgrund dieses Kompliments sintflutartig auf mich niederprasselte, brauche ich wohl niemandem ausführlicher zu schildern. Mein Gute-Laune-Pegel schoss bis ins Unermessliche und ich beschloss, meine Haare nie wieder ohne triftigen Grund zusammenzubinden.

***

Der Rest des Tages verlief ohne weitere besondere Vorkommnisse. Wir hatten zwei Stunden Bio, zwei Stunden Chemie und zwei Stunden Geschichte – der einzige mathefreie Tag in der Woche. Dadurch war er schon allein zu meinem Lieblingstag geworden.

Liam hatte sich wieder neben mich gesetzt, obwohl ihm etliche meiner Mitschüler einen Platz angeboten hatten. Das betrübte mich ein wenig. Als ich damals in die Klasse gekommen war, hatte man mich nicht so herzlich empfangen. Ganz im Gegenteil. Selbst nach dem ersten halben Jahr gab es immer noch Schüler, die nicht wussten, wer ich war, bis ich mir mit meiner Ahnungslosigkeit in Mathe einen Namen gemacht hatte.

Ständig schaute ich zu Liam, der aufmerksam unserem Lehrer folgte. Ab und zu blickte er jedoch verstohlen in meine Richtung und lächelte mich verführerisch an. Ob es beabsichtigt war oder nicht: Ich empfand es zumindest als verführerisch – einfach, weil Liam eine einzige Verführung war. Ich konnte aber auch nicht ganz ausschließen, dass es immer noch mit dem Hochgefühl zusammenhing, welches ich aufgrund seines Kompliments von heute Morgen in mir verspürte.

Zu meiner Beruhigung fiel mir wenigstens auf, dass ich nicht das einzige Mädchen war, welches Liam ununterbrochen anstarrte. Unzählige perfekt geschminkte Augenpaare sahen immer wieder zu ihm hin. Es wäre gelogen, wenn ich sagen würde, es hätte mich nicht gestört, doch konnte ich mich damit trösten, dass Liam neben *mir* saß, obwohl er freie Platzwahl hatte.

Der Schultag neigte sich dem Ende zu und Liam hatte kein einziges Wort mehr über den gestrigen Abend verloren. Vielleicht kannte er solche

Peinlichkeiten auch selbst von zu Hause? Seine Mom würde zwar bei weitem nicht so vulgär und nervtötend sein wie meine – welche Mutter, die nicht in einer Anstalt weggeschlossen wurde, war das schon – doch womöglich war sie überfürsorglich oder hatte sonst irgendeine kleine Macke, die ihm ebenfalls unangenehm schien? Dieser Gedanke heiterte mich auf.

Doch egal, ob es nun stimmte, ich war einfach froh darüber, dass er nichts mehr dazu gesagt hatte und dabei würde ich es auch belassen.

5. Kapitel

Heute war Donnerstagmorgen – höchste Zeit, sich für die Schule fertig zu machen.

Meine Haare bändigte ich seit Neuestem mit Hilfe von zwei kleinen Haarspangen. So konnte ich sie problemlos offen lassen, ohne dass sie mir ständig ins Gesicht fielen. Das war ein guter Kompromiss zwischen praktischem Zusammenbinden und Offentragen für Liam.

Schnell warf ich noch einen prüfenden Blick in den Spiegel und stellte erfreut fest, dass es gar nicht mal so schlecht aussah. Zufrieden hüpfte ich, zwei Stufen auf einmal nehmend, die Treppe hinunter und verspachtelte in der Küche meine morgendliche Ration Müsli. Dann machte ich mich auf den Weg zur Schule.

Draußen war es kühl. Der Herbst hatte definitiv begonnen. Brrr! Kälte und Nässe waren absolut nicht mein Ding. Warum konnte nicht immer die Sonne scheinen? Am besten noch mit einer Temperatur von mindestens 25 Grad? Ich verzog das Gesicht und riss den Reißverschluss meiner Jacke hoch bis zum Kinn. Schon besser.

Heute war ich so früh dran, dass ich sicherlich vor Liam an der Laterne sein würde. Seit dem denkwürdigen Abendessen trafen wir uns hier morgens immer. Eiligen Schrittes stürmte ich auf die kleine Kreuzung zu, an der sich die Laterne befand. Ich hatte recht: Weit und breit war noch nichts von ihm zu sehen. Deshalb versuchte ich mich mindestens genauso lässig gegen den Laternenpfahl zu lehnen, wie er es bis jetzt immer getan hatte – und wartete … und wartete … und wartete …

»Heute lässt sich er aber verdammt viel Zeit«, murrte ich und rieb meine Hände gegeneinander, um ihnen, genau wie Liam vor kurzem, wieder etwas Leben einzuhauchen. Erfolglos. Ich fühlte mich wie ein lebendiger Eiszapfen. – Nein, das war untertrieben. Eher wie ein toter. Meine Hände waren eiskalt (Nicht, dass das etwas Neues gewesen wäre. Ich war eben von Natur aus eine absolute Frostbeule, aber diesmal waren sie noch kälter als sonst.) und meine Füße mittlerweile taub. An meine rote Rudolf-Rentier-Nase, die ich immer bekam, wenn ich mich zu lange Tiefkühltemperaturen aussetzte, wollte ich gar nicht erst denken. Das gab mit Sicherheit ein schönes Bild ab, wie ich hier stand: erfroren, unbeweglich und mit einer Nase im Gesicht, die jedem Leuchtturm Konkurrenz machen konnte. Sollte ich noch länger hier stehen müssen, würde ich mich nie wieder bewegen können. Soviel war sicher.

Nervös schaute ich auf die Uhr. Wenn Liam nicht bald kam, würde ich ohne ihn losgehen müssen, sonst käme ich zu spät zum Unterricht. Ich merkte, wie mir diese banale Einsicht einen kleinen Stich ins Herz versetzte. Wie albern! Schließlich war ich jahrelang alleine zur Schule gegangen. Trotzdem überlegte ich, ob es so schlimm wäre, wenn ich in meiner ganzen Schulzeit einmal zu spät kommen und noch ein bisschen auf Liam warten würde.

Ich hatte den Gedanken noch nicht zu Ende gedacht, da sah ich ihn plötzlich. Mit hängenden Schultern und gesenktem Kopf kam er um die Ecke geschlichen.

»Guten Morgen, Liam!«, flötete ich ihm fröhlich entgegen, doch er murmelte nur ein leises »Morgen« zurück. Seltsam. Normalerweise war er morgens immer gut gelaunt und ich diejenige, die morgenmuffelig vor sich hin brummte. – Oh nein! Obwohl ich ihn gerade mal eine Woche kannte, tat ich schon so, als würde ich ihn seit Jahren kennen. Doch es kam mir eben so vor.

»Und, gut geschlafen?«, versuchte ich es noch einmal, diesmal mit etwas mehr Elan.

»Be ...« Er sah mich an. » ...scheiden«, beendete er das Wort. Ich starrte zurück. Liam sah heute Morgen wirklich schrecklich aus! Ich hätte nie gedacht, dass ich mal so etwas über ihn sagen würde, doch hier half alles Schönreden nichts mehr. Seine Augen lagen tief in den Höhlen, sein Haar war wuschelig (aber nicht auf diese einladende Art und Weise, sondern eher ungekämmt), unter seinen schwarzbraunen Augen zeichneten sich dicke Augenringe ab und seine leicht gebräunte Haut wirkte fahl, als hätte er nicht genügend Schlaf bekommen. – Nicht genügend Schlaf? Das war schon gar kein Ausdruck mehr. Er sah aus, als hätte er Wochen – ach Quatsch – Monate nicht geschlafen!

Liam griff nach meiner Schultasche, die ich reflexartig festhielt. Er machte nicht den Anschein, als könne er sich *allein* auf den Beinen halten, geschweige denn mit meiner Tasche voller Schulbücher.

»Gib her!«, knurrte er mir entgegen, ohne mich anzusehen und ich ließ eingeschüchtert los. So kannte ich Liam gar nicht. Bis jetzt war er immer so überaus höflich gewesen, dass es schon fast nicht mehr zum Aushalten war. Und jetzt? Ich amüsierte mich über die Ironie des Schicksals, da ich vorhin noch gedacht hatte, ich würde ihn schon ewig kennen.

Aber was war bloß los mit ihm? Was um alles in der Welt hatte er letzte Nacht getrieben?

Wortlos gingen wir nebeneinander den Schulweg entlang. Wir schafften es gerade noch rechtzeitig in Mr Grahams Unterricht und erfreut sah ich, wie unser Lehrer gerade dabei war, den Fernseher startklar zu machen. Aus dem Getuschel meiner Klassenkameraden entnahm ich, dass wir einen Film über amerikanische Geschichte ansehen würden.

Liam und ich ließen uns an meinem Tisch nieder. Ja, an meinem Tisch. Die Vorstellung, dass Liam bis zum Schulende neben mir sitzen bleiben wollte, war zwar traumhaft, aber irgendwie auch unrealistisch.

Er warf unsere Taschen auf den Tisch, ließ sich erschöpft auf den Stuhl sinken und platzierte seinen Kopf schlafbereit auf einer der Taschen. Komischer Liam ...

Tyler, der zwei Plätze von uns entfernt saß, tippte Kyle auf die Schulter. »Ey, Alter!«, hörte ich ihn sagen, »schau dir mal Liam an!« Kyle blickte zu Liam herüber und als er ihn sah, kroch ein hämisches Grinsen über seine Speckbacken.

Kyle war mit Abstand der schrecklichste Schüler, den meine Klasse zu bieten hatte. Es verging fast kein Tag, an dem ich nicht einen dämlichen

Spruch von ihm an den Kopf geworfen bekam. Immerhin konnte ich mich damit trösten, dass ich nicht die Einzige war, der es so ging.

Kyle war Kapitän der Football-Mannschaft und genauso sah er auch aus. Einmal hatte er mich dabei erwischt, wie ich ihn bei einem Gespräch mit einem Mitschüler »Gyle« genannt hatte und nur Kyle war dämlich genug zu glauben, es wäre mein Kosename für ihn gewesen und ich hätte es von »geil« abgeleitet. Auf so eine absurde Idee konnte auch nur er kommen, selbstverliebt wie er war. Allerdings sollte ich froh darüber sein. Falls er jemals die wahre Ableitung seines Spitznamens in Erfahrung bringen sollte, würde er mich vermutlich zerquetschen wie einen Parasiten.

Gyle hatte ich ihn getauft, weil er sich einfach mit G-Worten am besten beschreiben ließ. Er war groß, grobschlächtig (übrigens mein Lieblingsadjektiv für Kyle) und gemein. Außerdem geistesgestört, gierig und gewalttätig, größenwahnsinnig und großkotzig nicht zu vergessen. Zugegeben, er sah nicht schlecht aus und sein Körper war besser gestählt als der von Arnold Schwarzenegger, sodass selbst Liam neben ihm schmal wirkte. Doch leider schien der ganze Muskelaufbau bei seinem Gehirn einen enormen Abbau bewirkt zu haben. Die Untersuchung von Gyle-Kyle wäre sicher ein interessantes Thema für eine Doktorarbeit.

»Scht ...«, zischte Kyle zu Liam herüber, der mittlerweile seine Augen geschlossen hatte und ihn ignorierte. Kyle und Tyler lachten dreckig. Ein Radiergummi kam aus ihrer Richtung geflogen und traf Liam am Kopf.

Wütend schlug er seine Augen auf. »Was ist?«, fuhr er sie mit einer rauen, kratzigen Stimme an, welche mir durch Mark und Bein ging. Doch Kyle ließ sich davon nicht beeindrucken. »Wilde Nacht gehabt gestern?«, fragte er und seine Augen wurden vor Erwartung immer größer.

Liam schien einen Moment zu überlegen, was er darauf antworten sollte, doch dann lächelte er schwach. »Kann man so sagen ...«

Mir fiel auf, dass Kyle ebenfalls sehr mitgenommen aussah. Waren sie zusammen weg gewesen? Nein ... das konnte nicht sein. Sonst hätte er ja nicht gefragt, was Liam gemacht hatte. Außerdem sah Kyle öfter so aus. Vermutlich war er wieder auf irgendeiner Party gewesen und hatte sich be-

wandte Liam den Kopf wieder nach vorne in Richtung Fernseher und stützte ihn dabei auf seine Hände. Seine warmen, weichen, starken Hände ...

Ich seufzte bei diesen Erinnerungen. Ich hatte keine Lust, dem Film zu folgen, also sah ich mich in der Klasse um.

Aufmerksam musterte ich meine Mitschüler. Da fiel mir auf, dass nicht nur Kyle und Liam besonders mitgenommen aussahen. Auch Amilia, die ganz vorne rechts vom Lehrerpult saß, hatte ihren hübschen, zierlichen Kopf auf ihre Hände gestützt und blinzelte immer wieder mit den Augen. Dank Ellen Betrix sah man ihr die Müdigkeit nicht so an, doch selbst das sorgsam aufgetragene Make-up konnte die Schatten unter ihren Augen nicht gänzlich verbergen. Ihre goldblonden Locken hingen strähnig an ihrem Kopf herunter und sie gähnte – wenn auch höflich hinter vorgehaltener Hand – ungefähr im Fünfminutentakt.

Ging Amilia auch bereits aus? Klar, sie gehörte ebenfalls zu der »Coolen-Fraktion«. Jeder Junge – und damit meine ich absolut jeden, ohne Ausnahme! – wollte etwas von Amilia, doch ich hatte nie mitbekommen, dass sie mit Kyle um die Häuser zog. Sicher, sie wären ein nettes Paar. Er dumm und sie oberflächlich, aber es war mir bisher einfach nie in den Sinn gekommen, dass sich innerhalb unserer Klasse irgendwelche Pärchen gebildet haben könnten.

Plötzlich fügte sich ein Puzzleteilchen nach dem anderen zusammen: die wunderschöne, begehrenswerte Amilia, der atemberaubend attraktive Liam, beide gebeutelt von der letzten Nacht.

Ich sah es klar und deutlich vor mir: Amilia war keineswegs mit *Kyle* ausgegangen. Ich war sooo blöd! Sie war mit Liam – MEINEM Liam – unterwegs gewesen.

Erneut flammte die Eifersucht in mir auf und brannte wie ein loderndes Buschfeuer. Unmöglich, dass irgendjemand in der Lage gewesen wäre, es zu löschen.

Ich starrte feindselig zu Amilia herüber, doch die beachtete mich überhaupt nicht. Natürlich nicht! Ich war keine Konkurrenz für sie. Wie eine gefräßige Ratte nagte diese Erkenntnis an meinem ohnehin schon unterdurchschnittlich ausgeprägten Selbstbewusstsein.

Warum hatte ich das nicht mitbekommen? Wie konnte ich nur so blind sein? Mich einfach darauf zu verlassen, dass Liam schon kein Interesse an Amilia haben würde.

Pfff! Er wäre der Erste, und wenn ich ehrlich zu mir selbst war, würde ich Amilia auch nicht von der Bettkante schubsen, wenn ich ein Kerl wäre und Chancen bei ihr hätte.

Ich fragte mich, was mir sonst noch alles entgangen war, während ich meine Nase in die Bücher gesteckt hatte.

Doch was konnte ich jetzt noch tun? Hätte ich überhaupt jemals irgendetwas tun können? Mit Amilia konnte ich beim besten Willen nicht konkurrieren. Sie war anmutig, bildschön und ihre Eltern waren zu allem Überfluss auch noch steinreich.

Und war es nicht ohnehin so, dass Männer eher blonde Frauen bevorzugten? Was hatte ich zu bieten? Meine braunen, langweiligen Schnittlauch-Spaghetti-Haare? Meine bei Aufregung eiskalten Schweißhände? Oder sollte ich mit meiner Mathe-Behinderung den Kampf gegen sie aufnehmen? Es war aussichtslos …

Ich schluckte schwer, doch der Kloß, der sich in meinem Hals breitgemacht hatte, schien zähflüssiger als Karamell zu sein.

Liam blickte mich kurz von der Seite an, doch ich starrte wieder in den Fernseher und kämpfte mit meinen Tränen.

Blöde, gemeine Amilia. Reichte es denn nicht, dass sie jeder Junge aus meiner Klasse sowie den Klassen über und unter uns vergötterte? Musste es ausgerechnet Liam sein, den sie haben wollte?

Mr Graham rief mich auf und stellte mir eine Frage über den Film. Geschichte war mein bestes Fach und den blöden Film hatte ich auch schon mal gesehen. Ich wusste sogar die Antwort, doch ich *konnte* Mr Grahams Frage nicht beantworten. Ich wusste genau, wie sich meine Stimme jetzt angehört hätte: voller Trauer – falls sie nicht mitten im Satz wegbrach.

Ich fühlte mich, als wäre ich angefahren worden und der Täter hätte mich achtlos auf der Straße liegengelassen. Schwer verletzt, blutend. Und keiner fand mich ...

Meine Mutter hatte recht: Manchmal war ich echt melodramatisch, doch unter diesen Umständen gestattete ich es mir. Schließlich ging es um Liam.

Ich schüttelte den Kopf, als wüsste ich die Antwort nicht. Glücklicherweise beließ Mr Graham es dabei und rief einen anderen Schüler auf.

Den Rest des Unterrichts verbrachte ich schweigend neben Liam. Wir sprachen beide nicht.

Als es klingelte, hatte ich noch den leichten Hoffnungsschimmer, dass Liam seine Pause – wie bisher immer – mit mir verbringen würde und schlurfte langsam hinaus, damit er genau sehen konnte, wo ich hinging. Doch Liam machte keine Anstalten mir zu folgen. Er ließ den Kopf erneut auf seine Tasche sinken, als wollte er weiter schlafen.

Kyle und Amilia hingegen rappelten sich mühsam auf und gingen langsam hinaus auf den Schulhof.

Wieder fragte ich mich, was sie wohl getrieben hatten. Mich schmerzte nicht nur die Einsicht, dass Liam mit Kyle und Amilia ausgegangen war, nein. Viel quälender war, dass sie mich nicht gefragt hatten, ob ich nicht Lust hätte mitzukommen. Offensichtlich wollte Liam mich nicht dabeihaben. Wie konnte ich mir auch nur einbilden, dass jemand wie er sich für jemanden wie mich interessieren würde?

***

Der weitere Schultag verlief eher schleppend. Ich war heilfroh, als die Schulglocke mich endlich vom Unterricht erlöste – vom Unterricht und von meinem treulosen Tischnachbarn, der immer noch wie ein Schluck Wasser auf seinem Stuhl hing und ernsthaft Mühe hatte, die Augen offenzuhalten.

Montags und donnerstags sollte Liam bei uns im Laden aushelfen und eigentlich hatte ich mich darauf gefreut, doch heute würde ich ihm bestimmt keine Gesellschaft leisten ...

Und wenn sich noch einmal so eine »Bananenkisten-Gelegenheit« auftat? Ein kleiner Schauer lief über meinen Rücken, als ich mir vorstellte, ich könnte noch einmal in seinen Armen liegen.

Ich schüttelte meinen Kopf, um den Gedanken zu vertreiben. Ich würde heute nicht im Laden sein. Punkt und aus. Sollte Liam doch Amilia fragen, wenn er Gesellschaft haben wollte. Von mir aus konnte er ihr auch die Bananen in ihre heiß geliebten Haare schmieren. In dem gefärbten Wasserstoffblond würde das sowieso nicht auffallen. Oder noch besser, ihr gleich eine Banane durch ihre zierliche Nase bis hoch ins Gehirn schieben. Mit Amilia schien er ja sowieso lieber seine Freizeit zu verbringen.

Grummelnd räumte ich meinen Tisch auf und machte mich auf den Nachhauseweg.

»Jetzt warte doch mal!« Ich brauchte mich nicht umzudrehen, um zu wissen, wer da nach mir gerufen hatte, doch ich war noch zu sauer auf Liam.

Beleidigt stapfte ich weiter, ohne ihn eines Blickes zu würdigen. Schnell hatte er zu mir aufgeschlossen und blickte mich fragend aus seinen trüben Augen an.

Ich versuchte, mich auf den Gehweg zu konzentrieren, denn mir war klar, wenn ich ihn ansah, würde meine Wut verfliegen.

Jeder normale Mensch, der eine Nacht ohne Schlaf – oder ohne besonders viel Schlaf – verbracht hatte, sähe am Morgen danach mehr tot als lebendig aus. Doch Liam, auch wenn er dunkle Schatten unter seinen Augen hatte und äußerst mitgenommen wirkte, war immer noch zum Anbeißen.

»Gibt es irgendetwas, das ich wissen sollte?«, fragte Liam vorsichtig. Er schien zu spüren, dass mir irgendeine Laus über die Leber gelaufen war.

Aber *so* war das ja nicht ganz richtig. Es war nicht *irgendeine* Laus gewesen: Es war eine Amilia-Laus, um genau zu sein. Und sie war nicht über meine Leber gelaufen, sondern über Liam. Oder wie auch immer man es nennen wollte.

Eigentlich war ich noch nie besonders streitlustig gewesen, aber heute war ein Tag, an dem ich Lust und Laune hatte, alles und jeden zu erwürgen, der meinen Weg kreuzte.

»Sag du's mir!«, giftete ich und schaute ihn zornig an.

Verdutzt erwiderte Liam meinen Blick. Man konnte deutlich sehen, dass er über meine heftige Reaktion überrascht war. So kannte er mich schließlich noch nicht. Und wenn ich ehrlich war, kannte ich mich so selbst auch noch nicht.

Was war bloß los mit mir?

Liam zuckte mit den Schultern. »Ich weiß nicht, was du meinst ...«

»Natürlich nicht!«, entfuhr es mir und wir beendeten unseren Heimweg schweigend.

Zu Hause angekommen, begrüßte uns mein Vater freudig.

»Hallo, Mr Forsyth«, erwiderte Liam höflich und legte seine Schultasche hinter die Theke.

»Ich werd dann mal.« Mit diesen Worten wandte Liam sich ab und begann, das frisch gelieferte Obst in den Keller zu räumen.

»Schätzchen, wenn du willst ...« Doch ich ließ meinen Vater gar nicht erst ausreden.

»Mach's selbst«, knurrte ich und stapfte wutschnaubend aus dem Verkaufsraum. Ich schleuderte die Zwischentür, die ihn von unserem Flur trennte, mit einem Knall zu und wollte schon die Treppe zu meinem Zimmer hinaufstampfen, als meine Mutter plötzlich in der Küchentür stand und mich bat, hineinzukommen.

Auch das noch! Musste sie ausgerechnet heute einen freien Tag haben und mich zu einem nervtötenden Mutter-Tochter-Gespräch nötigen?

Vollkommen frustriert rempelte ich an ihr vorbei, pflanzte mich dann aber gehorsam auf den Küchenstuhl. Verblüfft sah meine Mutter mich an.

»Ich hab doch noch gar nichts gesagt?!« Das sollte wohl witzig gemeint sein, doch mir war gerade nicht zum Lachen zumute.

»Was willst du?«, fragte ich schroff, während ich eine Mandarine aus der Obstschüssel nahm, sie auf den Tisch legte und mit meinem Zeigefinger so lange darauf herumdrückte, bis sie kurz vorm Platzen stand.

»Schlecht gelaunt?«

Ich antwortete nicht. Das war ja wohl offensichtlich!

»Ist es wegen Liam?«

»Warum sollte es wegen Liam sein? Muss sich alles im Leben um Liam drehen?! Wie ist die Welt bloß vor Liams Geburt zurechtgekommen?!« Ich merkte, dass ich die Beherrschung verlor, und schnaubte wütend.

»Ah ..., es ist wegen Liam«, murmelte meine Mutter so leise, dass ich nicht wusste, ob es wirklich für meine Ohren bestimmt war.

»Willst du darüber reden?«

Ich antwortete wieder nicht.

»Interessiert er sich für ein anderes Mädchen?«, hakte meine Mutter noch einmal nach.

AHHH!!! Das war ja nicht zum Aushalten! Musste meine Mutter ausgerechnet heute ihren Einfühlsamen haben? Warum war sie nie so feinfühlig, wenn es darum ging, mich *nicht* bis auf die Knochen zu blamieren?

Ich stieß einen tiefen Seufzer aus.

Meine Mutter machte mir in aller Ruhe einen Kakao und schob ihn zu mir herüber.

»Komm, erzähl mir, was vorgefallen ist«, versuchte sie mich zu ermuntern.

Den Kakao nahm ich dankbar entgegen, doch mit ihr reden wollte ich nicht.

»Hmm ...« Meine Mutter nagte an ihrer Unterlippe. Mir fiel gerade auf, dass ich das auch sehr gerne tat, wenn ich nicht wusste, was ich sagen sollte. Anscheinend hatten wir doch eine – wenn auch eine sehr kleine – Gemeinsamkeit.

»Liam hat also eine Freundin?«

»Na und?«, schleuderte ich ihr bissig entgegen, doch meine Mutter ignorierte es. Ich merkte, wie sich eine kleine Träne aus meinem Augenwinkel stahl und über meine Backe kullerte. Ich versuchte, mich zusammenzureißen, doch es gelang mir nicht.

Da meine Mutter mich immer noch erwartungsvoll ansah, nickte ich stumm. Sollte sie mit der Information anfangen, was sie wollte.

»Hat er dir das gesagt?«

Ich schüttelte mit dem Kopf.

»Du glaubst es also nur?« Dieser skeptische Unterton in der Stimme war typisch Mom. Er bedeutete, dass sie meine allwissende Mutter war und ich nur das dumme, unerfahrene Kind, was *glaubte*, irgendetwas zu wissen.

»Ich glaube es nicht, ich weiß es!«, grollte ich.

»Woher?«

»Er war mit ihr aus.«

»Und er hat dich nicht gefragt, ob du mitkommen möchtest …« Das war keine Frage, es war eine Feststellung.

Da mir erneut eine Träne über die Wange lief, brauchte ich wohl nicht zu antworten.

»Woher weißt du das?«, fragte meine Mutter nochmal und zog ungläubig eine Augenbraue nach oben. »Ich meine, dass sie aus waren? Hat er dir das erzählt?«

Widerstrebend schüttelte ich mit dem Kopf.

»Ich bin aber nicht blind!«, fügte ich missmutig hinzu und dachte daran, wie fertig die beiden heute Morgen ausgesehen hatten.

»Und was meinst du gesehen zu haben?«

Ah! Schon wieder. Dieser zweifelnde Tonfall, der verriet, dass meine Mutter alles für eine Einbildung hielt?

Ich hatte zwar keine Lust, diese sinnlose Unterhaltung weiter fortzuführen, doch ich wusste, dass meine Mom mich so lange löchern würde, bis sie ihre Antworten hatte, deshalb versuchte ich meine Beobachtungen so kurz wie möglich zu schildern – in der Hoffnung, dass ich mich dann in mein Zimmer verkrümeln könnte, um in Selbstmitleid zu zerfließen.

»Liam und Amilia kamen heute Morgen fix und fertig zum Unterricht.« Die Antwort war kurz und knapp, doch beinhaltete alle Informationen, die nötig waren, um sich ein Bild von der Sache zu machen. Den Teil, dass Liam bis jetzt morgens immer auf mich gewartet und heute fast versetzt hatte, behielt ich lieber für mich. Meine Mom musste schließlich nicht alles wissen.

»Ach Liebes …« Meine Mutter streichelte mir zärtlich über die Haare und lachte ein liebevolles, mütterliches Lachen. » … wenn das alles ist. Du weißt doch gar nicht, ob sie miteinander aus waren. Und du kannst Liam nicht verdenken, dass er in seinem Alter abends mal weggeht. Nicht jeder ist so eine langweilige Couchkartoffel wie du!«

Hmpf! Ich wusste, dass es falsch war, meine Mutter einzuweihen. Sie nahm mich nicht ernst, wie es normale Mütter taten, wenn sie sich um ihre Kinder sorgten – so, wie es bei einem solchen Gespräch hätte sein sollen. Nein, meine Mutter amüsierte sich eher über mich.

Gut, dass es in unserem Haus keine Selbstmordgefährdeten gab. Ich war mir sicher, meine Mutter würde ihr Nötigstes tun, um die Leute schneller dazu zu bringen, als es ihnen womöglich lieb war.

»Sprich Liam doch einfach mal darauf an. Ich bin sicher, es gibt eine Erklärung dafür ...«

Ich hatte genug von den neunmalklugen Ratschlägen meiner Mutter. Deshalb zuckte ich einfach mit den Schultern und ging aus der Küche.

»Versuch's einfach!«, rief sie mir hinterher, doch ich musste nicht mehr antworten. Ich wusste, sie hatte gehört, dass ich schon längst die Treppe hochgelaufen war, um nun auf Nimmerwiedersehen in meinem Zimmer zu verschwinden. Zur Sicherheit bestätigte ich das mit einem lauten Zuschlagen meiner Zimmertür.

Dort warf ich mich aufs Bett und stierte an die Decke, musterte die kleinen Risse und versuchte sie zu zählen. Doch immer, wenn ich genau darauf starrte, um möglichst alle zu erkennen, verschwamm mein Blick.

Ich nahm den Zauberwürfel von meinem Nachttisch, den mein Dad mir irgendwann mal geschenkt hatte, und knackte zur Ablenkung damit herum. Als nach mehrmaligem Hin- und Herdrehen alle Seiten immer noch verschiedene Farben aufwiesen, legte ich ihn deprimiert zurück. Ich hatte einfach keine Geduld für sowas.

Seufzend starrte ich wieder an die Decke. Es half alles nichts.

Warum sollte ich mir weiter vormachen, dass Liam nur ein guter Freund für mich war? Hatte ich nicht schon längst bemerkt, dass da mehr war – zumindest von meiner Seite aus – als er mich im Keller in seinen starken Armen gehalten hatte? Dass ich den kurzen Moment, als er es tat, genoss, und eine entsetzliche Leere verspürte, als er mich wieder losließ? Dass allein die Wärme seiner Haut mir Gänsehaut verursachte und meine Knie weich wurden, wenn er mir mit seinem typischen Blick tief in die Augen sah?

Ich war hoffnungslos in ihn verliebt und jetzt, wo Amilia sich meinen Liam unter ihre frisch manikürten Nägel gerissen hatte, wurde mir dies schmerzlich bewusst.

Ich war aber auch so dämlich! Wäre ich nicht dermaßen feige gewesen und hätte früher die Initiative ergriffen, wäre es womöglich nie so weit gekommen.

Mit diesem Eingeständnis mir selbst gegenüber hatte ich – so fand ich zumindest – ein Recht darauf, zu wissen, was Liam gemacht hatte und vor allem mit wem. Ich würde runtergehen und ihn einfach fragen. Meine Mutter hätte es getan und in Anbetracht dessen, dass sie schon grob auf die Fünfzig zusteuerte und sie noch keiner aufgrund ihres vorlauten Mundwerkes um die Ecke gebracht hatte, konnte ich das riskieren.

Mutig und voller Tatendrang sprang ich vom Bett, doch der mittlerweile gewohnheitsmäßige Blick in den Spiegel war erschreckend: Ein Monster mit großen, rot verquollenen Glupschaugen beäugte mich kritisch. Ich hatte gar nicht bemerkt, dass ich so viel geweint hatte.

Schnell schlüpfte ich in das Badezimmer und legte mir zwei kalte Waschlappen auf die Augen, damit wenigstens die Schwellung zurückging. Ungeduldig wippte ich mit dem Fuß hin und her und nahm immer wieder die Waschlappen ab, um zu sehen, ob sich schon eine Verbesserung eingestellt hatte.

Als meine Augen nur noch leicht gerötet waren, warf ich die Waschlappen in den Wäschekorb und rannte die Treppe hinunter, schlug die Tür zum Verkaufsraum auf und blickte in das erschrockene Gesicht meines Vaters.

»Wo ist Liam?«, verlangte ich zu wissen. Mein Tonfall war herrisch und laut.

Völlig perplex sah mein Vater mich an. »Ich hab' ihn eben heimgeschickt. Er wirkte so müde.«

Niedergeschlagen ließ ich mich auf die Treppenstufen sinken, die hinunter in den Laden führten.

»Oh!«, war alles, was ich dazu sagen konnte.

»Keine Angst, du musst nicht … ich hab die restlichen Kisten schon runtergetragen.«

»Ach Dad …«, seufzte ich und winkte ab, »wen interessieren denn die blöden Obstkisten?«

Er musterte mich. Ein bisschen mit Entrüstung, ein bisschen mit Hilflosigkeit. Es war ihm deutlich anzumerken, dass er verwirrt war und mit meinem Zustand nichts anfangen konnte. Ich jedoch war froh, dass mein Vater zu den weniger feinsinnigen Exemplaren auf diesem Erdball gehörte.

Maßlos enttäuscht ging ich zurück in mein Zimmer und nahm mir fest vor, Liam morgen in der Schule darauf anzusprechen. Aufgeschoben war schließlich nicht aufgehoben.

6. Kapitel

Ich hatte eine äußerst unruhige Nacht hinter mir. In meinem Traum sah ich Liam und Amilia zusammen in einem Lokal sitzen, und er blickte ihr immer wieder tief in die Augen. Amilia reagierte darauf, indem sie ihre langen blonden Locken neckisch nach hinten warf und ihn mit den Wimpern klimpernd verführerisch anlächelte. Liam fütterte sie mit seiner Gabel, während ich klopfend und nach ihm rufend am Fenster stand, doch keiner der beiden beachtete mich. Ich trommelte lauter gegen die Fensterscheibe, daraufhin drehten sich die beiden zu mir um, grinsten mich an, winkten kurz und beugten sich weiter zueinander, um sich zu küssen.

In diesem Moment wachte ich auf. Auch wenn das kein typischer Albtraum war, wie man sich ihn vorstellte – mit mordlustigen Monstern und so weiter – war es für mich einer. Ob er etwas zu bedeuten hatte?

Benommen stieg ich aus dem Bett und machte mich für die Schule fertig.

Heute war Liams großer Tag. Mr Morrison hatte ihn gebeten, ein Referat über das Bestimmen von Wendepunkten zu halten. Somit würde dies wohl die erste Mathestunde werden, in der ich aufmerksam zuhörte.

Obwohl ich wiederum sehr früh dran war, stand Liam heute wie gewohnt locker an die Straßenlaterne gelehnt und wartete auf mich. Er sah zwar immer noch etwas geschafft aus, aber das war nichts mehr im Vergleich zu gestern.

Es beruhigte mich, ihn dort zu sehen. Daraus schloss ich nämlich, dass er mir meinen gestrigen Auftritt nicht übelgenommen hatte.

Um ihm zu zeigen, dass ich heute ein angenehmerer Gesprächspartner sein würde, begrüßte ich ihn mit überschwänglicher Freundlichkeit und lenkte unsere Unterhaltung erst einmal auf das bevorstehende Referat. Ich konnte ja schlecht direkt mit der Tür ins Haus fallen und fragen »Ey, Liam, ist da was zwischen dir und Amilia?« Nein, so ging das nicht. Ich würde mich langsam heranpirschen und es so beiläufig klingen lassen, als wäre das eine Unterhaltung zwischen zwei alten Freunden. Wie eine Katze würde ich vorm Mauseloch sitzen und warten, bis sich die Gelegenheit bot, die Liam-Maus zu fassen.

Entschlossen hob ich das Kinn.

»Guten Morgen, Emma.« Er lächelte mich gut gelaunt an. Es klang so selbstverständlich, als hätte ich mich gestern weder daneben benommen, noch, als müsste er gleich ein Referat vor der gesamten Klasse halten.

»Bist du denn gar nicht aufgeregt?«, fragte ich erstaunt. Wäre ich an seiner Stelle, stünde mein Herz sicherlich kurz vor dem Stillstand, aber er schien immer so cool und abgebrüht zu sein, dass es manchmal schon fast nervte.

Gleichgültig zuckte er mit den Schultern. »Sollte ich?«

»Nun ja ... du musst vor der kompletten Klasse ein Referat halten.«

Er tat die Sache mit einer Handbewegung ab. »Nichts Besonderes.«

***

Die ersten vier Stunden zogen sich wie Kaugummi und ich musste über mich selbst schmunzeln. Eigentlich hasste ich Mathe und nun konnte ich den Unterricht kaum erwarten?

Immer wieder blickte ich verträumt in Liams Richtung. Ich war also verliebt. Wie schön und gleichzeitig auch beruhigend, endlich eine Erklärung für diese widersprüchlichen Gefühle in seiner Nähe zu haben.

Die Schulglocke ertönte und Mr Morrison betrat die Klasse. Er schien nicht weniger aufgeregt zu sein als ich und strahlte über das ganze Gesicht, als er Liam sah, der bereits seine Vorbereitungen an die Tafel malte.

»Sehr schön, Mr Hunter!«, lobte ihn der Lehrer und stellte sich in die hinterste Ecke des Klassezimmers.

Gebannt sah ich zu Liam hinüber, der mich aufmunternd anlächelte und eine Grimasse über die Bemerkung von Mr Morrison schnitt. Ich lächelte zurück, dann begann er mit seinem Vortrag. Konnten wir Mr Morrison nicht für immer gegen Liam eintauschen? Das würde doch bestimmt niemanden stören.

Ich hing an Liams Lippen und lauschte jedem einzelnen seiner Worte. Von der Tafel hatte ich auch schon alles abgeschrieben, was ziemlich ungewöhnlich für mich war, da ich sonst immer zu den Letzten zählte, die sich in Mathe überhaupt dazu aufrafften. Ich hatte sogar versucht, Liams geschwungene Handschrift zu imitieren, was mir aber nicht wirklich gelang.

Als es nichts mehr abzuschreiben gab, kritzelte ich wahllos auf meinem Block herum. Ich begann, mit dem Bleistift kleine Zeichnungen von Liam zu machen. Obwohl ich ziemlich gut zeichnen konnte, waren diese im Vergleich zum Original natürlich mehr als jämmerlich, doch man konnte schon erkennen, wer es sein sollte.

An Liams Seite malte ich noch jemanden … ein Mädchen mit langen Haaren. Bei dem Mädchen hatte ich eigentlich nur so drauflosgemalt, doch es war nicht schwierig zu erkennen, dass ich mich selbst skizziert hatte.

Ich bekam einen Schreck. Die Zeichnungen sahen Liam und mir wirklich ähnlich. Zu ähnlich! Schnell zerknüllte ich die verräterische Seite und quetschte sie zur Sicherheit in die hinterste Ecke meiner Schultasche. Nicht auszudenken, wie peinlich es wäre, wenn sie jemand finden würde!

Wieder machte sich meine Hand selbstständig. Diesmal schrieb sie in meiner allerschönsten Handschrift »Mrs Hunter« auf ein leeres Blatt und malte ein Wölkchen außen herum. Ich wusste nicht, wieso ich so etwas schrieb. Ich wusste nur, dass es gar nicht so schlecht aussah, und ich mich durchaus daran gewöhnen könnte.

Gedankenverloren starrte ich auf das Blatt Papier, als sich mir plötzlich eine Hand auf die Schulter legte. Erschrocken zuckte ich zusammen. Mr Morrison stand hinter mir und linste mir über die Schulter.

»Ich wusste gar nicht, dass Sie geheiratet haben, Mrs Hunter. Glückwunsch! Aber wollen Sie nicht wenigstens die letzten Minuten zur Tafel schauen und Ihrem Mann zuhören?«

Schlagartig schoss mir die Röte ins Gesicht, und ich blickte betreten zu Boden, während meine Klassenkameraden ausnahmslos anfingen zu lachen. – Alle, bis auf einen.

Ich traute mich nicht, ihn anzusehen, doch sein wunderschönes Lachen hätte ich unter tausenden herausgehört.

Dieser Scheiß-Morrison! Wie konnte er nur?!

Während ich gedanklich bereits dabei war, ihm meine dünnen Finger um seinen speckigen Hals zu legen, um ihm langsam, aber qualvoll die Luft abzuschnüren, spürte ich, wie Liams Blick auf mir ruhte. Ich wollte nicht zu ihm sehen. Was er jetzt nur von mir halten würde? Er hatte mich jetzt sicherlich für komplett verrückt erklärt. Erst mein unverschämtes Verhalten von gestern und nun das. Manchmal war ich aber auch einfach doof. Ein anderes, beschönigenderes Wort fiel mir dafür nicht ein. Schlicht und einfach doof.

Verlegen begann ich auf meiner Unterlippe herumzukauen, so heftig, dass sie bald anfing zu bluten. Ich konnte nicht anders, ich musste Liam ansehen. Früher oder später müsste ich mich ihm sowieso stellen. Also, warum sich nicht jetzt schon blamieren? Jetzt, wo er mich wenigstens nicht direkt darauf ansprechen konnte.

Ich schaute auf und blickte direkt in Liams Augen, die fest auf mir ruhten. Zu meiner Überraschung sah er nicht im Entferntesten entsetzt oder belustigt aus. Er hatte den Kopf leicht schief gelegt und in seinen Augen lag ein Ausdruck ... nun ja, wie sollte ich es beschreiben? Der Verwunderung?

Ich lächelte ihn verlegen an und sofort lächelte er liebevoll zurück. Er schien mich also nicht für total bescheuert zu halten – nicht total ... etwas vielleicht, aber nicht total. Ein riesiger Stein fiel von meinem Herzen.

»Nun gut, Mrs Hunter«, sprach Mr Morrison mich an und ich wünschte, er wäre dabei tot umgefallen, doch da sein schwerer Leib noch bebte, war das ein eindeutiges Zeichen dafür, dass sich mein Wunsch nicht erfüllt hatte.

»Nachdem wir jetzt alles geklärt haben, bitte ich für Liam noch um ein paar Minuten Aufmerksamkeit.«

Wieder ertönte das Gelächter meiner Klassenkameraden, was meine Wangen leider nur noch röter werden ließ. Konnte es denn noch peinlicher werden? – Dämliche Frage! Ja, es konnte!

»Unser hässliches Entlein ist verknallt in unseren Liam!«, grölte Kyle durch die Klasse. Amilia und Dana brachen in geiferndes Gekicher aus. Es erinnerte mich sehr an das Lachen von Hyänen. Vermutlich waren die beiden reinkarniert. Den Verdacht hatte ich sowieso schon länger, denn das würde auch ihre Hinterlistigkeit erklären.

Ich erinnerte mich daran, wie ich als Kind den Film »König der Löwen« gesehen hatte und die Hyänen neben dem bösen Löwen (Wie hieß er doch gleich? Scar?) mit Abstand die unsympathischsten Tiere darstellten. Es würde mich nicht wundern, wenn die zwei insgeheim die Synchronsprecherinnen der Hyänen gewesen waren.

»Ei, ei, ei, was seh ich da ... ein verliebtes Ehepaar«, trällerte Dana vor sich hin und wieder kicherte Amilia los.

»Hi, hi, hi«, äffte ich sie nach. »Verfluchte Hexe!«

Eigentlich hatte ich das so leise vor mich hin genuschelt, dass es noch nicht einmal Mr Morrison hörte, der direkt neben mir stand. Doch aus irgendeinem Grund hob Liam dazu passenderweise den Kopf und grinste mich ungeniert an. Hatte er das etwa gehört? Nein ... unmöglich ... Was dachte ich nur wieder? Selbstverständlich grinste er breit. Vermutlich war ihm soeben bewusst geworden, über welches Thema sich die Klasse unterhielt.

Ich begann zu schwitzen, so pulsierte das Blut durch meinen Körper. Meine Atmung wurde ebenfalls automatisch schneller. Ich fragte mich, ob es schon Leute gegeben hatte, die an peinlichen Momenten gestorben sind. An einem Adrenalinschock oder so etwas Ähnlichem. Jetzt wäre ich definitiv ein sicherer Kandidat dafür. Daher betete ich, dass mein Tod möglichst schnell und schmerzlos kommen würde. Doch der tödliche Schock blieb aus.

Es war Mr Morrison, der die Sticheleien unterbrach und uns zwang, ruhig zu sein und Liams Schlussworten zu folgen.

In ein paar Minuten würde es klingeln. Ich machte mich bereit. Sowie die Schulglocke ertönte, würde ich aufspringen und nach Hause laufen.

Drei ... zwei ... eins ... Es klingelte. Ich wand mich hinter dem Tisch hervor und rannte fluchtartig zum Ausgang.

»Emma?« Es war Liam, der gerufen hatte, doch ich ignorierte ihn. Was sollte ich auch zu ihm sagen? Wie sollte ich »Mrs Hunter« erklären, ohne mich dabei völlig lächerlich zu machen? Ich wusste ja nicht einmal selbst, warum ich so doof war und diese Worte auf meinen Block geschrieben hatte.

In Sekundenschnelle versuchte ich mir eine Ausrede parat zu legen, um doch mit Liam heimgehen zu können, doch mir fiel leider nichts ein. Alle Ausflüchte, die ich mir erdacht hatte, endeten in einer einzigen Peinlichkeit, also tat ich einfach so, als hätte ich nichts mitbekommen.

Ich hörte noch, wie Amilia sich an Liam ranschmiss und ihm lauter Komplimente über seinen Vortrag machte, doch zu meiner Überraschung ließ er sie einfach stehen. Trotzdem verließ ich ohne mich noch einmal umzudrehen das Schulgebäude und ging schnellen Schrittes in Richtung Zuhause.

»Mensch Emma, warum hast du's denn in letzter Zeit ständig so eilig, nach Hause zu kommen?« Liam hatte meinen hart erkämpften Vorsprung mit ein paar geschmeidigen Sätzen mühelos zunichtegemacht und schaute mich an, während ich weiter stur geradeaus ging und auf die Straße glotzte. Schließlich zog er mir meine Schultasche vom Arm und schwang sie locker über seine Schulter.

»Danke«, murmelte ich.

»Erst trödelst du immer so rum, dass man dich fast voranschieben möchte und nun sprintest du heim, als würdest du für den nächsten Marathon trainieren.« Liam lächelte mich verschmitzt an und wartete gespannt, wie ich auf seine Fopperei reagieren würde.

Unter gewöhnlichen Umständen hätte ich ihm auch sofort verbal eine verpasst, doch ich schämte mich immer noch zu Tode und wusste nicht, was ich sagen sollte. Also sagte ich lieber gar nichts. Im Gegenteil: Ich wartete auf die unangenehmen Fragen, die er mir stellen würde. Ich hörte sie schon: »Emma? Warum schreibst du Mrs Hunter auf deinen Block? Das ist doch mein Nachname ...«

Unsicher schaute ich zu ihm herauf. Liam beobachtete mich immer noch. In seinen Augen lag ein Ausdruck, der so viel Wärme und Behaglichkeit ausstrahlte, dass es einem unmöglich war, sich nicht wohlzufühlen.

Ich wandte meinen Blick ab. Ich wusste, ich konnte ihm besser Rede und Antwort stehen, wenn ich ihn dabei nicht anschaute. Na los!, forderte ich ihn in Gedanken auf. Frag schon, damit wir es endlich hinter uns haben!

»Warum warst du gestern nicht im Laden?«, wollte er stattdessen wissen.

Überrascht sah ich ihn an. Offensichtlich hatte er gar nicht vor, mich über die peinliche Situation von eben auszuquetschen. Wozu auch? Er kannte die Antwort mit Sicherheit sowieso schon und war wahrscheinlich genervt von meinem kindlichen Gehabe. Vielleicht wollte er mich auch nur nicht in Verlegenheit bringen – ganz Gentleman, wie er war.

»Ich ... ähm ...« Mit dieser Frage hatte ich nun wirklich nicht gerechnet. Also brauchte ich einige Zeit, bis ich eine klare, plausible Antwort geformt hatte.

»Ich musste meiner Mutter im Haushalt helfen.« Plausibel? Na ja, es hörte sich eher wie eine Ausrede an, aber wenigstens hatte ich einen Grund genannt, und so, wie ich Liam kannte, würde er mich nicht in die Bredouille bringen, indem er weiter nachbohrte. Ich war mir ziemlich sicher, dass er meine kleine Lüge bemerkt hatte, doch er war einfach zu höflich, um mich damit zu konfrontieren.

»Ahh«, sagte er schlicht und ließ das Thema wie erwartet fallen.

Eine Weile gingen wir schweigend nebeneinander her, bis ich es nicht mehr aushielt.

»Liam?«

»Ja?«

»Sag mal, warum warst du gestern eigentlich so müde?« Meine Stimme klang tadelnd, obwohl ich das gar nicht wollte.

Er griff sich mit einer Hand in den Nacken. Mittlerweile hatte ich herausgefunden, dass es eine Verlegenheitsgeste war. Sehr schön. Das Gespräch schien ihm unangenehm zu sein. Also hatte er etwas gemacht, was er mir nicht unbedingt erzählen wollte.

»Ich bin wohl etwas spät ins Bett gegangen.«

Wieder begann der See der Eifersucht, der seit neuestem in mir gluckerte, gefährlich hin und her zu schwappen, doch ich versuchte mir nichts anmerken zu lassen.

»Warum?«, fragte ich daher möglichst harmlos. Ich wusste, dass es mich nichts anging, doch meine Neugier war stärker.

Verblüfft sah Liam mich an. Er hatte wahrscheinlich genau das Gleiche gedacht.

»Oh ... äh ... ich war unterwegs.« Nervös spielte Liam an dem Reißverschluss seiner Jacke. Liam konnte nervös werden?!

Schwapp-schwapp-schwapp. Der See in mir drohte überzulaufen. Sag jetzt bloß nichts Unüberlegtes, Emma. Du hast dir heute schon genug Schwierigkeiten eingehandelt.

Würde ich mich verraten, wenn ich nach seiner Begleitung fragte? Auf jeden Fall. Ich versuchte mich abermals zu beherrschen – vergebens.

»Mit wem?« Es sollte locker klingen, doch meine Frage war ein einziger Vorwurf. Schwapp-schwapp-schwapp-schwapp!

Liams Nervosität schien sich jedoch plötzlich in Luft aufzulösen und er lächelte mich überlegen an.

»Mit *wem?*«, fragte er, als habe er nicht richtig verstanden.

»Eigentlich beantwortet man eine Frage nur mit einer Gegenfrage, wenn man sie nicht beantworten möchte«, warf ich ihm vor, aber Liam lachte nur über mein Satzungetüm.

»Ich war allein unterwegs. Ich wusste nicht, dass das so eine große Bedeutung für dich hat.« Er wollte mich ärgern. Liam wusste genau, dass mich die zwei kleinen Wörtchen *für dich* in Verlegenheit bringen würden. In seinen Augen blitzte der Schalk.

»Allein?«, fragte ich skeptisch. Warum sollte ein gutaussehender junger Mann wie Liam abends alleine weggehen? Vor allem: Wo ging man überhaupt allein hin? Außer vielleicht aufs Klo?

»Mit wem denn noch?« Liam schien tatsächlich nicht zu wissen, auf was ich hinauswollte.

»Amilia vielleicht?« Ich kniff meine Augenbrauen zusammen, als könnte ich so die Wahrheit aus seinen Worten herausfiltern, doch auf einmal wurde mir heiß. Ich hatte zu viel gesagt.

Emma, du blöde Kuh! Du Rindvieh! Warum hast du Amilia gesagt und nicht Kyle? Vermutlich, weil Kyle – auch wenn ich ihn auf den Tod nicht ausstehen konnte – nicht halb so schlimm gewesen wäre wie sie.

Ich musste es einfach wissen! Ich hoffte nur, dass Liam sich nicht das Gleiche fragte, nämlich, warum ich mich ausgerechnet nach ihr erkundigte.

»Amilia?« Nun war es an Liam, ungläubig auszusehen. Ich biss die Zähne zusammen und nickte schüchtern.

»Wie um alles auf der Welt kommst du auf Amilia?!«

Schnell, Emma! Denk dir was aus! Go-Go-Gadget-o-Einfälle! Los! Doch mein Geistesblitz blieb – selbstverständlich – aus. Jetzt war eh schon alles egal. Ich konnte wohl schlecht noch roter werden und die Chancen, erhobenen Hauptes aus dieser Situation herauszukommen, waren ebenfalls gleich null. Also sagte ich einfach die Wahrheit.

»Na ja … sie … sie war gestern genauso müde wie du.« Mir wurde mit einem Schlag bewusst, wie blöd sich das anhören musste. Hatte ich nichts Besseres zu tun, als meine Klassenkameraden zu analysieren? Ich kam mir vor wie eine von den alten Omas aus dem Dorf, die nonstop lauernd hinterm Fenster hingen, um auch ja keine Neuigkeit – und sei es nur ach so belangloses Getratsche – zu verpassen.

»Hmm … deine Beobachtungsgabe scheint ganz gut zu sein, doch an den Schlussfolgerungen müssen wir noch arbeiten.« Liam zwinkerte mir zu.

»Also nicht mit Amilia …« Es war keine Frage, es war eher noch mal für mich zur Wiederholung, für die Akten, sozusagen. Mein Herz machte Luftsprünge, als mein Gehirn diese Information verarbeitete. Schlagartig war mein See der Eifersucht wie trockengelegt. Hoffentlich wohnten darin noch keine Fische …

Liam fasste mich an die Schulter und drehte mich zu sich, sodass ich nicht drum herumkam ihn anzusehen.

»Jetzt erzähl mir aber mal, warum du ausgerechnet an Amilia denkst. So wie ich es in Erinnerung habe, sah Kyle auch nicht ganz frisch aus.«

Zu meiner Begeisterung sprach er Amilias Namen aus, als wäre sie ein ekelhafter Fußpilz oder so was. Verlegen zog ich mit dem Fuß einen Halbkreis vor mir her, während ich innerlich einen Freudentanz vollführte.

»Nun ja ... Amilia ist eben ... sehr hübsch.« Es klang mehr wie eine Frage, statt wie eine Antwort. Wobei an dem Inhalt absolut kein Zweifel bestand.

»Hübsch?«, stieß Liam verächtlich hervor.

»Ich kenne ein Mädchen, das hundertmal, ach, was sag ich, tausendmal hübscher ist als sie.«

»Hübscher als Amilia? Die würde ich ja gern mal sehen«, murmelte ich leise vor mich hin, doch Liam verdrehte daraufhin die Augen.

»Jedenfalls«, fuhr er fort, »ein Mädchen oder besser *mein* Mädchen, sollte nicht einfach nur hübsch sein. Amilia ist oberflächlich und arrogant. So etwas kann ich nicht gebrauchen. Mein Mädchen sollte klug sein, interessant, hilfsbereit und es sollte sich auch für die Probleme anderer interessieren. Amilia interessiert sich nur für sich selbst. Außerdem sollte man mit meinem Mädchen Spaß haben können und das Einzige, über was Amilia lacht, ist, wenn andere zu Schaden kommen. Also verstehe ich immer noch nicht, wie du ausgerechnet auf Amilia kommst.« Schon wieder sprach er ihren Namen aus, als wäre sie eine kleine, schleimige Kröte und nicht das hübscheste Mädchen aus der Klasse.

Verdattert blickte ich ihn an. Sollte er tatsächlich der erste Junge sein, der nichts von unserer allseits beliebten Amilia wissen wollte? Das konnte ich fast nicht glauben.

Liam schien jedoch langsam ein bisschen genervt zu sein. Kurzerhand wechselte er das Thema – und brachte mich damit endgültig aus dem Konzept.

»Hast du morgen schon etwas vor?«, fragte er völlig unerwartet. Seine Augen strahlten.

»Wer? Ich? Samstags?«

Liam grinste und schaute übertrieben aufmerksam in der Gegend herum. »Steht hier sonst noch jemand?«

»Ähm ... nein, ich ...« Doch er legte mir seinen Zeigefinger so auf die Lippen, dass ich nicht weitersprechen konnte.

Er berührte mich! Hilflos schnappte ich nach Luft, während er mich selbstgefällig anlachte.

»Bestens! Gehen wir einen Kaffee trinken?«

»Ich ... ich trink keinen Kaffee.«

Wieder rollte Liam mit den Augen. »Ich bin mir sicher, dass die da auch was anderes haben.«

Mein Herzschlag setzte aus, während Liam mich süffisant angrinste.

»Ich hol dich um drei ab.«

Das war ein Befehl, keine Frage oder Bitte. Ich wusste gar nicht, dass der höfliche und zuvorkommende Liam auch so herrisch sein konnte, doch um ehrlich zu sein, faszinierte er mich damit sogar noch mehr.

Ich nickte, da ich mich nicht unbedingt in der Lage sah, einen intelligenten Satz zu formen. Selbst ein einfaches »Ja« wäre mir jetzt, wo ich auch noch ein Date mit ihm hatte, schwergefallen.

Er verabschiedete sich mit einem kurzen »Bis morgen«, machte auf dem Absatz kehrt und ging, ohne sich noch einmal umzudrehen, die Straße hinunter. Ich schaute ihm wie versteinert hinterher, immer noch sprachlos und den Mund für eine Antwort geöffnet.

Ich hatte etwas erwidern wollen, doch ich wusste nicht, was. Liam hatte mich zum Kaffeetrinken eingeladen. Mich – nicht Amilia! Hah! Mein Herz schlug so triumphierend, dass ich das Gefühl hatte, es würde mir jeden Augenblick aus dem Brustkorb springen.

Um drei Uhr würde er mich abholen. – Moment, drei Uhr war ja schon nachmittags. Zählte das dann überhaupt als Date? Ach egal, ich würde meinen Samstag mit Liam verbringen und nur das zählte.

Schnell lief ich nach Hause, um die Neuigkeiten meiner Mutter zu erzählen. – Meiner Mutter? Ich wollte freiwillig irgendetwas meiner Mutter erzählen?! Ich schien diese ganzen Glücksgefühle wohl nicht besonders gut zu vertragen, aber ich freute mich so sehr, dass ich sie am liebsten in die ganze Welt hinausposaunt hätte.

***

Mehr hüpfend als laufend kam ich an unserem Laden an und schwang, vor Freude strahlend, die Tür auf.

Wieder schaute ich in das völlig verdutzte Gesicht meines Vaters. Sein Gesichtsausdruck war einfach zu komisch. Er konnte nämlich schlecht bis gar nicht damit umgehen, wenn jemand – vor allem, wenn dieser jemand ich war – seine Gefühle offen zeigte. Eigentlich verschonte ich ihn mit meinen Gefühlsausbrüchen, aber heute war so ein wunderbarer Tag – das musste doch sogar er erkennen, oder?

Mein Dad begrüßte mich mit einem kurzen »Hallo Schatz« und hielt sich sofort das Kassenbuch vors Gesicht, um beschäftigt zu wirken, doch ich wusste, dass er das nur tat, um sich dahinter zu verstecken. Wir befanden uns in der Monatsmitte, da wurde keine Kassenabrechnung gemacht.

Hah! So leicht würde er mir heute nicht davonkommen. Ich sprang mit einem Satz um die Theke, dass ihm vor Schreck das Buch aus der Hand fiel, und gab ihm einen dicken Schmatz auf die Backe. Vergnügt grinste ich ihn an.

»Du scheinst ja heute mächtig gut drauf zu sein«, brummelte er vor sich hin, wischte sich verlegen über die Wange und bückte sich nach dem Kassenbuch, um schnell wieder dahinter verschwinden zu können.

»Keine Sorge, Dad, ich gehe in mein Zimmer. Wenn Mom da ist, sag ihr, sie soll sich bemerkbar machen. Dann nerv ich sie.«

Ich hörte ein erleichtertes Seufzen, während er das Buch zurück unter die Theke schob.

»Mach ich!«

Wusste ich's doch, alles nur Selbstschutz.

Immer noch grinsend, ging ich hinauf in mein Zimmer und sah aus dem Fenster. Ich konnte kaum den Wald erkennen, der direkt hinter unserem Haus begann, so neblig war es und mittlerweile hatte es angefangen, leicht zu regnen. Eigentlich war mir nach Malen zumute gewesen, doch als ich die grauen Farben draußen sah, entschied ich, meine Stifte lieber ruhen zu lassen. Heute war so ein wundervoller Tag! Er war wie Gelb, Rot oder Grün. Nicht wie Grau und Schwarz ...

Trotzdem fragte ich mich, ob so ein Tag noch schöner werden konnte. Meine Laune befand sich auf einem fast unerträglichen Hoch. Was dann der morgige Tag wohl noch mit sich brachte? Ob ich so viel Glück überhaupt ertragen konnte?

Seufzend warf ich mich aufs Bett und fummelte wieder an meinem Zauberwürfel herum. Hmm ... mit dem schönen Tag war zwar keine Erleuchtung gekommen, aber ich wollte ja auch nicht übermütig werden. So uneinheitlich bunt sah er doch auch ganz schön aus. Ich legte ihn zurück auf mein Nachttischschränkchen, trommelte mit den Fingern auf der Bettkante herum und wartete darauf, dass meine Mutter endlich heimkam.

Ich schien echt krank zu sein. Der Gedanke, dass ich es nicht erwarten konnte, meiner Mutter etwas Privates zu erzählen, machte mir Angst. Das barg nämlich auch gewisse Risiken. Man musste immer davon ausgehen, dass diese Informationen bei der nächsten Gelegenheit gegen einen verwendet wurden. Aber das war mir heute egal. Ich wollte, dass jeder wusste, dass Liam mich – MICH!!! – zu einem Kaffee eingeladen hatte.

Gut, dass sich mein Zimmer im ersten Stock befand. Wenn mich irgendjemand gesehen hätte, wie ich zumindest für Außenstehende grundlos grinsend auf meinem Bett lag, hätte man mich bestimmt einweisen lassen.

Endlich hörte ich, wie jemand einen Schlüssel ins Schloss steckte. Ich schnellte hoch und rannte zur Haustür. Mit einem Ruck riss ich sie auf und begrüßte meine verwunderte Mutter überschwänglich. Ihr Blick war fast noch besser, als der meines Vaters zuvor.

»Okay«. Sie schob mich von sich weg und trat ein. »Wer sind Sie und was haben Sie mit meiner Tochter gemacht?«

Ich lachte.

»Mom! Liam hat mich morgen auf einen Kaffee eingeladen!«

Sie lächelte. »Dich?«

Ich nickte und spürte, wie meine Augen vor Aufregung leuchteten.

»Nicht Amilia?«, fragte sie vorsichtig.

»Nö!« Jetzt strahlte ich übers ganze Gesicht.

»Das freut mich für dich.« Meine Mutter strich mir sanft über die Haare.

Später schlang ich mein Abendessen hinunter, machte den Abwasch und beeilte mich ins Bett zu kommen. Umso schneller ich einschlief, umso schneller wäre morgen. Eins und eins konnte sogar ich zusammenzählen.

7. Kapitel

Sechs Uhr – und ich war hellwach.

Ich wälzte mich in meinem Bett herum, doch ich konnte einfach nicht mehr einschlafen. Ob es nun daran lag, dass ich seit neuestem immer so früh aufstand und es langsam, aber sicher zur Gewohnheit wurde, oder daran, dass ich heute mit Liam verabredet war, wusste ich nicht genau. Nach reiflicher Überlegung tippte ich allerdings auf das Letztere.

Ich kletterte aus meinem Bett und ging hinunter, um zu frühstücken. Im ganzen Haus war es noch dunkel, denn ich war die Erste, die auf war. Auch wenn ich gerne lange schlief, könnte ich mich durchaus an die himmlische Ruhe morgens gewöhnen. Ich zog die Rollläden hoch und blickte hinaus: Draußen herrschte tatsächlich noch so was wie Nacht. Es würde ewig dauern, bis es endlich drei Uhr war.

Betont langsam holte ich eine Schüssel Müsli aus dem Schrank und frühstückte. Zehn Minuten später hatte ich bereits alles aufgegessen. Oh ja! Es *würde* ewig dauern!

Warum zogen sich eigentlich immer Stunden, die möglichst schnell vorbeigehen sollten, bis in alle Ewigkeit hin? Momente hingegen, die am liebsten nie enden sollten, rasten hopplahopp an einem vorbei. Wer hatte das so geregelt? Das war echt ätzend!

Ich schlich in mein Zimmer zurück, schaltete den Fernseher ein und schaute mir das Samstagmorgen-Magazin an. Meine Güte. Was für ein Mist! Aber es half mir, mich ein bisschen abzulenken.

Nachdem ich den ganzen Vormittag halb schlafend vor der Glotze verbracht hatte, rückte der Stundenzeiger meiner Uhr endlich auf zwei vor. – Ich konnte beginnen, mich fertig zu machen. So lange würde ich zwar ohnehin nicht brauchen, doch dann hatte ich wenigstens etwas zu tun.

Nach dem Duschen und Föhnen schlüpfte ich in ein paar Jeans, ein langärmeliges weißes Shirt und ein paar bequeme Sneakers, bis eine gefühlte Ewigkeit später meine Mutter plötzlich vom Treppenende herauf rief.

»Schatz?«

Mein Herz schlug schneller. »Ja?«

»Wenn Liam ein schwarzes Auto fährt, ist er da!«

Ein schwarzes Auto? Was fuhr Liam für ein Auto? Ich hatte keine Ahnung. Ich wusste ja nicht einmal, dass er einen Führerschein besaß.

Ich warf einen letzten prüfenden Blick in den Spiegel, kämmte noch einmal meine Haare, hetzte dann die Treppe hinunter und nahm die letzten drei Stufen auf einmal. Meine Mutter blickte mich verdattert an. Sie hatte mich noch nie zu solch einer sportlichen Höchstleistung auflaufen sehen.

Ich riss meine Jacke von der Garderobe, gab Mom einen kurzen Abschiedskuss und trat unsicher aus der Haustür. – Na toll! Es regnete.

Ein schwarzer Sportwagen mit aggressiver Front hielt an der Straße. Ich kannte mich gut genug aus, um zu wissen, dass dieser Wagen ein BMW war – ein teurer BMW. Zu mehr reichte es dann aber doch nicht.

Die Scheiben waren abgedunkelt und ich versuchte hindurchzusehen, um herauszufinden, ob tatsächlich Liam in diesem Wagen saß und ich nicht bei irgendeinem Fremden einstieg, doch ich konnte nichts erkennen. Ich ging näher heran, den Blick immer noch auf das Fenster der Fahrerseite gerichtet, da schwang die Tür auf und Liam kam mir mit einem Schirm entgegen.

»Hey«, hauchte er mir so zärtlich entgegen, dass mir ganz schwummerig wurde und ich im ersten Moment nicht fähig war zu antworten. Als ich meine Stimme wiedergefunden hatte, brachte ich ebenfalls ein »Hey« zustande. Auch wenn es wie aus Eimern schüttete: Mit Liams Anblick ging meine ganz persönliche Sonne auf.

Sanft geleitete er mich zur Beifahrertür und ich wollte sie aufmachen, doch Liam war schneller. Er wartete, bis ich eingestiegen war und mich angeschnallt hatte, bevor er die Tür hinter mir schloss, ums Auto herumging und neben mir auf den Fahrersitz glitt. Dann startete er den Motor und fuhr los. Meine Mutter stand vor der Haustür und winkte zum Abschied, doch ich sah sie nicht wirklich.

»Schönes Auto«, sagte ich und fuhr mit meinen Fingern über das spiegelglatte Klavierholz, das die Armaturen zierte. Liam lächelte stolz.

»Ist der von deinem Dad?«

Er blickte nach vorn auf die Straße, schüttelte aber den Kopf.

»Deiner Mom?«, fragte ich etwas ungläubig.

Wieder ein Kopfschütteln.

Ungeduldig rutschte ich auf meinem Sitz herum. So was konnte ich ja leiden. Wenn jemand etwas vermutete und es war nicht so, wäre es dann nicht höflich gewesen, denjenigen aufzuklären?

»Wessen Auto denn?«, bohrte ich weiter. Nicht, dass es mich wirklich interessiert hätte, aber ich versuchte eben, ein Gespräch in Gang zu bringen. Es gab wohl nichts Schlimmeres als peinliches Schweigen, weil keiner wusste, was er sagen sollte.

»Meins«, antwortete Liam knapp, als wäre es das Natürlichste auf der Welt, im Alter von siebzehn Jahren einen schicken Sportwagen zu fahren.

»Deins?!« Ich merkte, wie meine Stimme ungewollt höher wurde.

Er nickte zögerlich, als hätte er erst überlegt, ob er es wirklich zugeben sollte.

»Ah …« Wie zur Hölle konnte er sich so eine Karre leisten? Dealte er nebenbei mit Drogen? War er womöglich ein Auftragskiller? Hundert Möglichkeiten schossen mir durch den Kopf. Eine unrealistischer als die andere. Liam würde doch keinen Menschen umbringen. Würde er nicht, oder?

Mir fiel auf, dass ich so gut wie gar nichts über ihn oder seine Familie wusste, obwohl er mir so vertraut vorkam. Aber wenn er sich so ein Auto kaufen konnte, warum half er dann bei uns im Laden aus?

Liam holte mich mit einem »Woran denkst du?« in die Realität zurück. Weg von den Drogendealern, weg von den Mafiosi, zwischen denen ich mir ihn eben noch vorgestellt hatte.

»Warum du bei uns im Laden aushilfst, wenn du dir so ein Auto leisten kannst«, antwortete ich wahrheitsgemäß und seufzte, weil ich befürchtete, ihm zu nahe getreten zu sein.

Seine Erklärung war überraschend einfach und genauso alltäglich: »Weil mein Dad meinte, dadurch würde ich die Dinge besser zu schätzen wissen und lernen, Verantwortung zu übernehmen.« Er verdrehte die Augen.

»Da hat dein Dad vollkommen recht«, tadelte ich sein Augenrollen sofort, weil mich die Angst durchfuhr, er könnte auf die Idee kommen, seinen Job wieder zu kündigen.

Schuldbewusst konzentrierte er sich wieder auf die Straße.

»Möchtest du denn gar nicht wissen, wo wir hinfahren?«, versuchte er abzulenken. – Es funktionierte und ich kam mir direkt etwas dämlich vor, dass ich noch gar nicht danach gefragt hatte. Da setzte ich mich einfach so mir nichts dir nichts bei einem fremden Mann (Na gut, nicht ganz fremd.) ins Auto und hatte keinen Schimmer, wo wir überhaupt hinfuhren.

»Ich lass mich überraschen«, entgegnete ich betont gelassen und schaute möglichst desinteressiert aus dem Fenster. Schließlich wollte ich mich nicht schon wieder verhalten wie ein kreischender Teenie, der gerade seinem Lieblingsstar begegnet war. Aus den Augenwinkeln heraus bemerkte ich, wie Liam mich beobachtete. Ein leichtes Lächeln umspielte seine Lippen.

»Gar nicht neugierig?«

Hatte der eine Ahnung! Jetzt, wo er das Thema angesprochen hatte, platzte ich fast vor Neugierde. Doch ich zwang mich, so cool wie möglich zu bleiben und schüttelte lässig den Kopf.

»Magst du Überraschungen?«, bohrte Liam weiter.

Ruckartig drehte ich meinen Kopf in seine Richtung – alle Contenance dahin.

»Und wie!« Ja, das stimmte. Ich liebte Überraschungen über alles. Ich freute mich jetzt noch wie ein kleines Kind über Geschenke, die unter dem Weihnachtsbaum lagen – besonders, wenn ich nicht wusste, was sich darin befand. Wobei das leider nicht mehr allzu oft vorkam.

Als Kind hatte ich bereits ein ausgeklügeltes System entwickelt, mit dessen Hilfe ich das Versteck der Geschenke unbemerkt und ohne Spuren zu hinterlassen, ausfindig machen konnte.

Liam starrte auf die Fahrbahn und murmelte irgendetwas vor sich hin, was sich anhörte wie: »Wenn du wüsstest, was ich für eine *unglaubliche* Überraschung habe.« Doch er schaute dabei nicht wie jemand, der etwas Schönes plante. Sein Blick war eher traurig, nicht voller Vorfreude. – Vielleicht war es keine schöne Überraschung? Sofort breitete sich ein flaues Gefühl in meinem Magen aus.

»Bitte?«, fragte ich höflich. Ich wollte, dass er es noch einmal wiederholte, da er so leise gesprochen hatte und ich nicht sicher war, es richtig verstanden zu haben. Doch offenbar hätte ich es überhaupt nicht hören *sollen*.

»Wir sind gleich da«, lenkte er ab und starrte immer noch auf die Straße.

»Das hast du gerade nicht gesagt.«

Ich bemerkte seine kurze Verunsicherung, doch er reagierte gar nicht weiter darauf und tat stattdessen so, als konzentrierte er sich voll und ganz auf die Fahrbahn. Zugegeben, es könnte daran liegen, dass er Auto fuhr und sich *tatsächlich* auf die Straße konzentrieren musste, doch ich hatte mehr das Gefühl, als hätte er dieses »Gespräch« absichtlich beendet.

Liam setzte den Blinker und bog in einen kleinen Waldweg ein.

»Ich dachte, wir wollten einen Kaffee trinken?«, fragte ich ihn leicht erstaunt, als ich vor mir mit Schrecken die unbefestigte Straße sah, die links und rechts alleenartig von Bäumen gesäumt wurde.

»Ich dachte, du magst Überraschungen?«, zog er mich auf und grinste spitzbübisch. Ich schnaufte. Ja, ich mochte Überraschungen, solange sie nichts mit sportlichen Aktivitäten zu tun hatten.

Liam schien meine Gedanken zu erraten und versuchte mich zu beruhigen. »Es ist nur ein kurzes Stück zu laufen.«

Ich verzog das Gesicht. Zum Glück hatte ich Turnschuhe angezogen.

Wir hielten auf einem kleinen, geschotterten Parkplatz und ich schnappte mir mit einer Hand meine Jacke, während die andere zum Türgriff schnellte, als Liam mich sanft, aber bestimmt in den Sitz zurückdrückte. Seine warme Hand verursachte mir Gänsehaut. Überhaupt waren seine Berührungen immer so zart, aber gleichzeitig auch von ungeheurer Stärke, sodass es zwecklos schien, sich ihm widersetzen zu wollen.

Verwundert schaute ich Liam an, doch dieser öffnete bereits den Wagen, glitt von seinem Sitz, ging um das Fahrzeug herum und öffnete die Beifahrertür. Ich konnte nicht anders, als leicht zu erröten. Manchmal war er echt altmodisch. Ich fragte mich, wer bei ihm so viel Wert auf Erziehung gelegt hatte. Mutter oder Vater?

Nachdem Liam mir formvollendet aus dem Auto geholfen hatte, gingen wir eine Art Trampelpfad entlang. Er führte zu einer kleinen Holzbrücke, auf deren anderer Seite ein hübsches Blockhaus stand.

»Was ist das?«, fragte ich und zeigte auf das Holzhaus.

»Mein Lieblingscafé«, antwortete er und sah mich aufmerksam an.

Ich nickte, als Zeichen, dass ich ihn gehört hatte und schaute mich neugierig um. Um uns herum war nichts als Wald und ein kleiner Fluss, der sich unter der Brücke durchschlängelte. Staunend sog ich die Schönheit der Natur in mich auf und für einen kurzen Moment vergaß ich sogar, dass ich mit Liam hier war. Dies war ein so wunderbarer Ort, dass ich mich sofort ärgerte, keine Malsachen dabei zu haben, um seinen Zauber einfangen und aufs Papier bringen zu können.

Ich betrat die kleine Brücke und lehnte mich leicht an das Geländer, während ich zusah, wie das klare Wasser stetig unter mir hindurchfloss.

»Na? Was denkst du?«, fragte Liam, der mir gefolgt war, nun ganz dicht hinter mir stand und seine Hände auf meine Schultern legte. Ich erschauerte unter seiner Berührung.

»Es ist absolut bezaubernd«, antwortete ich und verfolgte mit meinem Blick ein Blatt, welches von dem Fluss hinfortgetragen wurde.

»Ja, nicht?«, flüsterte er mir sanft ins Ohr und ich merkte, wie sich jedes einzelne meiner Härchen aufstellte, als seine Lippen und sein heißer Atem meinen Nacken streiften.

Ich nickte stumm. Wenn Liam mir so nah war, konnte ich einfach keinen klaren Gedanken fassen – geschweige denn, passende Worte finden. Um meine Fassung wiederzuerlangen holte ich tief Luft. Dabei fiel mir auf, wie unwahrscheinlich gut Liam roch. Ich konnte seinen Duft nicht genau definieren, aber ich glaubte, den Geruch von Tannen und feuchter

Erde wiederzuerkennen. Er duftete wie der Wald um uns herum, dazu irgendwie sommerlich, doch gleichzeitig auch betörend männlich. Ich nahm noch einen tiefen Atemzug.

»Schau mal«, sagte ich, um mich abzulenken und deutete auf das kleine Blatt, welches nun an einem Stein festhing. »Siehst du, wie das Blatt hin und her wiegt? Es sieht so aus, als wolle es sich aus der Gefangenschaft des Steins befreien.«

Liam nickte.

»Und siehst du die verschiedenen Braun- und Rottöne, die darin vereint sind? Die Natur schafft einzigartige Dinge. Selbst wenn ich meine Aquarellfarben und meine Pastellkreide zusammennehmen würde, wäre es unmöglich, diese Farbvielfalt einzufangen.«

»Du malst?«, fragte Liam überrascht.

»Wusstest du das nicht?«

Liam schüttelte den Kopf. »Ich würde aber gerne ein paar Arbeiten von dir sehen. Meinst du, das ist möglich?«

Ich nickte etwas verschämt. Es lag nicht in meiner Absicht, mich hier irgendwie zur Schau zu stellen. Andererseits: Wenn er meine Zeichnungen sehen wollte, hieße das gleichzeitig, dass wir uns noch mal treffen mussten und da willigte ich nur zu gerne ein.

»Sollen wir?«, fragte Liam und schob mich vorsichtig, ohne eine Antwort abzuwarten, Richtung Holzhaus. Ich konnte mich zwar kaum von dieser atemberaubenden Kulisse losreißen, ließ mich aber dennoch bereitwillig voranschieben. Hauptsache, Liam hörte nicht auf, mich zu berühren – und wer wusste schon, was mich noch erwartete, nachdem dieser Nachmittag so vielversprechend begonnen hatte.

Ich fragte mich, ob sich wohl jede Berührung eines Mannes so anfühlen würde, und warum ich mich nicht schon früher für meine männlichen Mitschüler interessiert hatte.

Genauso schnell, wie mir die Fragen in den Kopf schossen, konnte ich sie auch beantworten: Natürlich würde sich keine *andere* Berührung so anfühlen. Liam war einzigartig. Und ich hatte vorher noch keinem der anderen Kerle mein Interesse geschenkt, weil sie es einfach nicht wert waren. Ich dachte an Gyle-Kyle und sein hämisches Speckbackengrinsen, und es schüttelte mich direkt. Diesmal aber vor Ekel.

Wir stiegen eine kleine Treppe zu dem Holzhaus hinauf. Über der Eingangstür hing ein großes Schild mit der Aufschrift »Howling Moon«. Überrascht über diesen ungewöhnlichen Namen sah ich Liam an.

»Heulender Mond?«, fragte ich kichernd.

»Ist das so ungewöhnlich?«, erwiderte er ernst, aber seine Augen blitzten frech unter seinen langen, dichten Wimpern hervor.

»Nein ..., für einen Wolf wäre es das nicht!«, gab ich keck zurück.

Liam starrte mich kurz verwirrt an, dann schmunzelte er mitleidig. War wohl kein besonders guter Witz gewesen.

Meine Hand langte nach dem großen eisernen Türgriff. Liam seufzte hinter mir und seine Hand schnellte vor meine, um die Tür zu öffnen.

»Ich hätte sie schon aufbekommen«, beschwerte ich mich halbherzig. Liams zuvorkommende Art war zwar ganz süß, aber man konnte es auch übertreiben.

»Daran wirst du dich gewöhnen müssen.« Wieder so ein Satz von ihm, der keine Alternative offen ließ. Bestimmend und gebieterisch.

Doch anstatt mich darüber aufzuregen, ließ ich mir die Worte wie zart schmelzenden Nugat auf der Zunge zergehen. Sie beinhalteten ja so viel mehr als einen blöden Befehl.

Daran werde ich mich gewöhnen müssen, sinnierte ich. Hieß das also, wir würden jetzt öfter was zusammen unternehmen? Ich würde öfter mit Liam ausgehen? – Mein Herz begann allein bei dem Gedanken daran laut zu pochen, doch ich würde es ihm nicht so einfach machen. Auch wenn es nur war, um ein bisschen Würde (und wenn sie auch noch so mikroskopisch klein war) zu bewahren.

Wir betraten das Café und mein Begleiter wurde direkt empfangen. »Hallo Liam«, begrüßte die Kellnerin ihn freudestrahlend. Sie kam auf uns zu, stellte sich auf die Zehenspitzen und hauchte ihm links und rechts ein Küsschen auf die Wange. Schwapp – schwapp schwapp! Anscheinend war mein See nicht halb so ausgetrocknet, wie ich gedacht hatte.

»Bist du alleine hier?«

Doch bevor Liam irgendetwas erwidern konnte, trat ich einen Schritt nach vorne und räusperte mich. Der Blick der Kellnerin fiel auf mich.

»Oh ...« Ihr Blick wanderte zurück zu Liam. »Etwa mit dieser bezaubernden, jungen Dame?«

Bezaubernd? Ich? Meinte sie das ernst? Oder wollte sie sich nur bei Liam einschleimen? Frei nach dem Motto: Jage nicht, was du nicht töten kannst?

»Ja, das ist meine Begleitung. Darf ich vorstellen? Emma.«

Ich reichte ihr schüchtern die Hand, da ich immer noch nicht wusste, was ich von ihrer Äußerung halten sollte.

»Hi! Ich bin Yvonne«, stellte sie sich ebenfalls vor. »Was für zarte Hände du hast«, bemerkte sie und lächelte mich an. »Ein bisschen klebrig, aber sehr weiche Haut.«

Liam grinste und zwinkerte mir frech zu. »Ist bestimmt von den Äpfeln. Ihr Dad hat einen Obstladen.«

»Oh«, kommentierte sie, während ich meine Hand verlegen aus ihrer zog. Dumme Kuh! Dummer Liam! Ich merkte, wie meine Wangen erröteten und schaute betreten zu Boden.

»Ist mein Tisch noch frei?«, fragte Liam in einem freundlichen Tonfall. Für meinen Geschmack etwas zu freundlich, doch ich erinnerte mich daran, dass Liam mit allen Leuten so höflich umging, und versuchte mir klarzumachen, dass es eben seine Art war und nichts mit Yvonne persönlich zu tun hatte.

Ich sah mich um und stellte fest, dass alle Tische in meiner Sichtweite belegt waren. Gedanklich bereitete ich mich schon mal darauf vor, dass Liam mich gleich wieder nach Hause bringen würde.

»Du hast Glück. Er ist noch frei«, antwortete sie.

Yvonne führte uns zu einem kleinen Tisch, der vor einer Terrassentür stand. Zu dem einzigen Tisch, der noch frei war, wie ich nach einem Rundumblick durch das Café feststellte. Das war also »Liams Tisch«.

Liam bedankte sich bei Yvonne, die daraufhin verschwand, und rückte meinen Stuhl zurecht. Wortlos setze ich mich und schaute mich weiter um, während er auf der gegenüberliegenden Seite Platz nahm.

»Und? Gefällt's dir?«, fragte er hoffnungsvoll und ließ mich dabei nicht aus den Augen.

Ich betrachtete das gemütliche Innenleben des Holzhäuschens, das mit so viel Liebe eingerichtet war; die rustikalen Holzmöbel, den wunderschönen, knisternden Kamin und die süßen rot-weiß-karierten Deckchen, die jeden Tisch zierten. Dazu noch der Duft von warmem Holz. Ein Ort des puren Wohlbehagens. Ich nickte.

»Es ist wirklich wundervoll«, bekräftigte ich, auch auf die Gefahr hin, dass ich mich bei all diesen wunderbaren Eindrücken zu wiederholen begann. Liam lächelte.

»Das hier ist also dein Tisch?«, fragte ich und musste zugeben, dass dies wohl der schönste Platz im ganzen Café war. Er lag zwar etwas versteckter in einer Ecke, doch das war mir nur recht.

»Ja, hier sitze ich immer.«

Meine Augen weiteten sich. »Immer? Wie oft gehst du denn Kaffee trinken?«, fragte ich etwas erstaunt.

»Normalerweise komme ich hierher, wenn ich nachdenken muss.« Seine Hand deutete auf den Wald und die endlosen Berge dahinter, die sich vor der Terrassentür, vor der unser Tisch stand, erstreckten. Es war ein traumhafter Ausblick und ich verstand sofort, was er meinte. Ich konnte mich ebenfalls in solchen Bildern regelrecht verlieren und sie stundenlang bewundern.

Ich reichte Liam die Karte, der sie zwar annahm, aber ungelesen auf den Tisch legte.

»Ich weiß schon, was ich nehme. Und du?«

»Einen Kakao.« Ich hatte es noch nicht fertig ausgesprochen, da kam Yvonne bereits herbeigeeilt.

»Habt ihr schon gewählt?«, fragte sie höflich.

»Wir hätten gerne zweimal Kakao«, antwortete Liam. Er bestellte für mich mit. Was auch sonst. Er war vorher bestimmt auf irgendeiner strengen Benimmschule gewesen und hatte Fächer à la »Wie verhalte ich mich gegenüber Frauen im 18. Jahrhundert und wie lässt sich das auf die heutige Zeit übertragen?« oder so ähnlich belegt. Oder er war in einer Art Bootcamp gewesen, in dem man vom Schwerverbrecher zum Gentleman ausgebildet wurde. Ich dachte an meine Mafiosi-Theorien vom Nachmittag. Das würde zumindest seinen schicken Sportwagen erklären.

Yvonne nickte und verschwand genauso schnell und lautlos, wie sie gekommen war. Wenig später stellte sie zwei große Becher mit heißer Schokolade auf den Tisch und ließ uns wieder allein.

»Danke fürs Bestellen vorhin«, sagte ich und wollte eigentlich höflich klingen, doch leider hörte man meiner Stimme an, dass ich davon nicht ganz so begeistert war, wie ich es wahrscheinlich sein sollte.

»Hättest du lieber selbst bestellt?«, fragte er und sah mich neugierig an.

Was sollte ich jetzt sagen? Ja? Nein? »Sagen wir so: Ich hätte es gekonnt ...«

»Dann hätte er aber nur halb so gut geschmeckt ...«

Misstrauisch starrte ich ihn an. »Warum? Hätte Yvonne sonst reingespuckt?!«

Liam lachte. »Nein, nein. Aber ich kann das einfach ziemlich gut.« Ein freches Glitzern huschte über seine Augen.

»Was?«

»Bestellen.«

Ich musste lachen. Obwohl das ja absoluter Quatsch war, den er da gerade verzapfte, war es doch ziemlich süß. Ich merkte, wie sich etwas in mir entspannte. Zumindest war die anfänglich etwas steife Stimmung dadurch gelockert worden.

»So so ... dann bin ich ja heilfroh, dass ich dich mitgenommen habe«, grinste ich zurück.

»Du mich?« Er zog entrüstet die Brauen nach oben. »Du hättest mich im Leben nicht gefragt, ob wir zusammen ausgehen.«

Ich hatte gerade einen Schluck von meinem Kakao genommen, als ich mich direkt daran verschluckte und zu husten begann. Okay. Damit wäre dann wohl auch die Frage geklärt, ob ein Nachmittagstreffen auch als Date zählte. Liam grinste überlegen.

»Na gut. Wenn wir schon bei den Dingen sind, die du gut kannst, erzähl mir doch noch ein bisschen mehr von dir«, lenkte ich das Thema um und sah ihn erwartungsvoll an.

Zuerst schaute Liam überrascht. Er war es wohl nicht gewohnt, überrumpelt zu werden, doch seinem leichten Grinsen nach zu urteilen, fand er das gar nicht so schlecht.

»Über mich? Eigentlich wollte ich dich das fragen ...«

»Über mich weißt du doch schon alles. Du weißt, wo ich wohne, dass ich über wenig Sozialkontakte verfüge, gerne male und meine Zeit ansonsten in einem sterbenslangweiligen Gemüseladen verbringe. That's it. Du kennst sogar meine Eltern. Von dir hingegen weiß ich gar nichts ...«, unterbrach ich ihn.

Liam nickte. »Okay. Was möchtest du denn wissen?« Nun sah er irgendwie unsicher aus.

»Alles! Wie du aufgewachsen bist, wie du unsere Schule findest, was du für Hobbies hast, ob du gerne verreist, was deine Lieblingsfarbe ist, ob du Haustiere hast ... einfach alles.«

Gespannt sah ich ihn an, während Liam doch ein wenig den Eindruck machte, überfordert zu sein.

»Na gut ... äh ... fangen wir vorne an.« Er machte eine kurze Pause, dann sprach er weiter. »Wo ich herkomme, hatte ich ja bereits in meiner Vorstellungsrunde im Unterricht erzählt. Falls du da aufgepasst hast ...« Er lächelte süffisant.

»Northville ist eine sehr ländliche Gegend. Ähnlich wie hier, nur mit noch mehr Wäldern. Ich liebe die Natur. Meine ganze Familie liebt die Natur, deswegen stand es außer Frage, in eine große Stadt zu ziehen. Ich finde es ein bisschen schade, dass wir von dort weggezogen sind, aber ... na ja ...«

»Warum seid ihr denn dann überhaupt von dort weg, wenn es da so schön war?«, fragte ich neugierig.

»Mein Dad ist Anwalt und hat in einer neuen Kanzlei angefangen, die nicht weit von Greenwood entfernt ist. Tja, und damit er nicht jeden Tag so weit fahren muss, sind wir halt hierher gezogen.«

»Oh. Das ist aber schade«, bedauerte ich ihn. Ich konnte ihn gut verstehen, denn obwohl unser Städtchen nicht besonders spannend war, würde ich ebenfalls ungern von hier wegziehen wollen. Schon gar nicht mitten im Schuljahr, wo ich dann wieder an eine neue Schule müsste, mit neuen Leuten und so weiter und so fort.

»So schade ist das gar nicht.« Er griff über den Tisch und legte seine Hand auf meine. »So konnte ich dich kennenlernen.«

Ich lächelte scheu.

»Ich mein's ernst, Emma. Ich finde dich ... sehr interessant.«

»Ähm ... danke ...«, antwortete ich und schlug verlegen die Augen nieder. Was er wohl damit meinte?

Ich hatte insgeheim gehofft, dass er noch mehr dazu sagen würde, doch als nichts mehr von ihm kam, lenkte ich lieber wieder auf meine Ausgangsfragen zurück. »Wie findest du es denn generell hier? Die Schule und so?«

»Von der Gegend her ist es hier ja sehr schön, wie gesagt. Die Schule wird, was ich bis jetzt mitbekommen habe, auch nicht besonders schwer werden und ...«

»Angeber«, rutschte mir leise heraus und ich unterbrach ihn versehentlich damit. Doch Liam grinste nur.

»Was ist deine Lieblingsfarbe?«, fragte ich schnell, um davon abzulenken.

Liam schaute mir in die Augen. »Grün.«

Wieder senkte ich den Blick.

»Nicht nur wegen deiner Augenfarbe. Obwohl sie ebenso vielschichtig wie dein Charakter zu sein scheint. Die Natur ist grün. Die Wälder, die Bäume, das Gras ... Grün ist eine lebendige Farbe. Sie beinhaltet das Leben und das ist das Besondere daran.«

Ich schaute ihn fasziniert an. Solch eine tiefgründige Beschreibung einer Farbe hätte von mir als Malerin kommen können, aber das aus dem Munde eines Mannes zu hören, ließ mich schon etwas perplex werden.

»Genauso sehe ich die Farbe auch«, antwortete ich, immer noch hin und weg von seinen Worten. »Malst du auch?«

Liam schüttelte den Kopf. »Nein. Und glaub mir, das ist auch besser so …« Er lächelte. »Aber wie ich vorhin schon sagte, würde ich mir sehr gerne ein paar deiner Arbeiten ansehen.«

Eigentlich zeigte ich meine Bilder nicht gerne her. Nicht, weil ich sie nicht für gut befunden hätte, aber die Wenigsten verstanden die Details, die ich hineinzuarbeiten versuchte, und ich hatte wenig Lust, immer einen halben Roman dazu zu erklären. Aber vielleicht war das bei Liam ja anders?

»Gern«, erwiderte ich deshalb noch mal und fuhr mit meiner Fragerei fort.

»Was hast du denn für Hobbies?«

»Ich mache gerne Sport.«

»Man sieht's«, entflutschte es mir und mein Blick wechselte unfreiwillig zu seinen Oberarmen. Schnell schaute ich wieder auf meinen Kakao, weil ich mich ertappt fühlte.

»Und was ist mit Haustieren? Hast du welche?«, versuchte ich das Thema zu wechseln.

»Du meinst, außer Steaks?«

Ich lächelte. »Ich meine richtige Tiere.«

Nachdenklich schaute er mich an. »Kann man so nicht sagen.«

Mein Lächeln wurde breiter. »Beherbergst du also auch nur etwaige Stubenfliegen?«

Das sollte witzig gemeint sein, doch Liams Blick wurde wehmütig. »Ja … so ähnlich …«

Oh … Ich bekam ein schlechtes Gewissen. So traurig wie Liam gerade schaute, hatte er bestimmt mal ein Haustier besessen, welches er sehr lieb gehabt hatte und das inzwischen verstorben war. Ich beschloss, ihn nicht weiter danach zu fragen. So taktlos hatte ich gar nicht sein wollen. Da mir jedoch nichts Passendes einfiel, um die Situation zu retten, versuchte ich es mit einem Klassiker.

»Okay. Jetzt musst du mir noch ein Geheimnis von dir erzählen, etwas, was sonst niemand über dich weiß.« Neugierig sah ich ihn an, doch Liam schaute vollkommen entsetzt zurück. Oje ... war ich ihm zu nahegetreten?

»Über mich? Äh ... da gibt's nichts«, sagte er knapp.

»Na komm schon. Irgendeine Leiche hat doch jeder im Keller«, kicherte ich, doch er schien das gar nicht lustig zu finden.

»Nein. Wirklich nicht.«

»Ich erzähl dir auch eins über mich«, bot ich an und kurz schien er zu überlegen, ob er auf den Deal eingehen sollte, rief dann aber nach Yvonne.

»Ich glaube, es wird Zeit. Nicht, dass du noch Ärger bekommst.« Er zwinkerte mir zu, und ich verzog das Gesicht. Ich hatte ihn vergrault.

Kurz überlegte ich, ob er vielleicht tatsächlich eine Leiche im Keller hatte. Irgendeinen Grund musste es ja schließlich geben, dass er so reagierte, doch ich verwarf diesen Gedanken schnell wieder. Was für ein Quatsch. Vermutlich hatte es irgendetwas mit einer Exfreundin zu tun und er wollte einfach nicht so ungehobelt sein und mich beim ersten Date mit Storys von seiner Ex volllabern.

Liam bezahlte und half mir in die Jacke, dann gingen wir zurück zu seinem Auto. Ich hatte gar nicht bemerkt, dass es bereits dunkel geworden war, so sehr war ich in unser Gespräch vertieft gewesen. Alle Antworten von Liam hatte ich aufgesogen wie ein Schwamm – auch, um mich bei Gelegenheit an den weichen Klang seiner Stimme erinnern zu können. Wenn es nach mir gegangen wäre, hätten wir noch ewig dort sitzen können.

Als wir die Brücke überquerten, rutschte ich auf irgendetwas aus. Vermutlich waren es nasse Blätter. Doch bevor ich auch nur in die Nähe des Bodens kam, hatte Liam mich blitzschnell aufgefangen. Bei seiner Berührung durchfuhr mich wieder dieses unglaubliche Kribbeln, von dem ich meinte, dass es mir noch Jahre später Gänsehaut verursachen würde. Ich sah ihm in die Augen. Ein plötzliches Verlangen flammte in mir auf. Eines, was mir bis dato völlig unbekannt gewesen war. Seine Lippen sahen so weich aus, dass ich sie am liebsten berührt, ja, geküsst hätte. Ich wollte ihn küssen?! Wollte ich das wirklich? Wollte er es auch? Sollte ich es einfach versuchen? – Nein, lieber nicht.

Schnell befreite ich mich aus seinen Armen und etwas verdutzt ließ er mich los. Immerhin war er der Mann und wenn er mich gerne küssen wollte, sollte er doch bitte den ersten Schritt machen. Da er aber keine Anstalten dazu machte, setzte ich den Weg fort. Liam ging nun hinter mir.

***

Die Autofahrt war viel zu schnell vorbei. Gefühlte zwei Minuten nach dem Losfahren bog Liam schon in unsere Hofauffahrt ein. Als ich mich verabschieden wollte, öffnete er seinen Anschnallgurt.

»Ich bring dich noch zur Haustür.«

Ich schluckte schwer. Er wollte mich zur Haustür bringen? So etwas hatte ich schon x-mal im Fernsehen gesehen. Wie hieß dieser bekannte Film? Hitch – der Date Doktor? Den Haustürservice machten Männer doch nur, wenn sie einen Kuss erwarteten. Die Frau spielte dann immer mit ihrem Schlüsselbund – tat so, als würde sie nicht den richtigen Schlüssel finden – um dem Mann damit das Signal zu geben, dass sie es auch wollte.

Mir wurde ganz mulmig bei dem Gedanken. Einerseits freute ich mich, andererseits hatte ich aber auch Angst, etwas falsch zu machen.

Die Angst überwog. Ich griff in meine Tasche, während Liam um das Auto lief, um mir die Tür zu öffnen. Diesmal kam mir seine altmodische Erziehung sehr gelegen. Sie verschaffte mir ein bisschen Zeit, den Haustürschlüssel schon einmal rauszusuchen und in der Hand parat zu halten.

Nachdem ich ausgestiegen war, gingen wir gemeinsam zur Haustür und Liam legte dabei seinen Arm um meine Schultern. Als ich hektisch versuchte, den Schlüssel ins Schloss zu bugsieren, stand er grinsend neben mir und schien auf irgendwas zu warten. Mit zittrigen Händen schaffte ich es endlich, die Haustür aufzuschließen. Gerade, als ich sie aufstoßen wollte, stellte Liam sich mir in den Weg. Erschrocken blickte ich an ihm hoch.

»Ich ...«, begann er, doch ein merkwürdiges Geräusch unterbrach ihn. Ich schaute auf die verglaste Haustür und erschrak fast zu Tode, als ich bei genauerem Hinsehen den Kopf meiner Mutter hinter der Gardine erkannte – die eigentlich als Schutz vor neugierigen Einblicken gedacht war.

Wutschnaubend stieß ich die Haustür auf, die prompt auf Widerstand traf und schaute böse zu meiner Mutter, die sich verlegen die Stirn rieb.

»Mutter!«, fuhr ich sie an, doch sie lächelte nur.

»Lasst euch nicht stören«, sagte sie freundlich, schob mich wieder aus der Haustür heraus und schloss die Tür von innen.

Völlig entgeistert starrte ich in Richtung Gardine. Denn: Wer nun glaubte, der Kopf meiner Mutter sei verschwunden, der irrte. Jetzt, wo sie bereits entdeckt worden war, presste sie ihre Stirn völlig schamlos gegen die Scheibe. Fehlte nur noch das Popcorn. Liam selbst schien davon völlig unberührt zu bleiben.

»Na dann ... wo waren wir?«, neckte er mich.

Man musste nicht sonderlich feinfühlig sein, um mitzubekommen, wie furchtbar peinlich mir die ganze Situation war. Meine Mutter konnte so schrecklich sein!

Ich starrte beschämt zu Boden, doch Liam legte seinen Zeigefinger sanft unter mein Kinn und hob vorsichtig meinen Kopf an, sodass er mir in die Augen schauen konnte. Sein Grinsen war einem liebevollen Lächeln gewichen und sein Gesicht kam meinem langsam näher.

Ich hielt die Luft an. Würde ich jetzt meinen ersten richtigen Kuss bekommen? Während meine Mutter sich die Nase an der Fensterscheibe plattdrückte und zuschaute? Das durfte doch wohl alles nicht wahr sein!

Zweifelnd sah ich Liam an, doch dieser schien nicht die Absicht zu haben, mich auf den Mund zu küssen. Federleicht berührten seine Lippen meine Stirn, ähnlich wie die zarten Flügel eines Schmetterlings, und gaben mir einen zärtlichen Kuss, der fast nicht zu spüren war.

»Dann bis Montag«, flüsterte er mir zärtlich ins Ohr und ging zurück zu seinem Wagen.

Benommen torkelte ich durch die Haustür, die meine Mutter bereits wieder für mich geöffnet hatte.

»Er ist ja so ein Gentleman«, rief sie begeistert, doch ich war noch zu abgelenkt, um auf ihr Geplapper zu hören.

Ich schlich die Treppe hinauf, legte mich ins Bett und schloss seufzend die Augen. Was für ein Tag!

8. Kapitel

Nachdem sich der Sonntag unerträglich in die Länge gezogen hatte, kam endlich der Montag. Ich freute mich auf die Schule, oder vielmehr: auf Liam. Ich war so euphorisch, dass selbst der Sportunterricht, den ich heute haben würde, meine Freude nicht trüben konnte – und das wollte schon was heißen.

Liam wartete an unserer Laterne. Lässig dagegen gelehnt und wie immer umwerfend gut aussehend. Ein inzwischen angenehm vertrautes Bild.

»Guten Morgen, Emma«, begrüßte er mich mit einem strahlenden Lächeln.

»Hallo, Liam«, entgegnete ich nicht minder gut gelaunt.

Er schnappte sich meine Schultasche und schwang sie sich locker über die Schulter.

Während wir nebeneinander hergingen, berührten sich unsere Hände kurz. Ich überlegte, ob ich einfach seine Hand nehmen und halten sollte, doch ich verwarf den Gedanken schnell wieder. Das machte man schließlich nur, wenn man zusammen war. Und Liam und ich waren nicht zusammen. Oder doch? Möglich wäre es – schließlich hatte er mich geküsst. Gut, er hatte mich auf die Stirn geküsst, wie mein Vater früher, wenn er mich zu Bett brachte, aber das war ja eh etwas anderes.

Wie legte man überhaupt den Zeitpunkt des Zusammenkommens fest? Wieso gab es keine Liste, wo so etwas genau drinstand? Eine Liste, die man einfach nur »abarbeiten« musste? Ich konnte doch nicht die Einzige sein, die sich solche Fragen stellte. Wenn ich in ein paar Jahren etwas mehr Erfahrung hätte, würde ich so eine Liste aufstellen. *Erstes Date = mehr als nur Freunde. Erster Kuss auf den Mund = Zusammensein usw.* Ich war mir sicher, dass alle Mädchen, die irgendwann an diesen Punkt kamen, sehr froh über eine solche schriftliche Zusammenfassung sein würden.

Die Schule verging glücklicherweise schnell und selbst den Sportunterricht überlebte ich unbeschadet, sodass ich mit Liam zusammen nach Hause gehen konnte. *Montag sei Dank*, dachte ich vergnügt, da er heute bei uns arbeiten musste.

Im Laden angekommen, war mein Dad schon dabei, das Obst aus dem Keller zu holen, um den Laden wieder aufzufüllen. Schnaufend kam er uns entgegen.

»Ich glaub, ich werd langsam zu alt für so etwas«, japste er und wischte sich mit dem Handrücken ein paar kleine Schweißperlen ab, die sich auf seiner Stirn gebildet hatten.

»Lassen Sie nur, Mr Forsyth. Ich mach das.« Liam legte seine Tasche hinter die Kasse und krempelte sich die Hemdsärmel bis zu den Ellenbogen hoch. Ich staunte erneut über seine gut definierten Arme und das Muskelspiel, was darunter zu sehen war, als er die Kiste mit Leichtigkeit anhob und zu dem entsprechenden Tisch brachte.

Ich hatte ja von Anfang an bemerkt, dass Liam anders war, doch freute ich mich mehr und mehr darüber, dass sich das nicht nur auf Äußerlichkeiten beschränkte, sondern er auch einen einwandfreien Charakter hatte. Andere, die ähnlich gut situierte Eltern hatten, würden sicher nicht in einem Gemüseladen aushelfen – ob sie es nun von zu Hause vorgeschrieben bekamen oder nicht. Und schon gar nicht mit dieser Selbstverständlichkeit, wie Liam es tat. Er schien sich für nichts zu schade zu sein und packte kräftig mit an. Und egal, welche Aufgaben mein Vater ihm gab, er beschwerte sich kein einziges Mal. Dabei waren da teilweise schon echt ätzende Sachen dabei, wie zum Beispiel das Abwaschen der Regale, das Entsorgen des faul gewordenen Obstes, das Putzen des Ladens oder Ähnliches ...

Motiviert ging ich in den Keller, um die Obstkisten nach vorne zu stellen, deren Inhalt nicht mehr ganz so tadellos aussah. Mühsam zog ich sie hervor. Mir war immer noch unbegreiflich, wie Liam diese tonnenschweren Kisten so einfach handhaben konnte.

Nachdem ich die Hälfte der Kisten vorgezogen hatte, ließ ich mich auf einer nieder, um kurz zu verschnaufen, als mich ein ohrenbetäubender

Knall zusammenzucken ließ. Entsetzt fuhr ich herum, um zu sehen, was diesen Lärm verursacht hatte, da erblickte ich ein altes Holzregal, das sich auf einer Seite von der Wand gelöst hatte. Ein paar alte Dosen, die darauf abgestellt waren, kullerten nun fröhlich auf dem Boden herum.

Grummelnd, aber auch gleichzeitig beruhigt, dass lediglich die Dosen für das Gepolter verantwortlich waren, hob ich sie auf. Der Keller war mit seinen ganzen Spinnen und Spinnennetzen schon unheimlich genug – auch ohne undefinierbaren Krach.

»Emma? Hast du dir wehgetan?« Die Stimme voller Sorge erschien Liam oben auf der Kellertreppe. Sein Blick schweifte durch den unübersichtlichen Raum, wo er mich zwischen den Dosen sitzend erblickte.

»Nein, nein. Alles bestens«, wollte ich ihn beruhigen, doch das schien gar nicht mehr nötig zu sein. Sein vormals besorgter Blick war einem spöttischen Lächeln gewichen.

»Emma, du Tollpatsch«, sagte er, während er die Treppe herunterkam, um mir mit den Dosen zu helfen. »Wie hast du das denn wieder geschafft?«

»Das war ich nicht, die sind von allein runtergefallen!«, verteidigte ich mich, doch sein Schmunzeln sah nicht so aus, als würde er mir glauben. Es sagte eher »Ja, klar«. Und das mit einer Ironie, die man noch nicht mal mit Lauten zustande hätte bringen können.

Ich griff nach einer weiteren Dose und berührte etwas Warmes. Ich schaute herunter. Nicht, dass eines von diesen Mistdingern auch noch auslief. Wusste der Geier, zu was der Inhalt der Dosen bereits mutiert war. Mit Sicherheit zu nichts, was ich freiwillig anfassen würde.

Zu meiner Überraschung war die Dose in Ordnung. Es war Liams Hand, auf der meine Finger ruhten. Ich wollte meine sofort zurückziehen, doch Liam hatte sich bereits zu mir gedreht und sah mich zärtlich an. Wieder überfiel mich dieses unbeschreibliche Kribbeln und das Verlangen, meine Lippen auf seine zu pressen.

Langsam zog ich meine Hand zurück und meine Fingerspitzen glitten dabei sanft über seinen Handrücken, bevor ich sie endgültig zurücknahm.

Ich hörte, wie Liam tief einatmete. Seine Augen hielten mich immer noch fest. Zögernd legte er seine Hand an meinen Hals und streichelte mit seinem Daumen federleicht über meine Wange, während ich schüchtern die Augen niederschlug.

»Emma?«, sprach er mich an.

Ich würde ihn wohl doch ansehen müssen. Mir war klar, dass er sonst nicht weitersprechen würde. Verschämt blickte ich auf, in die dunkle Unendlichkeit seiner Augen. Ich merkte, wie mein Blut zu pulsieren begann und mein Herz immer schneller schlug.

»Ich wollte ...« Doch Liam kam gar nicht dazu auszureden. Mein Vater polterte die Treppe hinunter und starrte uns entsetzt an.

Schnell entwand ich mich Liams Berührung und wich ein Stück zurück – obwohl mir das fast noch größere seelische Schmerzen bereitete als die Peinlichkeit, von meinem Vater in solch einer Situation erwischt zu werden.

»Was macht ihr denn da?!«, rief er entgeistert.

Was für eine dämliche Frage war das denn? Wonach sah es denn aus? Und was hatte Liam mir eigentlich sagen wollen, bevor mein Vater so unsensibel dazwischengeplatzt war?

Oh Dad! Dass er immer in den unpassendsten Momenten auftauchen musste!

Meine Antwort war die Standardantwort eines von Eltern genervten Teenagers: »Nichts!«

Verdutzt schaute mein Vater mich an, dann kniff er ein Auge zusammen, so wie *ich* es manchmal tat, wenn ich etwas nicht glaubte. – Erschreckend, was man so alles erben konnte. Ich nahm mir fest vor, mein Auge nie wieder so zusammenzukneifen.

»Gut ... äh ... du sollst mal hoch zu deiner ... äh ... Mutter kommen«, stammelte mein Vater und glotzte uns weiter an.

»Mach ich«, antwortete ich gehorsam und versuchte ihm mit meinem Blick begreiflich zu machen, dass er uns bitte allein lassen möge.

Doch mein Dad – die Inkarnation der Taktlosigkeit – kapierte mal wieder gar nichts.

»Was?« Sein Blick war verständnislos.

»Tschüss, Dad«, sagte ich mit Nachdruck und er verließ widerwillig den Keller.

Ich wandte mich Liam zu und lächelte gequält. »Ich werd dann mal …« Schon drehte ich mich um und ging in Richtung Treppe, als Liam mich am Arm fasste und zurückzog. Wie gewohnt war seine Berührung sanft, aber bestimmend.

Er drehte mich zu sich, hielt mich an beiden Händen fest und zog mich ganz nah heran, sodass ich all die Wärme spüren konnte, die von ihm ausging, ohne ihn wirklich zu berühren. Liam beugte sich leicht herab und hielt kurz inne. Er schien zu überlegen. Dann hauchten mir seine seidigen Lippen einen Kuss auf die Stirn. Er ließ mich los, packte zwei Obstkisten und ging, ohne sich noch einmal umzudrehen, die Treppe hinauf.

Perplex sah ihm nach und machte mich schließlich auf den Weg ins Wohnhaus.

***

Meine Mutter stand in der Küche und erwartete mich bereits.

»Wenn du das noch einmal mit deinem Vater machst, bekommt er bestimmt einen Herzinfarkt!«, schimpfte sie mit gespielter Ernsthaftigkeit.

Ich lächelte verlegen. War ja klar, dass er ihr schon alles haarklein erzählt hatte. Er hoffte wahrscheinlich, dass meine Mutter mir die Ohren lang zog, weil er sich das selbst nicht traute, doch in dieser Beziehung war meine Mom ja wieder cool, also hatte ich nichts zu befürchten.

»Könntest du bitte das Gemüse schneiden?« Sie gab mir ein Brettchen und ein Messer und ich nahm die Sachen kommentarlos entgegen, was so viel bedeutete wie »Ja, mach ich.« Eine Weile arbeiteten wir schweigend nebeneinander her.

»Du, Mom?« Meine Mutter blickte auf.

»Sag mal … woran könnte es liegen, wenn ein Junge und ein Mädchen sich vermutlich anziehend finden, sich aber nicht auf den Mund küssen?«

Sie antwortete prompt und ungeniert. »Einer von beiden hat tierischen Mundgeruch!«

Fassungslos starrte ich sie an und meine Mutter bekam große Augen.

»Liam möchte dich nicht auf den Mund küssen?«

Ich wurde rot. »Quatsch ... es geht doch nicht um mich. Eine Freundin hat mir das erzählt«, log ich, weil das Wort »endpeinlich« schon nicht mehr ausreichte, um meine Gefühle bezüglich der momentanen Situation zu beschreiben.

Kritisch beäugte sie mich. »Eine Freundin?,« wiederholte sie skeptisch, ging aber darauf ein. »Nun gut, Liebes. Wenn deine Freundin und ihr Freund – sagen wir, sie heißen Emma und Liam -«, meine Mutter grunzte über ihren Witz, »noch nicht so viel Erfahrung damit haben, kann es ja sein, dass sich keiner von beiden so richtig traut, oder?«

»Liam und keine Erfahrung?«, platzte es aus mir heraus und meine Mutter lächelte liebevoll, weil ich mich verraten hatte.

»Nur weil der Junge gut aussieht, heißt das noch lange nicht, dass er das auch ausnutzt.« Sie machte eine kurze Pause und ließ mich darüber nachdenken. »Emma, du bist ein sehr hübsches Mädchen! Ist dir noch nicht in den Sinn gekommen, dass Liam Angst vor einer Abfuhr haben könnte? Vielleicht möchte er dir Zeit lassen, um ganz sicher zu gehen, dass du auch etwas für ihn empfindest?«

Ich dachte kurz nach. Vielleicht hatte sie ja Recht? Auch wenn es schwer vorstellbar war ... Vielleicht wollte Liam einfach nur nichts falsch machen?

»Danke, Mom«, sagte ich und lächelte sie an. Sie nickte mir zu und widmete sich wieder der Zubereitung des Essens.

Ich hatte das Gemüse mittlerweile fertig geschnitten und ging hinauf in mein Zimmer. Gegessen wurde sowieso erst, wenn Dad den Laden zumachte und das dauerte noch.

Ich legte mich aufs Bett und schaltete den Fernseher ein. Plötzlich klopfte es an meiner Tür.

»Stör ich?«, fragte eine samtweiche Stimme. Erschrocken fuhr ich hoch. Das war Liam!

»Ähm … nein«, antwortete ich wahrheitsgemäß und setzte mich aufrecht hin.

Die Tür ging auf und Liam schob seinen Kopf durch den Spalt. »Deine Mom sagte, ich würde dich hier finden.«

Immer noch völlig verdattert, starrte ich ihn an. »Ähm … ja, komm doch rein.«

Schnell verstaute ich meinen verwaschenen Bärchenschlafanzug unter der Bettdecke und hoffte, dass Liam ihn nicht bereits gesehen hatte.

»Und? Was machst du so?«, fragte er.

»Ich … äh … ich guck nur ein bisschen fern.«

»Kann ich mich dazusetzen? Dein Vater hat nichts mehr zu tun für mich.«

Ich nickte, unfähig, noch irgendetwas zu sagen. Der hinreißende, männliche Liam wollte in meinem Kinderzimmer mit mir Fernsehen schauen? Unfassbar!

Mit eleganten Schritten durchquerte er mein Zimmer, zog seine Schuhe aus und setzte sich mit dem Rücken gegen das Bettgestell gelehnt neben mich. Ich blieb immer noch verdutzt und steif in der Mitte des Bettes hocken. Doch dann beugte sich Liam zu mir herüber, packte mich an den Schultern und zog mich näher zu sich heran. Ohne großartig darüber nachzudenken, kuschelte ich mich an ihn und legte meinen Kopf auf seine warme Brust.

Wow! Er fühlte sich noch viel besser an, als er aussah. Ich konnte gar nicht glauben, was einem alles entging, wenn man ihn *nur* ansah. Wie es sich wohl anfühlen würde, wenn das störende Hemd auch noch weg wäre? Wie würde meine Mutter sagen? *Vom Feinsten!*

Ich durfte nicht weiter darüber nachdenken. Am Ende würde ich sabbern oder so etwas … Ich erinnerte mich an einen dieser Zombiefilme … wie die Untoten schauten und speichelten, wenn sie frisches Fleisch rochen.

Ich vertrieb den Gedanken schnell aus meinem Kopf und hoffte, dass ich in diesem Moment in seinen Augen nicht wie ein Zombie aussah. Ganz sicher war ich mir allerdings nicht.

Während wir zusammen fernsahen, versuchte ich mich so wenig wie möglich zu bewegen. Nicht, dass ich Liam lästig wurde und meinen neu erworbenen Lieblingsplatz aufgeben musste.

Irgendwann hob er meinen Zauberwürfel vom Bett auf, den ich vor Schreck einfach fallengelassen hatte, und drehte daran herum. Nach einigen Umdrehungen zeigte jede Würfelseite die gleiche Farbe.

Verblüfft sah ich ihn an. »Wie hast du das gemacht?«

»Wenn man den Dreh einmal raus hat, ist es ganz leicht. Soll ich es dir zeigen?«

»Ja, bitte«, antwortete ich und sah gespannt zu, als er mir die Handgriffe erklärte. So schwer war es tatsächlich nicht. Hätte ich mich einfach mal intensiver damit beschäftigt, anstatt das Ding immer wieder direkt wegzulegen, hätte ich es mit Sicherheit auch allein herausgefunden.

Ich machte es mir wieder auf seiner Brust gemütlich und Liam legte seinen Arm um mich, während er mir sanft übers Haar streichelte. Ich genoss jede Berührung von ihm.

Plötzlich klopfte es wieder an der Tür, doch diesmal wartete keiner, bis er hereingebeten wurde. Postwendend stand mein Vater im Zimmer und hielt uns stolz einen Karton vor die Nasen.

»Ich dachte mir, ihr langweilt euch sicher hier oben, da kam ich auf die Idee, wir könnten doch Monopoly spielen?«

Na toll! Was sollte das denn jetzt? Wir hatten schon seit Jahrhunderten kein Spiel mehr zusammen gespielt und ausgerechnet jetzt kam er damit an?

Ich merkte, wie Liam unter mir zu lachen begann, als er den bestürzten Gesichtsausdruck meines Vaters sah, der anscheinend erst jetzt bemerkt hatte, in was er da wieder hineingerannt war.

Völlig entspannt lag ich immer noch auf Liams Oberkörper, denn diesmal störte mich die Situation nicht. Ich wusste, dass dies alles meinem Vater wesentlich peinlicher war als mir, also musste er da durch.

»Nein, wir haben keine Lust mit dir zu spielen«, sagte ich und hoffte, dass mein Dad sich wieder aus dem Staub machte.

Beleidigt schob er die Unterlippe vor. »Liam, du? Wir könnten uns unten ins Wohnzimmer setzen. Ist sicher viel bequemer als Emmas Kinderbettchen ...«

Was? Kinderbettchen? Der war unter der Gürtellinie! Ich wollte irgendwas Cooles darauf sagen, doch mir fiel nichts ein.

»Nein, Liam möchte auch nicht mit dir spielen!«, knurrte ich und warf meinem Vater einen tödlichen Blick zu.

In diesem Moment rief meine Mutter von unten herauf und mein Vater zuckte ertappt zusammen. »Fred Forsyth! Wo bist du?«, brüllte sie.

»Ich bin hier, Liebes«, antwortete er mit engelsgleicher Stimme.

»Wo ist *hier*?«

Mein Vater schien kurz zu überlegen, ob er tatsächlich antworten sollte, dann murrte er widerwillig: »Bei Emma und Liam ...«

»Lass die beiden in Ruhe knutschen!«, rief meine Mom zurück und selbst oben in meinem Zimmer hörte ich ihr hämisches Grunzen.

Mein Vater schreckte bei dem Wort *knutschen* auf und prompt liefen seine Wangen rot an, was ihn aber nicht davon abhielt, uns erst noch mal eindringlich zu mustern. Man merkte deutlich, wie schwer es ihm fiel, uns den Rücken zuzukehren.

»Wir machen nichts, Dad«, versicherte ich ihm und mein Vater verließ schließlich mehr als ungern das Zimmer.

Ich seufzte tief, als er die Tür hinter sich schloss, und wagte es kaum, mich nach Liam umzudrehen. Ich war mir sicher, er würde jeden Augenblick schreiend aus diesem Irrenhaus rausrennen.

Verdenken konnte ich es ihm nicht, doch wundersamerweise blieb er, wo er war.

Aus den Augenwinkeln sah ich, wie er mich anschaute und sein Mund unwillkürlich zuckte.

Ich ignorierte es und schaute weiterhin in den Fernseher, als Liam das Programm wechselte. Nachrichten. Igitt! Ich schaute nie Nachrichten – viel zu langweilig – doch mir war egal, was lief. Hauptsache ich konnte hier liegenbleiben.

TOK – TOK TOK! Wieder klopfte es an meiner Zimmertür, und wieder betrat mein Vater das Zimmer, ohne dass ich ihn hereingebeten hatte. Er wusste wahrscheinlich, dass es klüger war, direkt einzutreten, anstatt darauf zu warten, dass ich ihm die Erlaubnis erteilte. Da hätte er nämlich warten können, bis er schwarz wurde. Außerdem war es gerade einmal zehn Minuten her, als er das letzte Mal in meinem Zimmer gestanden hatte.

»Was willst du, Dad?«, sagte ich, mehr stöhnend als fragend.

»Na ja, ähm ...«, druckste mein Vater herum und sein Gesicht hatte eine schöne purpurne Farbe angenommen. »Ich ... ähm ... ich wollte fragen ... ähm ... was wollt ich denn fragen?«, murmelte er, während er sich Hilfe suchend in meinem Zimmer umsah.

Sein Blick blieb an einem leeren Glas hängen, das auf meinem Schreibtisch stand. »Ach so!«, rief er und lächelte triumphierend, als hätte er einen enormen Geistesblitz gehabt. »Ich wollte fragen, ob ihr etwas trinken möchtet.«

Ich schaute Liam fragend an. Was war ich nur für eine Gastgeberin? Das hatte ich völlig vergessen.

Doch Liam schüttelte den Kopf. »Vielen Dank, Mr Forsyth, aber ich bin nicht durstig«, antwortete er höflich, wenn auch mit einem unterdrückten Lachen.

»Du wirst doch sicher Durst haben, so viel, wie du eben gearbeitet hast«, sagte mein Dad noch einmal mit Nachdruck. Jetzt fragte er Liam nicht einmal mehr, ob er Durst hatte – er versuchte, ihn davon zu überzeugen. Wer hätte gedacht, dass sich mein Vater mal als so lästig erweisen würde? Er klebte regelrecht an Liam, wie ein Stück Hundekacke an einem Schuh.

»Fred Forsyth!«, schrie meine Mutter durchs ganze Haus. Ihre Stimme war laut und kreischend und mehr sauer als belustigt.

Nervös drehte mein Vater sich um. »Ja, Zuckermäuschen?«

»Wo – sind – Sie?« Die Worte aus dem Mund meiner Mutter kamen wie Gewehrkugeln herausgeschossen. Schnell und hart. Meine Mutter siezte meinen Vater immer, wenn er etwas angestellt hatte und sie auf 180 war.

»Ich hab die beiden nur gefragt, ob sie etwas trinken möchten!«, rief er zu ihr herunter. »Emma hat das selbstverständlich vergessen«, fügte er noch hinzu und warf mir dabei einen erhabenen Blick zu. Er hoffte wohl, durch den letzten Satz die Wut meiner Mutter etwas dämpfen zu können. Allerdings hätte mein Vater nach all den Jahren, die sie mittlerweile verheiratet waren, wissen müssen, dass es absolut nichts gab, das meine Mutter beruhigen konnte, wenn sie einmal in Rage war.

»Sie kommen augenblicklich herunter, Mr Forsyth! Sonst setzt es was!«

Ich hätte nie gedacht, dass ich das mal sagen würde, aber ich war gerade so was von heilfroh, dass es meine Mutter gab – das konnte sich keiner vorstellen. Sie würde ihn schon noch aufhalten.

Und ich hatte Recht. Hektisch machte mein Vater auf dem Absatz kehrt und verschwand aus dem Zimmer. Wenn meine Mutter mit dem Siezen begonnen hatte, wurde es allerhöchste Eisenbahn, absoluten Gehorsam walten zu lassen. Egal, was sie wollte, und wenn es noch so absurd war.

Ich wusste das – er wusste das – und meine Mutter wusste, dass wir beide es wussten.

Mein Dad schloss die Tür hinter sich und ich vergrub verschämt das Gesicht in meinen Händen. Vorsichtig linste ich zwischen meinen Fingern hindurch und schaute zu Liam. Ich war darauf gefasst, dass er jeden Moment vom Bett springen würde und auf Nimmerwiedersehen verschwand. Weit weg von dieser Psychopathenfamilie.

Doch Liam saß immer noch ganz ruhig auf meinem Bett. Er nahm eine meiner Haarsträhnen zwischen die Finger und spielte gedankenverloren damit herum. Das war sicher nur die Ruhe vor dem Sturm. Er wollte warten, bis ich ihn kurz aus den Augen ließ, um dann per Handy eine Psychiatrie um Hilfe zu bitten.

Es vergingen ein paar Minuten, während ich ihn vorsichtig musterte, doch er saß immer noch regungslos da und schaute gelassen in den Fernseher. Immer noch mit meiner Haarsträhne spielend.

Ich hatte mich gerade wieder beruhigt und an Liams Brust geschmiegt, da klopfte es abermals an meiner Zimmertür. – War das noch zu fassen?! Mittlerweile war ich echt ärgerlich.

Ich erwartete eigentlich, dass mein Dad wieder ins Zimmer stapfte, aber diesmal stand meine Mutter vor der Tür, ohne sie zu öffnen.

»Ich wollte nur schnell Bescheid sagen, dass es jetzt Essen gibt«, sprach sie durch die geschlossene Tür, und ich hörte, wie sie nach Beenden des Satzes die Treppe hinunterging.

»Vielleicht sollten wir erst etwas essen und trinken, damit wir ungestört sein können«, schlug ich schmunzelnd vor, doch Liam schüttelte den Kopf.

»Du willst nicht?«, fragte ich entgeistert.

Ich dachte schmerzlich an unser letztes gemeinsames Abendessen. Natürlich wollte er nicht! Wie konnte ich so was auch nur annehmen? Die Erinnerung an das letzte Mal würde ihm wahrscheinlich bis in alle Ewigkeit genügen.

»Nein. Das ist zwar ein verlockendes Angebot, aber es ist wohl besser, wenn ich nach Hause gehe.«

Vermutlich bereute er gerade, überhaupt zu mir hochgekommen zu sein, anstatt sich vom Acker gemacht zu haben, als es noch Zeit dafür war.

»Du willst lieber heim?« Ich flüsterte es nur, denn ich wusste, dass meine Stimme mich im Stich lassen würde.

Er nickte und grinste plötzlich. »Es gibt Gemüseauflauf. Nicht so mein Ding ...«

Mir zuzwinkernd stand er auf, schlüpfte in seine Schuhe, verließ das Zimmer und ging die Treppe hinab. Ich folgte ihm.

Unten angekommen öffnete Liam die Haustür und drehte sich zu mir um. Er nahm meine Hände, zog mich dicht an sich und gab mir wieder einen sanften Kuss auf die Stirn.

Wie es wohl wäre, seine Lippen endlich auf den meinen zu spüren?

»Bis morgen, Emma«, flüsterte er mir so zärtlich ins Ohr, dass sich alle meine Härchen aufstellten, und verschwand in der Dunkelheit.

Seufzend schloss ich die Tür hinter ihm. Ich wusste, dass meine Mutter uns mal wieder beobachtet hatte, doch es war mir egal. Ich war schließlich alt genug.

Niedergeschlagen, dass Liam bereits nach Hause gegangen war, trottete ich in die Küche.

»Wo ist denn Liam?«, fragte mein Vater scheinheilig.

»Du hast ihn verscheucht!«, gab ich patzig zurück, setzte mich auf meinen Platz und schaufelte mein Abendessen in mich hinein. Es gab tatsächlich Gemüselasagne – mein Lieblingsessen.

Wenn wir später verheiratet sind, muss Liam sich deutlich umgewöhnen, dachte ich lächelnd.

9. Kapitel

Knapp drei Wochen waren vergangen und obwohl der Unterricht heute Morgen erst zur zweiten Stunde begann, hatte ich verschlafen.

Viel zu spät hetzte ich den Schulweg entlang, trotzdem stand Liam an unserer Laterne und wartete auf mich.

»Jetzt aber schnell!«, lachte er mir entgegen, schnappte sich wie gewohnt meine Schultasche und zog mich an der Hand vorwärts.

Wir kamen gerade noch rechtzeitig zum Unterricht. Erschöpft von der Lauferei, ließ ich mich auf meinen Stuhl sinken, den Liam für mich zurechtgerückt hatte. Ich hatte mich schon so daran gewöhnt, dass ich vermutlich, sollte er mir einmal nicht mehr den Stuhl parat stellen, glatt auf den Boden fallen würde.

Liam saß mal wieder neben mir, als würde er schon seit Stunden dort sitzen und nicht, als hätte er eben einen marathonreifen Dauerlauf hinter sich gebracht, während ich immer noch wie eine kohlebetriebene Dampflok vor mich hin schnaufte. Ich konnte nur immer wieder über ihn staunen.

***

In den ersten beiden Stunden hatten wir Geschichte. Das war gut. Die würden schnell vergehen.

Ich hatte das Gefühl, Liam säße heute dichter neben mir als sonst, da sich ständig unsere Arme berührten. Meiner, umhüllt von einem dicken Pullover und Liams Arm, nackt bis zum Ellenbogen. Selbst durch meinen Pulli hindurch konnte ich seine warme Haut spüren und wieder bekam ich Gänsehaut von seinen Berührungen.

Jedes Mal, wenn das geschah, trafen sich unsere Blicke und er lächelte mich an. Es war zum Verrücktwerden. Liam war zum Verrücktwerden.

Umso öfter ich ihn betrachtete, umso mehr überkam mich das Verlangen, meine Arme um ihn zu schlingen und meine Lippen auf seine zu drücken.

Was, wenn ich einfach den ersten Schritt machen würde? Wenn ich ihn einfach küsste? Würde er sich wehren? Oder wäre er froh, wenn ich ihm diese Entscheidung abnahm? Vielleicht traute er sich tatsächlich nicht?

Ich kannte Liam zwar noch nicht so lange, aber er hatte auf der Schule schon etliche Angebote von Mädchen bekommen, auf die er nicht einging. Möglicherweise war er wirklich zu schüchtern ...

Ich grübelte vor mich hin, während sein Arm immer wieder meinen streifte. Dann klingelte es zur Pause. Ich packte mein Brot aus und biss schon mal hinein, während ich auf Liam wartete.

»Geh ruhig schon mal vor. Ich muss noch etwas erledigen«, sagte er zu mir und nahm seinen Mantel vom Stuhl.

»Isch kann doch mitkomm'n ...«, schmatzte ich, den Mund voller Brot.

»Nein, das geht nicht.« Schon verschwand er eiligen Schrittes aus der Klasse.

Verblüfft über diese rabiate Abfuhr ging ich nach draußen und setzte mich auf die Palisaden, auf denen ich in jeder Pause saß. Weit weg von Gyle-Kyle und seiner »Coolen-Gang«.

Was Liam wohl jetzt wieder zu tun hatte? Na ja ... vermutlich musste er noch etwas im Sekretariat abgeben. Schließlich war er neu auf der Schule.

Die zwanzig Pausen-Minuten ohne Liam wollten kaum vergehen und schon wieder musste ich feststellen, wie endlos der Faktor Zeit sein konnte, wenn man auf etwas wartete, doch dann ertönte schließlich das erlösende Klingeln der Schulglocke. Die Pause war beendet.

Ich sprang auf und lief zur Klasse zurück, da kreuzten Kyle, Tyler und Co. meinen Weg. Sie waren zum Glück so mit Dummlabern beschäftigt, dass sie mich nicht wahrnahmen.

Ich hielt kurz inne und versteckte mich hinter einem Baum. Ich wollte lieber warten, bis sie in der Klasse waren, und dann erst hinterhergehen.

Nach ein, zwei Minuten linste ich vorsichtig hinter meinem Versteck hervor, um zu sehen, ob die Luft rein war. Ich konnte Kyle und den Rest zwar noch ganz deutlich hören, aber das musste nichts heißen. Kyle war immer so laut, man hörte ihn schon meilenweit vorher, ohne dass man in der nächsten halben Stunde damit rechnen musste, ihm über den Weg zu laufen. Von daher konnte es gut sein, dass sie schon außer Sichtweite waren.

Ich hatte Recht. Kyle und Co. waren bereits im Schulgebäude verschwunden. Doch gerade, als ich losgehen wollte, sah ich Liam zum Schulgelände zurückgehen. Wo kam der denn jetzt her?

Neugierig beobachtete ich ihn, doch was ich dann sah, gefiel mir gar nicht: Neben ihm lief eine große, sportliche Brünette, die den Arm um ihn gelegt hatte und mit ihm sehr vertraut zu sein schien. – Wer zur Hölle war das? Schwapp schwapp schwapp schwapp!!!

Sie folgte Liam bis vor das Schulgebäude, während ich geduckt bis zum nächsten Baum lief, um näher an ihnen dran zu sein. Dieses Mädchen wollte ich mir doch mal genauer ansehen. Zudem musste ich wissen, was sie ausgerechnet mit meinem Liam zu bereden hatte.

Hoffentlich beobachtete mich keiner von weitem. Man würde bestimmt sofort die Polizei verständigen. Ich sah die Schlagzeile schon vor mir: »Geistesgestörte Spannerin auf Schulhof dingfest gemacht.«

Vorsichtig lehnte ich mich ein kleines Stückchen hinter dem Baum vor, um einen besseren Blick auf die beiden zu haben, da zuckte der Kopf der Brünetten und sofort verschwand ich wieder hinter dem Baum. Hatte sie mich bemerkt? Eigentlich unmöglich. Ich hatte – ausnahmsweise – nicht das kleinste Geräusch verursacht.

Meine Atmung ging kurz und ruckartig. Nicht auszudenken, wie peinlich es wäre, wenn sie mich tatsächlich gesehen hätte.

Ich atmete noch einmal tief durch und riskierte dann noch einen Blick. Ganz vorsichtig ...

Die Frau trug eine Jacke, die sie offengelassen hatte und obwohl es ziemlich kalt war, befand sich darunter nur ein bauchfreies Shirt, welches ihre abgefahrenen Bauchmuskeln richtig gut zur Geltung brachte. – Ach du Scheiße! Die war ja noch schlimmer als Amilia! Wie lautete doch gleich Kyles geistreiches Wort für eine attraktive Frau? *Mörderbraut!*

Niedergeschlagen ließ ich mich gegen den Baum fallen. Obwohl es eigentlich gar keinen Grund gab, eifersüchtig zu sein, war ich es – ein echtes Scheißgefühl! Mir war, als würde mir jemand ein Messer ins Herz stechen und es langsam und genüsslich umdrehen. Natürlich hatte ich keine Ahnung, wie sich so etwas tatsächlich anfühlte, doch so ungefähr stellte ich es mir vor.

Verwegen warf ich noch einen Blick auf die beiden, doch diesmal schnellte der Kopf der Brünetten in meine Richtung und sie starrte mir bereits feindselig in die Augen, bevor ich auch nur ansatzweise wieder in meinem Versteck verschwinden konnte. – Erwischt. Scheiße!

Aber was viel schlimmer war: Was hatte ich ihr getan, dass sie mir so einen alles vernichtenden Blick zuwarf? Hilfe! Ich *versuchte* ja nur, die Leute mit meinen Blicken zu töten – oder wenigstens zu schädigen. Sie aber *konnte* das! Da war ich mir sicher!

Liam nahm sie an die Hand und zog sie ein Stück von dem Baum weg. Ich spitzte die Ohren, doch ärgerlicherweise sprachen die beiden so leise, dass ich nicht im Geringsten verstand, worum es ging. Dann umarmte die Brünette ihn zum Abschied und ging auch auf das Schulgebäude zu.

Sie war auf unserer Schule? Das wurde ja immer besser.

Vorsichtig folgte ich Liam in die Klasse.

»Und? Pause gut verbracht?«, fragte er mich aufmunternd. Er hatte mein verdrießliches Gesicht gesehen und fühlte sich jetzt wohl verpflichtet, mich etwas aufzuheitern.

»Ja. Und du? Alles *erledigt?*«, antwortete ich bissig.

Ich konnte nichts dafür. Eigentlich wollte ich auch gar nicht so klingen, doch meine Laune verschlechterte sich automatisch, sowie sich ihm ein anderes weibliches Wesen näherte.

Liam schaute verdattert, dann nickte er und drehte sich nach vorne in Richtung Tafel.

Tu nicht so unschuldig, dachte ich mir. Der schnippische Unterton in meiner Stimme war ja wohl nicht zu überhören gewesen.

Ich wartete ab, doch Liam sah nicht so aus, als würde er noch etwas sagen wollen. Anscheinend wollte er mir nichts von seiner Freundin erzählen.

Wie gemein! Wäre es nicht einfach nur fair gewesen, wo er doch genau wusste, dass ich mir Hoffnungen machte?

Ich merkte, wie mir die Tränen in die Augen stiegen, und versuchte sie zu unterdrücken. – Leichter gesagt, als getan. Je mehr ich darüber nachdachte, desto penetranter wurden sie. Scheiß-Gefühle, Scheiß-Tränen, Scheiß-Liam!

»Ms. Forsyth?« Unser Lehrer hatte mich aufgerufen, doch ich hatte noch nicht einmal die Frage mitbekommen. Schuldbewusst schaute ich ihn an.

»Ja?«, sagte ich zaghaft.

Genervt wiederholte Mr Pickel seine Frage. »Welches Land entdeckte Christopher Kolumbus?«

Natürlich wusste ich die Antwort. Geschichte war eins meiner besten Fächer und die Frage war ja echt Kindergarten-Niveau, doch ich traute mich nicht, zu antworten. Ich hatte Angst, meine Stimme würde versagen und die ganze Klasse würde mitkriegen, dass ich kurz vorm Losheulen stand, also tat ich so, als wüsste ich es nicht und zuckte halbherzig mit den Schultern.

»Also bitte, Emma. Sie wissen das doch, oder soll ich es Ihnen aufschreiben?«

Ich schüttelte den Kopf. Konnte der olle Pickel mich nicht in Ruhe lassen? Er sah doch bestimmt, dass ich gerade nicht wirklich in der Lage war, zu antworten.

»Amerika«, flüsterte Liam mir ins Ohr und wieder stellten sich sämtliche Härchen auf, als sein heißer Atem auf meinen Hals traf. Es war nicht zu fassen! Ich ärgerte mich gerade schwarz über ihn und trotzdem hatte er solch eine Macht über mich.

Hart kämpfte ich gegen das Verlangen an, das sich in mir aufbäumte. Ich wollte mich umdrehen, ihn küssen. Gleich hier und jetzt, doch ich traute mich nicht. Stattdessen verschränkte ich verärgert die Arme vor der Brust, denn wenn sie vor meiner Brust waren, würden sie wenigstens nicht Liam berühren. Es sei denn, er würde … Emma!!! Du Schwein! So etwas darfst du nicht einmal denken!

Mr Pickel hatte bereits einen Mitschüler drangenommen, als wieder die Pausenglocke ertönte und Liam abermals, ohne auf mich zu warten, hinausging.

Frustriert verließ ich ebenfalls die Klasse. Mein Pausenbrot ließ ich in meiner Schultasche. Keinen Hunger. Ich öffnete das Haupttor und ging auf den Schulhof hinaus, um mal kurz Luft zu schnappen.

In einer Ecke sah ich Liam wieder mit Sporty Spice stehen. Zu meiner Genugtuung wirkte es aber so, als würden die beiden sich heftig streiten oder vielmehr, als würde sie ihm gerade tierisch die Hölle heiß machen. Ein bisschen tat er mir sogar leid, doch ich konnte nicht leugnen, dass sich ein gewisser Teil von mir auch darüber freute.

Zufrieden beobachtete ich, wie sie ohne eine weitere Umarmung davonrauschte, und ging zurück in die Klasse.

»Ey, Kumpel!«, grölte Kyle von seinem Tisch herüber, als Liam das Klassenzimmer betrat. »Was war das denn für 'ne Mörderbraut? Erste Sahne, Alter!«, grunzte er vergnügt.

Mörderbraut? Ich wusste es. Kyle war zu einfach gestrickt, um mich zu überraschen, doch mit Liams Reaktion hatte ich nicht gerechnet. Ihm entfuhr ein tiefes Knurren, das sich so bedrohlich anhörte, dass mir direkt ein Schauer über den Rücken lief.

Eingeschüchtert wich ich vor ihm zurück, doch er hatte seine Augen starr auf Kyle gerichtet – wie ein Raubtier, das seine Beute fixiert. Er bemerkte nicht einmal, wie ich mit meinem Stuhl an den äußersten Rand des Tisches gerutscht war, und selbst Kyle, der große grobschlächtige Kyle – ich hätte es nie für möglich gehalten, dass es irgendetwas gab, was ihm Angst einjagen konnte – sah mindestens ebenso erschrocken aus.

»Nichts für ungut, Alter. Hab nicht vor, dir deine Freundin auszuspannen«, versuchte er ihn zu beschwichtigen.

Es funktionierte. Liams Knurren ließ augenblicklich nach, doch ich konnte mir ein verächtliches Schnauben nicht verkneifen. Als könnte jemand wie Kyle Liam eine Freundin ausspannen. Wie grotesk war denn diese Vorstellung bitte? Zugegeben, Kyle sah nicht schlecht aus – wenn auch nicht halb so gut wie Liam – aber was nützte einem all seine Schönheit, wenn er dazu dumm wie drei Meter Feldweg war? Und mal ganz im Ernst: Wer würde sich für Kyle entscheiden, wenn er Liam haben konnte?!

»Ich dachte nur, wenn du sie mal nicht mehr willst … ich würd das Schnittchen nehmen!« Kyle zwinkerte Liam zu, und wieder begann dieser zu knurren. Diesmal aber wesentlich leiser.

»Sie ist meine Schwester!«, stieß Liam verärgert zwischen den Zähnen hervor und ein Schwall von Entrüstung schwang in seiner Stimme mit.

Seine Schwester. – Seine Schwester?! Ha, ha, ha! Seine Schwester! Automatisch rutschte ich wieder dichter an ihn heran. Seine Schwester! Dass ich darauf nicht von selbst gekommen war. Schließlich war das doch DER Verwechslungsklassiker, den ich mindestens schon hundertmal in diversen Filmen gesehen hatte.

Und jetzt, wo ich darüber nachdachte, realisierte ich auch die ganzen Ähnlichkeiten zwischen den zweien. Beide hatten dunkle Haare, dunkle Augen, einen überaus sportlichen Körper. … Oh Mann, Emma! Manchmal bist du echt ein bisschen voreilig, lachte ich vor mich hin. Ob er noch mehr Geschwister hatte?

Liam schien mein Stimmungswechsel aufgefallen zu sein und er grinste mich lässig an.

»Ach so, äh … na dann … steht mir und der Perle ja nichts mehr im Wege.« Kyle hob seine Speckbacken zu einem vorfreudigen Lächeln.

»Das wagst du nicht«, flüsterte Liam und warf ihm einen hasserfüllten Blick zu. Von dieser Seite kannte ich ihn noch gar nicht, dennoch fand ich das Verhalten irgendwie süß und hoffte, dass er mich irgendwann auch mal so in Schutz nehmen würde.

Dann dachte ich an seine Schwester, an den Blick, den sie mir vorhin zugeworfen hatte und flüsterte zu ihm herüber: »Ich bin mir sicher, dass deine Schwester sich wehren kann.«

Er schaute mich an und sofort wurde sein Blick wieder weich. »Keine Frage. Faith kann sich durchaus wehren. Aber hier geht's ums Prinzip.«

Natürlich. Um was auch sonst? Das war ja schon fast wie zu Hause. Immer, wenn meine Mutter bei unseren Diskussionen keine Argumente mehr hatte, ging's ums Prinzip. Trotzdem verunsicherte mich seine Entschlossenheit ein bisschen. Eigentlich war mein Einwand witzig gemeint aber »keine Frage«? – Wer war sie? Superwoman? Hatte er sich das Muskelpaket Kyle mal angeschaut?

»Ms Forsyth?«, rief Mr Graham mich auf und riss mich aus meinen Gedanken. Verdammt! Ich hatte wieder nicht aufgepasst.

»Mr Pickel hatte mich schon gewarnt, dass Sie heute nicht besonders aufmerksam sind.«

Ich stöhnte. Dieser dämliche Pickel.

»Ja bitte?«, antwortete ich vorsichtig.

»Bestimmen Sie mir bitte die Wendepunkte dieser Funktion!«

Sehr witzig! Wie sollte ich das so schnell ausrechnen? Es würde ja allein schon fünf Minuten dauern, die ganzen Zahlen in den Taschenrechner einzugeben. Reine Schikane ...

Ich holte meinen Taschenrechner hervor und begann zu tippen. Mr Graham stand an der Tafel und wippte ungeduldig mit dem Fuß auf und ab, da flüsterte Liam mir die Ergebnisse ins Ohr. Offensichtlich war er flinker im Tippen als ich.

Wieder durchfuhr mich ein sanfter Schauer, als sein warmer Atem mein Ohr streifte. *So! Das war's mit meiner Selbstbeherrschung.*

Ich drehte mich zu Liam herum, schlang meine beiden Arme um seinen Hals und presste meine Lippen so fest auf seine, dass nicht einmal mehr ein Atom dazwischen gepasst hätte.

Kyles Gegröle hörte man als Erstes. »Seht euch das an! Wie die abgeht, Alter!« Er machte eine kurze Pause, um die Lacher der Klasse zu genießen.

»Sie ist eine Raubkatze – und was für eine! Wer hätte das gedacht! Yeah, Liam! Lass sie schnurren!« Kyle grunzte wie ein Schweinchen, das sich voller Wohlbefinden in einer Schlammkuhle suhlte. Er wollte sich wohl mal wieder über mich lustig machen, doch ich hörte, dass auch eine Prise Bewunderung in seiner Stimme mitschwang.

Nachdem ich meinen Gefühlen freien Lauf gelassen hatte, kam ich schlagartig wieder zur Besinnung. Erschrocken darüber, dass ich mich so hatte gehenlassen, versuchte ich mich von Liam zu lösen.

Was hatte ich ihm da angetan? Und vor allem: Was hatte ich MIR damit angetan? Ich würde ihm, meiner Klasse und meinem Lehrer nie wieder unter die Augen treten können ... Wie konnte ich nur so die Beherrschung verlieren?

Als ich versuchte, mich von Liam zu lösen, registrierte ich erst, dass er meinen Kuss die ganze Zeit über erwidert hatte. Eine Welle des Glücks und der Freude überrollte mich. Er hatte also nichts dagegen! Meine Mutter hatte recht gehabt. Er war nur zu schüchtern, den ersten Schritt zu machen, auch wenn jetzt nicht mehr das Geringste von seiner Zurückhaltung zu spüren war. Sein Arm war um meine Taille geschlungen und er hatte mich näher an sich herangezogen, während seine andere Hand fest mein Genick umschloss.

Es war gar nicht so einfach, sich aus Liams festem Griff zu winden, doch ich schaffte es und lächelte entschuldigend. Auf so einen Kuss war ich nicht vorbereitet gewesen. Und schon gar nicht darauf, dass mir die ganze Klasse dabei zusah. Mein Hals brannte leicht, dort, wo Liams Finger eben noch gelegen hatten. Er hatte mich so fest gehalten, dass seine Fingernägel mir bei meinem Fluchtversuch über den Hals gekratzt hatten.

»Himmel herrje, Ms. Forsyth, müssen Sie Ihrem Sexualtrieb ausgerechnet in meinem Unterricht nachgehen?!«, fluchte Mr Graham.

Ich lief puterrot an. Glücklicherweise fragte Mr Graham jemand anderen nach der Lösung. Die Frage war immer noch die gleiche, doch niemand machte sich mehr darüber Gedanken. Liam und ich standen im Mittelpunkt und ausnahmslos jeder glotzte uns an. Die einen erstaunt, die anderen belustigt.

Ich senkte den Blick. Wenn ich nicht mehr in die schockierten Gesichter blickte, würde sich meine Gesichtsfarbe vielleicht wieder normalisieren.

Liam hingegen schien das nichts auszumachen. Er schaute ... glücklich? Seine Augen leuchteten und er sah mich mit einem Ausdruck an, als wäre ich ein köstlich-tuffiges Schokotörtchen, über das er sich gleich hermachen würde.

Die Schulglocke beendete unsere letzte Unterrichtseinheit. Gott sei Dank hatten wir heute nur drei Stunden gehabt und ich musste nicht länger sitzenbleiben.

Liam und ich standen geradezu synchron auf, packten unsere Taschen und gingen zur Tür hinaus.

»Ey, Alter«, rief Kyle uns nach. »Ich wollt fragen ... hast du Lust, heut Abend mit ins ›Nightmare‹ zu kommen?«

Liam schien zu überlegen, was er antworten sollte. Dann wechselte Kyles Blick zu mir.

»Du kannst Emma natürlich mitbringen. Ich meine, ihr seid ja jetzt zusammen, oder?«

Das war eine echt gute Frage. Danke, Kyle! Ausnahmsweise war er einmal für etwas zu gebrauchen. Offensichtlich war Kyle ein Brot mit doch einer (wenn auch kläglichen) Gehirnzelle.

Liam schaute mich erwartungsvoll an und ich lächelte bejahend.

»Kann man so sagen«, erwiderte Liam und legte den Arm um meine Schultern. »Aber ich glaube nicht, dass das etwas für Emma ist.«

Entgeistert starrte ich ihn an. »Und ich glaube, das kann ich selbst entscheiden«, beschwerte ich mich. Dann wandte ich mich Kyle zu. »Ich komme gerne mit.« Liam sollte nicht denken, dass ich ein langweiliger Stubenhocker war, mit dem man nicht weggehen konnte.

Doch als ich in sein wenig erfreutes Gesicht sah, bereute ich meine voreilige Antwort sofort. Wollte er mich nicht dabeihaben? Wir waren doch zusammen. Er hatte das schließlich selbst gesagt! Oder wollte er heute Abend mit mir alleine sein? – Okay, jetzt, wo ich an einen gemeinsamen Abend zu zweit dachte, bereute ich meine Antwort ebenfalls.

»Bist du sicher?«, fragte mich Liam, als würde er hoffen, dass ich meine Meinung noch ändern würde.

Ich war hin- und hergerissen zwischen einem romantischen Abend mit Liam allein und diesem »Nightmare«. Aber ich hatte zugesagt und irgendwie freute ich mich darauf, zusammen mit Liam – MEINEM Liam – irgendwo hinzugehen. Ich wusste zwar nicht, was dieses »Nightmare« überhaupt war und wo es sich befand, aber das war mir egal. Hauptsache, Liam war dabei.

»Dann bis heute Abend«, rief Kyle uns zu, während er zu einem silbernen Audi ging. Seinem Audi. Ebenfalls ein überaus teures und sportliches Auto für einen Siebzehnjährigen.

Ich seufzte. War ich denn nur von reichen Schnöseln umgeben? Meine Frage beantwortete sich selbst, als Amilia mit einem leichten Lächeln an mir vorbeischwebte und galant in Kyles Auto stieg.

»Ein Audi R8, nicht schlecht ...«, sagte Liam anerkennend und schaute Kyle hinterher, dessen Auto atemberaubend schnell vom Parkplatz schoss.

»Warum fährst *du* eigentlich nicht mit dem Auto zur Schule?«

Ich selbst fuhr ja nicht, weil ich kein Auto hatte. Ich hatte ja noch nicht einmal einen Führerschein. Aber Liam?

Verblüfft über meine Frage schaute er mich an. »Hättest du das gern?«

Ich zuckte mit den Schultern. »Ich habe mich nur darüber gewundert, dass du freiwillig läufst, wenn du doch fahren könntest.«

Liam lächelte. »Ich gehe gern zu Fuß. So haben wir mehr Zeit miteinander.« Seine warme Hand umschloss meine eiskalten Finger und wir machten uns auf den Heimweg. Trotz der eisigen Kälte draußen breitete sich eine wohlige Wärme in mir aus.

***

»Dann bis heute Abend«, sagte ich munter, als wir bei der Laterne ankamen, an der sich unsere Wege trennten. Ich stellte mich auf die Zehenspitzen und gab Liam einen leichten Kuss auf die Wange. Zu meiner Zufriedenheit sah er genauso aus wie ich, wenn er mir auf diese Weise nahe kam: verblüfft, glücklich und um Fassung ringend.

»Emma, du musst nicht ...«, begann er, doch ich brachte ihn mit einem »Scht« zum Schweigen.

»Ich freu mich schon«, hauchte ich ihm entgegen und ließ den ungläubig dreinblickenden Liam einfach stehen. Ich kicherte in mich hinein, ohne mich noch einmal umzudrehen.

»Ich hol dich um acht ab!«, rief er mir hinterher.

»Ist gut«, rief ich euphorisch zurück und beeilte mich, nach Hause zu kommen.

Gut gelaunt schlug ich die Ladentür auf und mein Dad fuhr mal wieder erschrocken zusammen.

Erst überlegte ich, ob ich ihn ein bisschen ärgern sollte, ihm von meinen Gefühlen erzählen, von meinem Kuss vorhin und so weiter. Ich wusste, er konnte solche Gespräche schlecht ertragen. Doch ich entschied, dass es mir selbst zu peinlich war, meinem Vater davon zu berichten, also grüßte ich ihn nur freundlich und ging ins Haus.

Ich wollte gerade die Treppe zu meinem Zimmer raufsteigen, da öffnete sich die Küchentür.

»Na, Schatz?«, empfing mich meine Mom freundlich.

Sie war schon daheim? Super! Dann konnte ich ihr ja meine Neuigkeiten berichten. Oder sagen wir lieber, einen Teil davon. Die Sache, dass ich Liam im Unterricht angefallen hatte, behielt ich, glaub ich, doch lieber für mich.

»Ich gehe heute Abend aus!«, verkündete ich stolz und wartete auf die Reaktion meiner Mutter.

Ganz wie ich es erwartet hatte, freute sie sich mit mir. »Das ist aber schön, Liebes. Mit wem?«

»Mit Liam«, sagte ich und mein Grinsen wurde noch breiter. Mit wem denn sonst ...

Meine Mutter erwiderte mein Lächeln. »Was willst du denn anziehen?«, fragte sie neugierig.

»Hä?« Mit einem Schlag verschwand das Lächeln aus meinem Gesicht und wechselte von euphorisch zu bestürzt. Darüber hatte ich mir noch gar keine Gedanken gemacht. Was sollte ich bloß anziehen? Hätte ich mich mal besser erkundigt, was das »Nightmare« überhaupt für eine Location war.

Ich rannte die Treppe hinauf in mein Zimmer und hob fast meine Schranktür aus den Angeln, so eilig hatte ich es, an den Inhalt zu kommen.

Unfähig stand ich davor. Verzweiflung überfiel mich, während ich sämtliche Oberteile in die Hand nahm, hin und her wendete, um sie dann wieder in den Schrank zu feuern. Ich wusste zwar nicht, wonach ich suchte, doch es schien mir alles nicht gut genug zu sein.

Ganz hinten im Schrank fand ich dann eine smaragdgrüne Bluse, faltete sie auseinander und betrachtete sie argwöhnisch. Zwar alles andere als modern (Als modern bezeichnete ich den Hauch eines Fetzens, wie Amilia ihn immer trug), aber wahrscheinlich das Schickste, was mein Schrank zu bieten hatte. Dazu eine helle Jeans und die braunen Stiefel, die meine Mutter mir mal geschenkt hatte. An den Stiefeln klebte sogar noch das Preisschild, so oft hatte ich sie bereits getragen. Ich schnitt das Schildchen ab und zog sie an.

Huch! Wie wackelig. Absatzschuhe war ich gar nicht gewöhnt. Vielleicht sollte ich besser erst ein paar Probeläufe machen, bevor man mich heute Abend mit den Dingern guten Gewissens losschicken konnte. Nicht, dass ich noch vor versammelter Mannschaft umknickte, mir dabei sämtliche Sehnen rissen, während ich mit einem lauten Krachen auf den Asphalt aufschlug und mir eine mörderische Kopfverletzung zuzog, die zu allem Überfluss blutete, als hätte man mir ein Schlachtermesser in meine Hauptschlagader gerammt.

Ich wackelte vorsichtig auf den Flur, darauf bedacht, möglichst gerade zu gehen. Das war gar nicht so einfach, wenn man auf einmal hinten hochgebockt war, wie ein Auto beim Reifenwechsel.

Nach ein paar Runden schaffte ich es dann aber doch, mich sicher fortzubewegen, und ich beschloss, es damit gut sein zu lassen. Zur Not könnte ich mich ja dramatisch nach hinten fallen lassen, um von Liam aufgefangen zu werden. Ich kicherte bei dem Gedanken, vertrieb ihn aber schnell wieder, als ich daran dachte, dass er mich dann sehr wahrscheinlich auslachen würde.

Meine Mutter kam durch die Zimmertür. »Und? Was gefunden?«

»Jap.« Stolz zeigte ich ihr mein Outfit.

»Schön«, schmunzelte meine Mutter. Das war allerdings kein Meine-kleine-Maus-wird-heute-Abend-ganz-toll-aussehen-Schmunzeln, sondern eher ein Mein-Kind-leidet-unter-Geschmacksverirrung-Schmunzeln. Aber mir war es egal. Es war ja jetzt eh nicht mehr zu ändern und demnächst würde ich sowieso einkaufen fahren. Wie sich gerade herausgestellt hatte, konnte ich es nicht mehr viel länger vor mir herschieben.

***

Pünktlich um acht Uhr hielt ein schwarzer Sportwagen in unserer Einfahrt. Ich hatte ihn nicht kommen hören, sondern zufällig entdeckt, als ich sehnsüchtig aus dem Fenster geschaut hatte.

Schon stürzte ich aus meinem Zimmer und sprang die Stufen herab. Verdammter Mist! Ich hatte meine Absatzschuhe vergessen. Strauchelnd hielt ich mich am Geländer fest. Ich war umgeknickt, doch es war nur ein kurzer Schmerz.

Als ich wieder festen Stand hatte, begutachtete ich meine Absätze. Meine Mutter hatte mich davor gewarnt, dass diese Dinger auch schon mal abbrechen konnten. Wieso baute dann überhaupt jemand solche todbringenden Schuhe? Glücklicherweise schien noch alles heil zu sein.

Mom kam aus der Küchentür und lächelte mich liebevoll an. »Hübsch siehst du aus.«

Sie betrachtete meine getuschten Wimpern und meine Locken, die ich mir in mühsamer Kleinarbeit mit einem Lockenstab in die Haare gezaubert hatte. Hoffentlich hielten sie wenigstens, bis wir dort waren.

»Ich wünsch dir ganz viel Spaß heut Abend«, sagte sie und drückte mir einen dicken Kuss auf die Backe. »Aber komm nicht ganz so spät. Nicht, dass dein Vater noch die Polizei ruft oder so was.«

Wie auf Kommando polterte mein Dad durch die Tür, die den Laden von unserem Wohnhaus trennte. »Wieso sollte ich … Himmel! Emma! Wie siehst du denn aus?«

Nein, das war kein Ausruf der Bewunderung. Er klang sauer – extrem sauer.

Hilfesuchend schaute ich zu meiner Mutter. Was war denn mit ihm auf einmal los?

»Wo willst du denn bitte hin, Fräulein?«

»Ich … äh …«, stammelte ich. »Ich wollte mit Liam ausgehen.« Mein Vater hatte mich richtig eingeschüchtert.

»So, wie du angezogen bist?! So gehst du nirgendwo hin!«

Völlig perplex stand ich vor unserer Haustür und traute mich nicht, sie aufzumachen. Wie sah ich denn aus? Ich hatte mich ganz normal angezogen.

Wenigstens schien meine Mutter sich zu amüsieren.

»Sei nicht albern, Fred.«

»Albern, ich?«, brauste er auf, doch meine Mutter ignorierte ihn.

»Los Emma, geh schon. Liam wartet.«

Verwirrt griff ich zur Türklinke und drückte sie herunter. Meinen Vater behielt ich dabei lieber vorsorglich im Auge, während ich langsam rückwärts zur Tür hinausging. Er wollte wohl noch etwas sagen, doch meine Mutter verpasste ihm eine Kopfnuss, sodass er grummelnd in seinen Laden zurückschlich.

»Mach dir nichts draus, Emma. Da kommt wohl einer nicht so ganz klar damit, dass sein Töchterchen auf einmal flügge wird.« Sie zwinkerte mir zu und ich antwortete mit einem schiefen Lächeln.

»Danke, Mom«, verabschiedete ich mich und ging zu Liam, der neben seinem Fahrzeug stand.

Du meine Güte! Er sah fantastisch aus! Er hatte eine helle Jeans an, genau wie ich, und ein schwarzes Hemd, von dem die oberen zwei Knöpfe offen waren. Darunter kam seine braune muskulöse Brust zum Vorschein. Lecker! Doch auch seine Augen weiteten sich, als er mich sah.

»Du siehst hinreißend aus«, flüsterte er mir ins Ohr, als er mich zur Beifahrerseite führte und Platz nehmen ließ. Wieder bekam ich Gänsehaut.

»Kein Wunder, dass dein Vater dich so nicht gehen lassen wollte«, neckte er mich.

Irritiert schaute ich ihn an. Wie hatte er das denn schon wieder mitbekommen? Die Haustür war doch zu dem Zeitpunkt noch geschlossen gewesen. Oder etwa nicht? – Ich war mir nicht mehr sicher. Mein Vater hatte mich mit seinem Auftritt völlig aus der Fassung gebracht.

Wir fuhren los und ich spürte, wie Liam mich aus den Augenwinkeln beobachtete. Ich freute mich, dass ihm zu gefallen schien, was er sah, und gleichzeitig überlegte ich, womit ich das alles verdient hatte.

10. Kapitel

Es dauerte nicht lange, da setzte Liam den Blinker und parkte seinen Wagen an einem Bürgersteig. Direkt hinter einem schicken, silbernen Audi. Aha, Kyle war also auch schon da.

Ich schaute aus dem Fenster und versuchte irgendetwas zu erkennen, doch draußen war es schon zu dunkel dafür.

»Emma?«, sagte Liam und ich spürte seinen Blick auf mir ruhen. Ich wandte mich vom Fenster ab und sah ihn fragend an.

»Ich freue mich sehr auf einen gemeinsamen Abend mit dir, auch wenn ich zugeben muss, dass ich ihn lieber in trauter Zweisamkeit verbringen würde.«

Ich lächelte und bekam gleichzeitig ein furchtbar schlechtes Gewissen, da ich Kyle einfach so zugesagt hatte. Andererseits freute ich mich aber auch darauf, gleich mit Liam gemeinsam dort hineingehen zu können. Ich war so glücklich, ich würde am liebsten der ganzen Welt zeigen, dass wir ein Paar waren.

»Das ist natürlich ein verlockendes Angebot«, erwiderte ich, »doch jetzt, wo wir schon mal hier sind, können wir uns ja wenigstens einmal umschauen.« Aufmunternd sah ich ihn an.

»*Noch* sind wir nicht drin. Wir könnten immer noch umdrehen ...« Ein schalkhafter Ausdruck blitzte aus seinen Augen, der mich zum Lächeln brachte.

»Nun komm schon. Sonst überlege ich es mir wirklich noch«, antwortete ich und wollte schon die Autotür öffnen, da hielt Liam mich fest.

»Wie du möchtest. Aber dann machen wir es wenigstens auf meine Art ...«

Ich zog die Augenbrauen nach oben. »Auf deine Art?«, fragte ich nach. Mir war nicht ganz klar, was das bedeuten sollte.

Zur Erklärung deutete Liam auf den Türgriff. »Na ja, wenn ich meine Freundin ausführe, dann wenigstens stilecht, ok?«

Ich rollte mit den Augen. Mr 15. Jahrhundert ließ grüßen.

»Mach's mir doch nicht so schwer ...«, bat er und küsste mich sanft auf meine Wange.

Okay. Jetzt war es wirklich an der Zeit hineinzugehen. Würde er das noch mal machen, war ich mir nicht mehr so sicher, ob ich tatsächlich noch standhaft genug bleiben konnte.

Ich nahm die Hand vom Türgriff und ließ mich zurück in den Sitz fallen. Liam lächelte triumphierend, stieg aus und öffnete meine Beifahrertür.

»Darf ich bitten?«, sagte er in einem äußerst charmanten Tonfall und hielt mir seinen Arm hin, den ich elegant ergriff.

Ich stieg aus und wir gingen gemeinsam die Straße entlang. Ein paar Meter weiter bogen wir in eine dunkle Seitengasse ab. Es hatte geregnet und es standen unzählige, überfüllte Müllcontainer herum, was die Umgebung noch unfreundlicher wirken ließ.

Wir steuerten auf zwei Türsteher zu, welche ungefähr eine Figur wie Kyle hatten (vielleicht sogar noch ein bisschen bulliger) und trotz Dunkelheit Sonnenbrillen trugen. Schlagartig schoss mir das Lied »Sunglasses at Night« in den Kopf und ich musste unfreiwillig lächeln. Ich fand den Text ja schon immer etwas beknackt, aber dass es tatsächlich Leute gab, die das auch noch nachmachten, konnte ich mir bis dato nicht vorstellen. Wie albern! Na ja, vielleicht sollten die Brillen auch nur das Badboy-Image der Türsteher unterstützen.

Moment! Türsteher? – Erst jetzt wurde mir bewusst, was ich da gesehen hatte. Wie sollte ich an denen vorbeikommen? Der Eintritt in Bars und Diskotheken war Minderjährigen strikt untersagt. Daran hatte ich überhaupt nicht gedacht!

Ich blickte zu Liam, der meine Angst bemerkt zu haben schien, aber munter weiterging. Natürlich machte ihm das Ganze nichts aus. Sollten die Türsteher unsere Pässe aus irgendeinem Grund nicht haben wollen, würde Liam locker passieren können. Er sah schließlich wesentlich älter aus, als er eigentlich war. Und wenn nicht, hatte er für den Notfall mit Sicherheit einen gefälschten Ausweis dabei. Aber was war mit mir? Ich würde nie im Leben an denen vorbeikommen, selbst wenn ich einen falschen Pass einstecken hätte.

»Liam ...«, flüsterte ich und er sah mich erwartungsvoll an. »Da komme ich nie im Leben rein.«

Er grinste. »Lass mich nur machen.«

Okay ... wenn er meinte, er könne Unmögliches vollbringen ... bitte!

Wir hielten vor der großen Eisentür an, über der ein defektes Leuchtreklameschild hing. »Nightmare« stand darauf, doch das H und das A wurden schon nicht mehr beleuchtet. Überhaupt hing das Schild sehr schief und machte den Eindruck, als würde es jeden Moment hinunterkrachen.

An dem Gebäude selbst gab es nur wenige Fenster, doch die, die man sah, waren so abgedunkelt, dass man nicht hineinsehen konnte. Meine Güte. Das hier war echt eine Spelunke. Kein Wunder, dass Liam lieber mit mir zu Hause geblieben wäre.

Einer der Türsteher machte ihm nun die Tür auf und Liam bedeutete mir hineinzugehen. Zögerlich schritt ich vorwärts, darauf gefasst, gleich eine Pranke am Arm zu haben und zurückgezogen zu werden, doch merkwürdigerweise passierte nichts desgleichen. Musik tönte mir entgegen, doch ein bordeauxroter Samtvorhang versperrte mir die Sicht auf das Innere. Ich wartete, bis Liam wieder neben mir stand.

»Was ...«, begann ich, doch er wusste offensichtlich schon, was ich fragen wollte.

»Die sind nur zum Schutz da, die kontrollieren hier nie.« Ich merkte, wie mir vor Erstaunen der Mund aufklappte. Ein Laden, in dem nicht kontrolliert wurde? Gab's so was auch? Ich dachte immer, das sei unmöglich!

»Ist aber der einzige Club hier weit und breit, in dem das so läuft«, ergänzte Liam, nahm meine Hand und zog mich durch den Samtvorhang.

Ich staunte nicht schlecht, denn dahinter war von der dunklen und trüben Kulisse, die der Laden von außen vermittelte, nichts mehr übrig.

Ich kam mir vor wie in einer dieser Szenediskotheken, die man öfter im Fernsehen sah.

Der Raum war eine einzige riesige Tanzfläche, an dessen Ende etwas erhöht so etwas wie ein DJ-Pult stand. »DJ Wulf« stand in großen Leuchtbuchstaben darauf. Laser schossen kreuz und quer durch den Raum, zeichneten bunte Muster an die Wände und das Licht flackerte so, dass es aussah, als würden die Leute sich total abgehackt bewegen.

In jeder Ecke des Raums stand eine Box, auf der – neben der Tanzfläche – wildgewordene Jugendliche tanzten. – Tanzten? Konnte man das noch Tanzen nennen? Manche von ihnen machten eher den Eindruck, als hätten sie gerade einen epileptischen Anfall.

Unz, unz, unz! Aus den Boxen ertönte laute Musik, die ich als Unwissende in die Kategorie »Techno« einstufte. Liam klärte mich auf, dass es sich hierbei um House handelte.

Der Beat des aktuellen Liedes verursachte mir beinahe Herzrhythmusstörungen und keuchend fasste ich mir mit der Hand an die Brust. Ich wollte bereit sein, nur für den Fall, dass mein Herz drohte, aus dem Brustkorb zu springen.

»Ihr seid doch krank!«, schrie es immer wieder aus den Boxen und die Meute jubelte dazu, als würde der Sänger des Liedes tatsächlich im Raum stehen und nicht nur von der Platte tönen. Manche jaulten dazu sogar auf wie ein Rudel Wölfe. Ahh-Ooh! – Aha! Daher auch DJ Wulf. Sehr witzig!

Da war es wieder: das Phänomen Fremdschämen. Ich konnte mir nur schlecht anschauen, wenn Leute sich lächerlich machten. Das war mir fast noch peinlicher, als es den Leuten selbst hätte sein müssen.

Ich schmunzelte. Der DJ wusste gar nicht, wie Recht er hatte, als er diese Platte produzierte.

Mein Blick schweifte durch die Menge. Ich entdeckte Kyle, der ebenfalls am Tanzen war. – Kyle tanzte?! Ich hätte nie für möglich gehalten, dass sich jemand wie Kyle – der schon fürs Gehen zu viele Muskeln besaß – so geschmeidig und elegant bewegen konnte. Und ich musste zugeben: Es sah auch noch gut aus. Er stand direkt vor einer Box, an der mein Blick hängenblieb.

Wow! Amilia tanzte in einem superheißen Outfit darauf herum und bewegte sich anmutig an einer Stange. Normal hätte ich das sofort als »bitchig« beschimpft, aber ich musste neidlos anerkennen, dass sie sich zu bewegen wusste, ohne dass es billig aussah. Ganz zu schweigen davon, dass sie auf mindestens doppelt so hohen Absätzen herumhüpfte, wie ich sie trug, ohne sich dabei sämtliche Gliedmaßen zu brechen.

Liam blickte ebenfalls zu Amilia. (Schwapp-schwapp?) Doch zu meiner Überraschung grüßte er sie nur kurz und beachtete sie dann nicht weiter.

Kyle winkte uns zu sich herüber, doch Liam schüttelte kurz mit dem Kopf. Dann zog er mich weiter, vorbei an einer Horde wild umherspringender Teenager. Unbeholfen wühlte ich mich durch die Menge und wurde ständig angerempelt, während ich argwöhnisch beobachtete, wie um Liam ein riesengroßer Bogen gemacht wurde. Grrrr!

Dann kam ein junger Kerl angesprungen und donnerte volles Programm gegen mich. Normal hätte ich sofort zurückgeschubst, doch da die Disco hoffnungslos überfüllt war, schien ich mir sicher, dass er noch nicht mal was dafür konnte, also verkniff ich es mir. Liam hingegen machte einen forschen Schritt auf ihn zu, fixierte ihn mit einem starren Blick und ließ ein tiefes Knurren los.

Sofort wich der Junge von mir zurück. Genau wie die restlichen näherstehenden Gäste, die sich erschrocken nach Liam umdrehten. Ihn schien das wenig zu kümmern. Immer noch starrte er den Jungen an, der daraufhin etwas Merkwürdiges tat: Er hielt den Kopf in die Höhe und sah Liam an, während er seinen Hals entblößte. Wäre er eine Frau gewesen, hätte ich gedacht, er wollte Liam eine besonders schöne Kette zeigen, die er am Hals trug, aber so konnte ich mir keinen Reim darauf machen.

Wenige Augenblicke später war der Junge geduckt in der Menge verschwunden und Liam zog mich näher zu sich heran, so dass wir nun mühelos den Raum durchqueren konnten.

Neben dem DJ-Pult befand sich eine kleine Holztür, die Liam aufhielt und mir bedeutete, dass ich hindurchgehen sollte.

In dem angrenzenden Raum war es wesentlich ruhiger. Als Liam die Tür hinter uns schloss, schien das »Unz, unz, unz« beinahe verblasst zu sein. Es gab keine Lichtershow und die Musik war auch völlig anders. Rockiger und langsamer. Im Gegensatz zu dem vorherigen Discoraum wirkte dieser hier fast schon gemütlich. Er erinnerte mich mehr an eine ganz normale Kneipe und ich fühlte mich hier deutlich besser aufgehoben.

Liam und ich setzen uns an die Theke und ein kleiner, dicker Barkeeper begrüßte uns freundlich. Mich, wie einen gewöhnlichen Gast, der ich auch schließlich war, und Liam wie einen Freund, den er mindestens seit hundert Jahren kannte.

Liam machte uns bekannt, und nachdem er mich als seine Freundin vorgestellt hatte, behandelte mich Dan – so hieß der Barkeeper nämlich – ebenso zuvorkommend wie Liam. Was so ein bisschen Kleingeld ausmachen konnte, dachte ich mir, als Liam von Dan gefragt wurde, was er uns zu trinken bringen durfte.

»Geht aufs Haus«, sagte er und lächelte uns mit seinen gelben Zähnen an. Dann stellte er mir eine Schüssel vor die Nase. Eigentlich waren in solchen Schüsseln immer Erdnüsse oder Salzstangen, doch in dieser lagen merkwürdige braune Stücke. Ich nahm eins heraus und schnupperte daran. Es roch irgendwie ranzig.

»Probier mal«, ermunterte mich Dan, »die sind fantastisch. Liegen schon seit sechs Monaten im Keller.«

Angewidert zog ich die Nase kraus und legte das braune, harte Stückchen in einem unbemerkten Moment schnell wieder zurück in die Schüssel. Liam neben mir grinste. Macht er sich etwa lustig über mich? Oder kannte er diese Dinger bereits?

»Was ist das?«, flüsterte ich ihm leise zu, während ich die Schüssel mit einem Auge immer noch skeptisch betrachtete.

Dan drehte sich ruckartig rum, obwohl er wegen unserer Getränke an die andere Ecke des Tresens gelaufen war und uns eigentlich unmöglich hätte hören können, und antwortete für Liam: »Das ist Dörrfleisch. Kennst du das nicht?« Mit großen Augen sah Dan mich an.

Warum sollte ich denn Dörrfleisch kennen? Wo gab es denn so was zu essen? Meine Mutter kochte ja ab und an schon mal abenteuerliche Gerichte, bei denen ich mich manchmal fragte, wie ich das überleben konnte, doch Dörrfleisch war nie dabei gewesen. Daran hätte ich mich erinnern können.

Ich schüttelte zaghaft den Kopf. Erst wollte ich Liam fragen, was Dörrfleisch sein sollte, doch in Anbetracht von Dans gutem Gehör ließ ich es lieber bleiben.

»Das ist so was wie Chips. Nur aus Fleisch«, murmelte Liam mir ins Ohr, als er meinen verwunderten Gesichtsausdruck sah. Dann betrachtete er amüsiert meine Gänsehaut, die sich bis zu meinem Nacken gebildet hatte.

Verlegen schaute ich auf die Getränke, die Dan uns brachte. Ich hatte mir eine Cola bestellt – nach diesen Dörrfleischdingern wollte ich lieber vorsichtig sein und mich auf das beschränken, was ich kannte.

Vorsichtig nippte ich an dem braunen Getränk. Liam schaute mich fragend an.

»Nicht, dass das hier Dörrfleischsaft oder so was ist«, flüsterte ich ihm zu und er schmunzelte.

»Und?«

»Glück gehabt. Es handelt sich eindeutig um Cola. Wenn sie auch sehr mit Wasser verdünnt wurde«, erklärte ich detektivisch.

Dan hatte sich zwar schon wieder zum anderen Ende des Tresens begeben, grunzte aber vergnügt, als ich meinen Satz beendete. Verwirrt blickte ich zu ihm herüber.

»Trinkst du eigentlich keinen Alkohol?«, fragte Liam mich dann.

»Muss ich das?« Irritiert sah ich ihn an.

»Gott bewahre, nein!«

»Warum fragst du dann?« Ich nippte noch einmal an meinem Cola-Wasser-Gemisch.

»Na ja, es hat mich nur gewundert.«

Fragend schaute ich ihn an.

»Die meisten Mädchen hätten bestimmt versucht, mich dadurch beeindrucken zu wollen«, erklärte Liam etwas verlegen, doch mein Blick wurde noch wunderlicher.

»Hab ich das nötig?«, fragte ich leicht pikiert.

Dan, der immer noch hinten am Tresen stand, grunzte wieder.

»Natürlich nicht. Es ist nur so, die meisten …«, begann er erneut, doch ich unterbrach ihn.

»Ich bin aber nicht wie die meisten und ich bestelle, was mir schmeckt. Nicht das, was *die meisten* wohl als cool erachten …« Wieder nahm ich einen Schluck und Liam schaute mich mit einer Mischung aus Respekt und Bewunderung an.

»Mir ist schon aufgefallen, dass du nicht wie die anderen bist …«, sagte er, nun etwas kleinlaut.

In diesem Moment kam Dan wieder und boxte Liam gegen den Oberarm. »Scheinst 'ne echte Alpha gefunden zu haben. Glückwunsch!«, sagte er, holte eine Flasche Schnaps aus dem Kühlschrank und ging wieder nach hinten an den Tresen.

»Wollen wir uns vielleicht an einen Tisch setzen?«, bat ich Liam. Dan schien zwar ganz nett zu sein, aber es passte mir nicht, dass er unsere Gespräche ganz offensichtlich mithörte. »Nicht, dass Super-Ohr-Dan den ganzen Schweinkram mitbekommt, den ich dir gleich erzählen werde«, erklärte ich und warf Dan, der daraufhin breit grinste, einen mahnenden Blick zu.

»Aber sehr gerne«, erwiderte Liam anzüglich und ein erregtes Glitzern huschte über seine Augen.

Wir setzten uns etwas weiter weg auf eine Sitzbank, wo ich mich an ihn kuschelte. In dem Laden war es erstickend warm, sodass sich kleine Schweißperlen auf meiner Stirn bildeten, und Liams warmer, fester Körper begünstigte dies zusätzlich noch, aber das war mir egal. Den kleinen Umstand nahm ich gern in Kauf, wenn ich dafür so nahe wie möglich bei ihm sein konnte.

»Was ist eine Alpha?«, fragte ich und nippte erneut an meinem Glas.

»Ach … äh … das ist unter Männern ein Kosewort für eine tolle Frau. Wie Schnecke oder Puppe, weißt du?«

»Ohhh …«, sagte ich knapp, dann grinste ich.

»Hier gehst du also immer hin«, versuchte ich das Gespräch fortzuführen.

»Nicht immer, aber ab und zu.« Liam fuhr sanft mit seinen Fingern durch meine Haare. Auch wenn meine Locken nicht mehr so schwungvoll waren wie zuvor, war ich doch stolz, dass sie sich noch zu halten schienen.

»Kommt deine Schwester auch hierher?«

Ups! Ihm schien die Frage nach seiner Schwester unangenehm zu sein, da er begann, auf seinem Sitzplatz hin und her zu rutschen.

»Ja, aber die findest du eher im vorderen Raum.« Ich nickte.

»Hast du eigentlich noch mehr Geschwister?«

»Zwei Brüder.«

»Sind die älter oder jünger als du?«

»Älter.«

Komisch. Es war gar nichts Liams Art, solche abgehackten Antworten zu geben.

»Sind die …« Doch Liam unterbrach mich.

»Und wie sieht's bei dir aus? Auch noch Geschwister?«

Ich schüttelte den Kopf.

»Ah … ein verwöhntes Einzelkind also«, spottete er, während er weiter liebevoll durch meine Haare strich und sich dabei eins dieser stinkigen Fleischdinger in den Mund steckte, welche in Schüsseln verteilt überall rumlagen.

Bäh! Wie konnte man etwas essen, was bereits seit sechs Monaten vor sich hingammelte? Oder war das vielleicht ein Scherz gewesen?

Vorsichtig nahm ich noch einmal eins dieser Teile in die Hand und schnupperte daran. Igitt! Nein, das war definitiv kein Scherz gewesen.

Ich ignorierte, dass Liam die »Chips« futterte, als würden sie tatsächlich schmecken, und warf es zurück in die Schüssel. Möglicherweise war ich auch zu voreingenommen. Fleisch zählte noch nie zu meinen Hauptnahrungsmitteln.

Dann startete ich ein paar weitere Versuche, mehr über Liams Familie zu erfahren, doch seltsamerweise blockte er auch diesmal ab, indem er irgendwelche Gegenfragen stellte, die ohne Belang waren. Dabei war ich doch so neugierig!

Liam jedoch lächelte jedes Mal so hinreißend, dass ich es ihm nicht wirklich übel nahm. Wie ich schon einmal vermutete, hatte seine Mutter wahrscheinlich auch einen (mehr oder weniger) kleinen Dachschaden, der ihm so peinlich war, dass er nicht darüber reden wollte.

Der Abend verging viel zu schnell. Ich spürte, wie mir langsam die Augen zufielen, doch ich versuchte, mir nichts anmerken zu lassen. Ich wollte nicht, dass er schon zu Ende war, doch Liam richtete sich schließlich auf und schob mich sanft von der Bank herunter.

»Ich glaube, es wird Zeit. Nicht, dass dein Vater noch die Polizei ruft.« Er zwinkerte mir zu.

Schwermütig rutschte ich von der Bank und schaute auf die Uhr. Ich bekam fast einen Herzschlag. Wir hatten bereits Viertel vor elf. Ich hätte schwören können, dass wir erst eine Stunde hier gesessen hatten, doch mit Liam schien immer jegliches Zeitgefühl verlorenzugehen.

»Ach du liebes bisschen«, entfuhr es mir, als ich an meine Eltern dachte, die jetzt wahrscheinlich kerzengerade im Bett saßen und auf meine Ankunft warteten, um mir die Hölle heißzumachen. Schließlich war morgen Schule.

Gequält erhob ich mich, wir verabschiedeten uns von Dan und gingen dann durch die sichere Tür, die uns von dem lärmenden Discoraum trennte.

Dort hatte sich nichts verändert. Außer vielleicht, dass die Musik noch härter und lauter geworden war.

Ich spürte, wie mein Herz mühsam versuchte, unter dem schnellen Beat der Musik seinen Rhythmus zu behalten, während meine ganze Brust mindestens genauso vibrierte, wie der Rest des RauMs

»Und dann im Rausch, außer Rand und Band ...«, brüllten die Lautsprecher und die Menge johlte wieder. Wie gut, dass die keinen Riss in der Schüssel hatten.

Plötzlich kam ein Mädchen angesprungen und legte mir ihren Arm um die Schulter. Was sollte das denn jetzt? Sie grölte das Lied mit, das anscheinend in einer Endlosschleife lief.

»Wir sind doch krank!«, schrie sie und begann mit dem Beat zu hüpfen. *Du weißt ja gar nicht, wie Recht du hast, meine Liebe.*

Gut gelaunt schaute sie mich an und wollte mich dazu animieren, mitzuhüpfen, doch ich war zu müde und außerdem kam ich mir blöd dabei vor. Mal ganz davon abgesehen, dass sie drauf und dran war, mir gerade gefühlt meine Schulter zu brechen. Ich beäugte sie und fragte mich, woher dieses dürre Ding nur so viel Kraft hatte.

»Gib deinem Vögelchen mal Wasser«, sagte ich zu ihr, steckte mir zur Bekräftigung meiner Aussage den Zeigefinger in den Mund, befeuchtete ihn kurz und tippte mir dann gegen die Stirn. So überheblich, wie es aus meinem Mund gekommen war, sollte es gar nicht klingen, doch so etwas passierte mir oft, wenn ich genervt war.

Vermutlich überlegte sich das Mädchen gerade, ob es mir eine runterhauen sollte, doch da erblickte es Liam hinter mir und verschwand schnell in der Menge. – Praktisch, so ein Liam, dachte ich und grinste.

Liam schien das ebenfalls zu amüsieren, schob mich dann aber weiter vorwärts. Zu meiner Überraschung machten mir diesmal alle Leute Platz.

Ich war froh, Liam an meiner Seite zu haben. Obwohl viele der anwesenden Herren ähnlich gut gebaut waren wie er, schienen sie doch Respekt vor ihm zu haben. Warum auch immer.

Ich entdeckte Amilia, die immer noch unermüdlich auf der Box tanzte (und sich immer noch nichts gebrochen hatte. Toi, toi, toi!) und Kyle, der davor stand, ebenfalls tanzend und Amilia anschmachtend.

Ich hob zum Abschied die Hand, doch keiner der beiden registrierte mich. Dann verließen wir den Laden und Liam fuhr mich nach Hause. Punkt elf Uhr waren wir da.

Ich nestelte verlegen an meinem Sicherheitsgurt, weil ich nicht genau wusste, wie ich mich von Liam verabschieden sollte. Klick! Da hatte er schon für mich auf den roten Drop-down-Button gedrückt und der Gurt löste sich. – Na bravo! Jetzt blieb mir keine Zeit mehr, einen geeigneten Plan zu schmieden.

Doch als ich zu ihm hinschaute, merkte ich, dass ich das gar nicht mehr brauchte. Liam sah mich mit seinen dunklen Augen zärtlich an. Er hatte das Pläneschmieden offensichtlich abgeschlossen.

Behutsam umfasste seine warme Hand meine linke Halsseite und sein Daumen streichelte sanft über meine Wange. Dann beugte er sich langsam zu mir herüber und küsste mich ganz sanft auf meine halb geöffneten Lippen. Aus irgendeinem Grund bemerkte ich dabei, wie seine linke Hand den Schaltknauf des Wagens umkrallte, sodass seine Knöchel unter der Haut weiß hervortraten. Das lenkte mich ein wenig ab, doch nachdem Liams Gesicht sich langsam wieder von meinem entfernte, konzentrierte ich mich wieder aufs Wesentliche.

Nicht aufhören! Mein Gesicht folgte seinem und diesmal war ich es, die ihre Lippen auf den warmen Mund von Liam drückte. Vorsichtig berührte ich Liams weiche Lippen mit meiner Zungenspitze, doch sein Kopf schnellte daraufhin ruckartig zurück. Es ging so blitzartig, dass ich meine Zunge noch nicht wieder im Mund hatte, sondern wie eine Schlange in der Gegend herumzüngelte, als würde ich Luft schmecken wollen. Peinlich!

Liam lächelte mich entschuldigend an, während ich mich verlegen in den Sitz zurückfallen ließ. Er deutete auf die Haustür, aus der mein Vater gestürmt und mit großen Schritten auf den Wagen zugeeilt kam. Ich seufzte und griff nach der Beifahrertür. Das erste Mal, dass Liam mich gewähren ließ, doch da riss mein Vater sie schon auf.

»Wo kommen Sie denn jetzt her, Fräulein?«, donnerte er los. Ich war so perplex, dass ich nicht antworten konnte.

»Es war meine Schuld, Mr Forsyth«, versicherte ihm Liam reumütig. »Wir haben nicht auf die Zeit geachtet«, fügte er noch hinzu.

Daraufhin entspannte sich das Gesicht meines Vaters, das eben erst noch rot vor Zorn gewesen war.

»Das ist doch nicht deine Schuld, Liam. Emma sollte lernen, besser aufzupassen.«

Mein Vater warf mir einen vorwurfsvollen Blick zu und ich nickte beschämt, war aber erstaunt, wie schnell er sich wieder beruhigt hatte. Gut, er war noch nie besonders temperamentvoll gewesen, aber so schnell hatte er sich zu keiner Zeit eingekriegt. Echt ärgerlich, wäre mir das jetzt nicht so gelegen gekommen.

Mussten eigentlich *alle* Leute so verdammt oberflächlich sein? Hübsche Menschen wie Liam hatten es sooo leicht. Nicht nur, dass jeder Lehrer um Liam herumscharwenzelte wie ein Hündchen – nein – mein Vater gehörte auch noch dazu.

»Gut ... ähm ... Emma, du kommst dann jetzt ins Haus«, befahl Dad und ging betont langsam vor. Er hatte nicht die Absicht, uns noch einen Augenblick alleine zu gönnen.

In Zeitlupe krabbelte ich aus dem Sitz, bis Liam mich kurzerhand noch mal zurückzog. Schnell gab er mir einen Kuss auf die Stirn und ließ mich wieder los. Dieser war wie immer: federleicht und kaum spürbar. Fast so, als bildete ich mir das nur ein.

»Schlaf gut«, flüsterte er mir hinterher und seine Mundwinkel umspielte ein Lächeln, als mein Dad erneut meinen Namen rief, damit ich mich beeilte.

»Du auch«, sagte ich und schloss die Tür.

Wütend, dass mein Vater uns gestört hatte, stapfte ich hinter ihm her.

»Noch nicht mal in Ruhe knutschen kann man hier«, fluchte ich so laut vor mich hin, dass es wahrscheinlich noch alle Nachbarn im Umkreis von fünf Kilometern mitbekamen.

Der Kopf meines Vaters wurde wieder puterrot. Eigentlich hätte ich so etwas nie gesagt – viel zu peinlich – doch ich war gerade so sauer auf ihn, dass ich nach etwas Gemeinem suchte, womit ich ihn ärgern konnte und ich wusste, dass ihm dieses Thema mehr als unangenehm war. Meiner Mutter gegenüber war er nicht so verklemmt, doch Emma und ihre Sexualität war eindeutig etwas, über das mein Vater Stillschweigen bewahren wollte. Und das war auch gut so!

Wir waren noch nicht an der Haustür angekommen, da drehte ich mich noch einmal um, um Liam zum Abschied zu winken, doch er war schon verschwunden.

11. Kapitel

Am nächsten Morgen fiel es mir besonders schwer, aufzustehen. Ich hatte zwar gedacht, ich hätte mich mittlerweile daran gewöhnt, doch das war wohl ein Irrtum.

Schlaftrunken schälte ich mich aus dem Bett. Das Einzige, was mich aufheitern konnte, war der Gedanke an Liam.

Er wartete wie immer an unserer Laterne und sah im Gegensatz zu mir frisch und erholt aus. Ich war es halt einfach nicht gewohnt, so spät ins Bett zu gehen. – Sicher, sooo spät war es nicht gewesen, doch nur weil ich um kurz nach elf im Bett lag, hieß das noch lange nicht, dass ich dann auch schon schlafen konnte. Ich war viel zu aufgewühlt gewesen, um direkt ins Land der Träume gleiten zu können, und hatte noch lange über Liam, den Abend und unsere Kussversuche nachgedacht, bevor mich endlich der Schlaf übermannte.

Gemeinsam machten wir uns auf den Weg zur Schule. Als frischgebackenes Paar nun Hand in Hand, versteht sich.

Der Unterricht selbst verlief glücklicherweise ohne irgendwelche peinlichen Zwischenfälle. Meine Gefühle hatte ich soweit im Griff und auch Liam schien bemüht zu sein, mich nicht unnötig in Versuchung zu führen. Was ihm jedoch nicht besonders gut gelang …

Etwas Seltsames passierte trotzdem. Als ich vor der ersten Stunde die Klasse betrat, begrüßte Kyle mich freundlich. – Kyle begrüßte mich? Und auch noch freundlich? Wo war ich?!

Aber das war noch nicht alles: Amilia lächelte mich ebenfalls an. Und diesmal war es kein »Hallo-du-blöde-Fotze-Lächeln«, sondern wirklich freundlich, auch wenn es ihr schwerzufallen schien. Zudem zwitscherte sie mir ein »Guten Morgen, Emma« entgegen.

Okay, irgendetwas lief hier total verkehrt. Woran es lag, konnte ich nicht mit Sicherheit sagen, aber vermutlich wollten die beiden sich über diese Tour bei Liam einschleimen. Und jetzt, wo ich seine Freundin war, konnten sie mich ja schlecht genauso abfällig behandeln, wie vorher.

***

Nach der Schule schlenderten Liam und ich den üblichen Schulweg zurück nach Hause. Doch an der Laterne blieb er plötzlich stehen und hielt mich am Arm fest.

»Was ist los?«, fragte ich überrascht. Heute war Donnerstag und eigentlich müsste er doch mit mir nach Hause gehen?

»Ich komme heute nicht arbeiten«, sagte er.

Ein Gefühl der Leere breitete sich in mir aus und trübte augenblicklich meine gute Laune.

»Warum das denn?« Ich wusste nicht, ob ich eher besorgt nachfragen oder ihm einen Vorwurf machen sollte. Immerhin hatte ich mich schon darauf gefreut, dass er nachher wieder zu mir hoch ins Zimmer kam und ich ihm endlich meine Bilder zeigen konnte. Nachdem mein Dad uns ja beim letzten Mal permanent gestört hatte, war das leider vollkommen in Vergessenheit geraten.

»Ich ... ähm ...« Liam fasste sich in den Nacken. Das tat er immer, wenn er sich unwohl fühlte oder nervös wurde. Da er nicht nervös wirkte, musste es wohl das Erstere sein.

»Ich muss heute Abend auf einen Geburtstag und habe dafür noch einiges vorzubereiten.«

Immer noch schaute ich ihn an.

»Ein Familiengeburtstag. Furchtbar langweilig ...«, fuhr er fort, als er mein entgeistertes Gesicht sah.

»Oh ...« Meinen Unmut konnte ich nicht unterdrücken. Nicht nur, dass er keine Zeit für mich hatte. Er wollte auf einen Geburtstag – ohne mich. Zwar auf einen Familiengeburtstag (Igitt!) – aber immer noch ohne mich. Das hieß also, ich gehörte für ihn nicht zur Familie.

»Oh ...«, sagte ich wieder. Etwas Besseres fiel mir darauf nicht ein. War es normal, dass einen sein Liebster nicht mitnahm? – Gut, wir waren erst einen Tag zusammen und ja, natürlich war das noch viel zu früh. Trotzdem beschlich mich schlagartig das ungute Gefühl, ob Liam sich vielleicht für mich schämen könnte? Oder sollte ich einfach selbstbewusst davon ausgehen, dass das einfach zu den Dingen gehörte, die erst später kamen?

Wie ein begossener Pudel stand ich erst mal da und wartete. Ich wusste nicht worauf, doch früher oder später würde Liam noch etwas sagen müssen.

»Aber wenn du möchtest, kannst du solange mit zu mir kommen, bis wir fahren.«

»Dann könntest du ja auch genauso gut arbeiten kommen«, warf ich ein.

»Nee ... meine Mom hat Angst, dass ich mich dann verspäte und wir nicht rechtzeitig auf dem Geburtstag sind. Außerdem könnt ihr euch dann schon mal kennenlernen.«

Ich schluckte laut und Liam musterte mich neugierig. Offenbar versuchte er aus meiner heruntergeklappten Kinnlade schlau zu werden.

»Gestern sah es noch so aus, als wolltest du unbedingt meine Familie kennenlernen«, zog er mich auf und ich willigte – wenn auch etwas verdattert – in sein Angebot ein.

Sofort waren meine Zweifel wie weggewischt. Liam nahm mich mit nach Hause. Peinlich konnte ich ihm also schon mal nicht mehr sein.

Nachdem wir kurz bei mir zu Hause vorbeigegangen waren und ich meine Eltern darüber informiert hatte, machten wir uns auf den Weg zu Liam. Mir fiel auf, dass ich gar nicht wusste, wo er überhaupt wohnte. Als Liam vor ein paar Wochen das erste Mal in unseren Laden gekommen war, hatte er meinem Vater nur erklärt, dass seine Familie in ein Haus in der Nähe der Fields gezogen war. Ich kannte in etwa die Ecke, weil ich die Fields kannte. Doch in welchem Haus Liam genau wohnte, wusste ich nicht.

Ich ließ meine Finger in seine Hand gleiten und ging neben ihm her. An das Kribbeln, das mich bei jeder Berührung durchfuhr, hatte ich mich zwar gewöhnt und es verursachte mir immer noch Gänsehaut, doch es warf mich nicht mehr so aus der Bahn wie am Anfang. Mir war klar, für mich würden seine Berührungen nie alltäglich werden, doch je öfter er mich anfasste, desto besser konnte ich damit umgehen.

Es war noch ein gutes Stück zu Fuß, bis wir endlich in die Nähe der Fields kamen und ich schaute mich aufmerksam um. Alle Häuser, die hier standen, gehörten wohl sogenannten Besserverdienern. Sie waren groß, mit noblen Vorgärten, die tipptopp in Schuss gehalten waren, und machten insgesamt den Eindruck, nicht besonders billig gewesen zu sein. Komisch: So hatte ich diese Gegend gar nicht in Erinnerung.

Liam steuerte auf eines der Häuser zu, auf dessen Hof ein schwarzer BMW geparkt war. Durch die aggressiv aussehende Front war es unverkennbar, dass es sich dabei um sein Auto handeln musste.

Ich sah mir das Wohngebäude genauer an. Obwohl alle Häuser dieser Gegend im Gegensatz zu unserem riesig wirkten, hatte ich das Gefühl, Liams Haus sei hier eines der größten und protzigsten.

Wir folgten einer glatt geschliffenen, weißen Marmortreppe hinauf bis zur Eingangstür, die trotz des miserablen Wetters penibel geputzt war.

Liam schloss die Haustür auf und ließ mich eintreten. Vorsichtig schritt ich über die Schwelle und betete inständig, dass meine Schuhe im Eingangsflur, welcher ebenfalls aus weißem Marmor bestand, keinen Dreck hinterließen. Das wäre mir sonst ganz schön peinlich. Schließlich würde ich bei seiner Mutter gerne einen guten ersten Eindruck hinterlassen und ich konnte mir nicht vorstellen, dass sie den bekam, wenn ich ihr blank geputztes Haus einsaute. Glücklicherweise passierte nichts dergleichen.

Ich blickte mich um. Die Einrichtung war genauso nobel, wie es das ganze Viertel vermuten ließ. An den Wänden hingen alte Gemälde, die vermutlich mehrere Tausender (wenn das überhaupt reichte) gekostet hatten, und auf dem Sideboard im Flur stand eine riesige Vase, die mit ihren goldenen Verzierungen und Bemalungen überaus antik aussah. Ich hatte zwar nicht viel Ahnung von solch alter Kunst, doch irgendwie wirkte alles verdammt teuer.

Liam ging in die Küche. Ich folgte ihm vorsichtig, bis ich beruhigt feststellte, dass wir allein zu sein schienen.

»Möchtest du etwas trinken?«, fragte er mich. Ich nickte schüchtern, doch er lächelte mich gelassen an, wodurch ich mich auch direkt etwas wohler fühlte.

»Was denn? Dörrfleischsaft?«

Entgeistert schaute ich auf.

»War nur Spaß«, lachte er. »Cola?«

Wieder nickte ich.

Während er die Gläser füllte, betrachtete ich einen Kalender an der Wand, der irgendwie etwas merkwürdig aussah. Soweit ich es beurteilen konnte, standen nämlich weder Feiertage noch Geburtstage darauf. Nicht mal der von heute Abend. Dafür waren jedoch sämtliche Mondphasen genauestens dokumentiert.

»Ah ... heute Abend ist also Vollmond!«, stellte ich fest. Nicht, dass es mich besonders interessiert hätte, aber da es nun mal dort stand, konnte ich es ja mitteilen.

KLIRR! Erschrocken fuhr ich herum, um zu sehen, was dieses Geräusch verursacht hatte. Liam hatte sich gebückt und sammelte etwas auf, das wohl mal ein Glas gewesen und nun in etliche Teile zersprungen war.

Was war los? In der Welt, die ich kannte, gab es keinen schusseligen Liam.

»Was hast du gesagt?«, fragte er mich scheinbar teilnahmslos, während er die Scherben weiter einsammelte.

»Heute Abend ist Vollmond«, wiederholte ich ruhig und blickte dabei auf seine zittrigen Hände. So nervös hatte ich ihn noch nie erlebt. Vielleicht war der gute Liam doch nicht ganz so abgebrüht, wie er immer tat. Vielleicht war ich diesmal an der Reihe, ihn mit meiner Gegenwart ein bisschen wuselig zu machen. Jetzt, wo jeden Moment seine Eltern nach Hause kommen konnten. Ich schmunzelte.

»Und?«, fragte Liam beiläufig.

»Was und?«

»Was ist mit Vollmond?«

Ich zuckte mit den Schultern. »Nichts. Es steht hier.«

Liam wurde augenblicklich ruhiger.

»Ach so.« Er lächelte.

Viel besser! Dieser Liam war mir vertraut.

»Das ist der Kalender meiner Mutter.«

»Wozu hat sie denn alle Mondphasen eingetragen?«, fragte ich neugierig. Brauchte man so was? Wenn ja, wofür?

»Sie ist Astrologin.«

»Ah ...« Ich nickte verständnisvoll, obwohl ich keinen Schimmer hatte, wozu solch ein Kalender gut war und was seine Mutter damit machte.

Dann stand auf einmal jemand in der Tür. Eine große, dunkelhaarige Frau, die Liams Schwester zum Verwechseln ähnlich sah, nur älter. – Oh! Wir waren also doch nicht allein gewesen. Vermutlich war das seine Mutter.

»Hi Mom, darf ich dir Emma vorstellen?«, bestätigte Liam meine Vermutung.

Obwohl ich aufgeregt war, freute ich mich doch, seine Familie, oder zumindest seine Mutter kennenlernen zu dürfen. Leider schien sie das anders zu sehen, denn sie musterte mich mit einem kritischen, abfälligen Gesichtsausdruck.

Dennoch ging ich höflich auf sie zu und reichte ihr zur Begrüßung die Hand, welche sie fast schon angewidert nahm und so fest zudrückte, dass ich das Gefühl hatte, sie würde mir alle Finger brechen. Dazu presste sie ein grantiges »Hallo!« hervor.

»Hallo«, erwiderte ich vorsichtig. Na toll! Das hatte ja bestens geklappt. Seine Mutter hasste mich.

Eingeschüchtert trat ich zurück und rieb mir unauffällig die Finger. Liam hatte die Reste des zerbrochenen Glases entfernt, nahm ein neues aus dem Schrank und füllte es mit Cola.

»Sollen wir in mein Zimmer gehen?«

Liams Mutter hob eine Augenbraue.

»Denk daran, dass wir heute Abend zu dem Geburtstag fahren«, ermahnte sie ihn und er nickte gehorsam. Ich hätte mich auch nicht getraut, ihr zu widersprechen. Dann fiel ihr Blick wieder auf mich.

»Allein!«, war alles, was sie noch sagte. – Autsch! Deutlicher hätte sie mich wohl kaum ausladen können.

Ich überlegte, ob ich vielleicht besser wieder gehen sollte, doch andererseits wollte ich gerne bei Liam bleiben. Ich war hin- und hergerissen.

Seine Mutter ging aus der Küche und drehte sich noch mal kurz um. »Hat mich gefreut, Erna!«, sagte sie in demselben unfreundlichen Ton wie vorhin.

Erna? Ja sicher … du mich auch …

»Mich auch«, entgegnete ich tapfer lächelnd. Nicht, dass ich nicht sowieso lieber bleiben wollte, doch jetzt würde ich ihr den Gefallen nicht mehr tun, Liam allein zu lassen.

»Sorry, meine Mutter hat's nicht so mit Menschen – fremden Menschen, meine ich«, verbesserte sich Liam.

Ich dachte an unser erstes gemeinsames Abendessen, das er bei uns verbracht hatte, und daran, wie ich mich für meine Mutter geschämt hatte. Ob es ihm jetzt genauso ging? Hölle-heiß-machende-und-tötenden-Blick-habende-Schwester, bösartige-furchteinflößende-Finger-brechende-Mutter … Kein Wunder, dass Liam mir nichts von seiner Familie erzählen wollte. Dagegen war meine echt niedlich.

Trotz allem musste ich darüber schmunzeln. Offensichtlich hatten wir doch mehr gemeinsam, als man vielleicht meinen könnte. Zumindest, wenn man von der besser in Behandlung stehenden Familie ausging.

Wenig später stiegen wir eine kunstvoll verzierte Holztreppe hinauf. Liams Zimmer befand sich, genau wie meins, im Obergeschoss – nur dass es unheimlich ordentlich war. Ich kleiner Chaot dagegen begann erst dann mit Aufräumen, wenn ich wirklich absolut gar nichts mehr fand.

Wie sagte meine Mutter immer? »Takeshi's Castle« sei nichts gegen das Durchqueren meines Zimmers. Haha. Witzig!

Liams Zimmer war zudem absolut modern und nüchtern eingerichtet. Ein Bett, ein schwarzes Ledersofa, ein Glastisch, ein weißer Teppich und unzählige HiFi-Geräte. Typisch Kerl halt.

Er ließ sich auf seine Couch sinken, während ich das Zimmer genauer betrachtete. Das Erste, was mir auffiel, war ein kleiner Kalender, der auf Liams Nachttisch stand. Es war ein Abbild des großen Kalenders in der Küche.

»Willst du auch Astrologe werden?«, scherzte ich und nahm den Kalender in die Hand. Das Vollmondzeichen war groß eingerahmt. Liam sah zu mir herüber.

»Auf keinen Fall ... Aber ich glaube, meine Mutter hätte das gerne.«

Liam und Astrologe? Oje ... das konnte ich mir bei ihm so gar nicht vorstellen. Dafür war er viel zu rational.

Grinsend stellte ich den Kalender wieder auf das Schränkchen zurück. Dann fuhren meine Finger sanft über den Schrank zu einem Regal, in dem etliche DVDs und Videofilme standen. Ich begann laut vorzulesen:

»Der Fluch von Siniestro«,

»Full Eclipse«,

»Das Tier im Manne«,

»Ginger Snaps 1, 2 und 3«,

»Sieben Monde – Das Böse schläft nie« und

»Bad Moon.«

Ich kannte zwar keinen dieser Filme, doch die Titel und die Cover sprachen für sich. Es waren Horrorfilme. Und was für welche! Den Bildern auf den Hüllen nach zu urteilen, Blut und Gemetzel, wohin das Auge reichte.

Plötzlich stand Liam hinter mir, schlang einen Arm um meine Taille und legte sein Kinn auf meine Schulter.

»Das hier ist mein Lieblingsfilm«, flüsterte er mir ins Ohr und zog mit der anderen Hand »Dr. Jekyll und Mr Hyde« aus dem Regal.

Oh ... ausnahmsweise kannte ich den, doch es war schwer, mich jetzt auf diesen blöden Film zu konzentrieren – jetzt, wo Liam so nah war.

»Kennst du den?«

Ich nickte.

»Und?«

»Ist ganz gut«, log ich, wenn auch wenig überzeugend. Ich hatte den Film einmal gesehen. Insofern stimmte zumindest meine erste Angabe, doch besonders toll fand ich ihn nicht. Ich schaute generell nicht gerne Horrorfilme, schon gar nicht so alte Schinken von 1931, sondern hatte eher ein Faible für Romanzen. Je kitschiger und unrealistischer, desto besser.

Das behielt ich jedoch lieber für mich. Liam hatte mich so euphorisch auf den Film angesprochen, dass es ihn bestimmt verletzen würde, wenn ich ihm sagte, dass ich ihn nicht mochte.

Er stellte den Film zurück in das Regal und versuchte mich zur Couch zu ziehen. Normalerweise wäre ich auch direkt mitgekommen, doch ich fand sein Zimmer wahnsinnig interessant und wollte lieber noch ein bisschen herumstöbern. Da hob er mich mit einem Ruck hoch.

Wie eine Puppe hielt er mich in seinen Armen und schaute spitzbübisch lächelnd in mein verblüfftes Gesicht. Es ging so schnell, dass ich nicht einmal mitbekommen hatte, wie meine Füße den Kontakt zum Boden verloren. Und obgleich die Muskeln von seinen Armen enorm angespannt waren, hielt er mich, als würde ich nichts wiegen. Genau wie bei den Obstkisten. – Emma, die Obstkiste … Ob man das auch als Adelstitel eintragen lassen konnte?

Dann trug er mich zur Couch und setzte mich vorsichtig ab. Wenn er etwas wollte, war Widerrede zwecklos. Etwas, was ich ihm dringend abgewöhnen musste.

Ich nippte an meiner Cola und kuschelte mich an seine Brust. Sein Hemd schmiegte sich an seinen durchtrainierten Körper und ich überlegte, ob ich darunter fassen konnte. Zu gern hätte ich ihn berührt, doch ich traute mich nicht. Außerdem hatte ich Liam schon zuerst geküsst. Jetzt war er an der Reihe mit Den-nächsten-Schritt-machen. Zumindest beschloss ich das jetzt. Ob es so wäre, würde sich noch zeigen.

Ich schlang meinen Arm um seinen Körper und spürte seine ruhigen Atemzüge.

»Sollen wir ein bisschen fernsehen?«, fragte er.

»Gern«, erwiderte ich und obwohl ich sonst eigentlich nicht so viel Fernsehen schaute, könnte ich mich durchaus an diese Kuschelzeiten mit ihm davor gewöhnen.

»Würdest du bitte?« Da ich ihn so in Beschlag genommen hatte, nickte er Richtung Fernbedienung.

Ich grinste. »Klar.«

Nachdem ich auf den Standby-Knopf gedrückt hatte, fiel mir auf, dass ich anstelle eines Fernsehprogramms einen Film eingeschaltet hatte, der sich offensichtlich noch im Rekorder befand. Ich griff erneut nach der Fernbedienung, die ungefähr die Größe eines Baseballschlägers hatte, und suchte verzweifelt nach einem Knopf, der den Film wieder ausschaltete. Nicht auszudenken, wie peinlich es wäre, wenn er einen Porno drin hätte. Jungs in seinem Alter schauten doch so was, oder nicht?

Mir wurde heiß, als ich nach gefühlten tausend Knöpfen immer noch nicht fündig geworden war.

»Kann ich dir irgendwie helfen?«, fragte Liam höflich und seine Augen blitzten amüsiert. Irgendetwas, oder vielmehr ich, schien ihn furchtbar zu erheitern.

»Ähm …«, stammelte ich los. Ich konnte ja schlecht sagen: *Ich versuche gerade dein eventuell unanständiges Filmchen wegzuschalten. Ich weiß ja nicht, ob ich das gucken sollte.*

Belustigt streichelte er mir über die Haare. Er schien eine Vermutung zu haben, was mir gerade durch den Kopf ging.

»Der Werwolf von Everwood.«

»Was?« Ein höflicheres Fragewort wollte mir gerade nicht einfallen.

»So heißt der Film.« Liam deutete auf den Fernseher.

Das stimmte. Bei genauerer Betrachtung sah der Film nicht nach einem Liebesfilm aus. Um ehrlich zu sein: nicht im Geringsten. Er befand sich gerade an einer Stelle, in der sich ein Mann in einen gigantischen Wolf verwandelte und auf Menschen losging.

Ich stöhnte, als die Menschen im Film primitive Fluchtversuche unternahmen. Das war ein weiterer Grund, warum ich Horrorfilme nicht mochte. Erstens war der Kram immer völlig an den Haaren herbeigezogen und zweitens benahmen sich die Leute dort nie so, wie es vernünftige Menschen in solchen Situationen getan hätten. Wer lief schon wild schreiend ins Obergeschoss, um vor einem Mörder zu flüchten und versperrte sich damit selbst sämtliche Fluchtwege? Wäre der normale Weg nicht der durch die nahe gelegene Haustüre gewesen?

Viel schlimmer war jedoch, dass die Opfer mit allem auf die Täter einprügeln konnten, was gerade zur Hand war. Hier ein schwerer Feuerlöscher gegen den Kopf, da eine scharfe Axt in den Rücken und trotzdem waren die Mörder nicht totzukriegen – ooh nein! Sie wurden ja noch nicht einmal langsamer.

Im kompletten Gegensatz dazu standen die Opfer. Der Täter brauchte sein Opfer nur sanft zu schubsen und es flog meterweit gegen die Wand, brach sich dabei sämtliche Gliedmaßen und versuchte blutverschmiert – (Keine Ahnung, woher das ganze Blut immer kam. So viel Blut wie die Opfer regelmäßig verloren, hätte sie schon längst ohnmächtig werden lassen müssen. Dabei war ich mir nicht einmal sicher, ob ein einzelner Mensch überhaupt so viel Blut besaß.) – vor dem Täter zu fliehen, der bösartig lachend über ihnen stand.

Flucht – auch so ein Thema. War irgendjemandem einmal aufgefallen, dass die Opfer mit Topspeed davonrannten, während die Mörder locker lässig hinterher *gingen* und beide trotzdem gleich schnell waren? Wie funktionierte das? Wer dachte sich so einen Schwachsinn aus?

Der im wahrsten Sinne des Wortes krönende Abschluss war aber immer noch das Ende. Da wurde dem Mörder zum Beispiel mit einem Beil der Kopf abgehackt. Ein halbes Jahr später kam dann Teil zwei raus. Ätsch – der Mörder war gar nicht tot. Er hatte nur so getan.

Liebe Filmindustrie, was bitte konnte man an »Kopf abschlagen« vortäuschen? Ab ist ab. Vor allem, wenn der Kopf im ersten Teil noch meterweit über die Straße davonrollte. Schließlich waren wir hier nicht bei Siegfried und Roy. Hier gab es kein Vorspielen oder Irren und schon gar nicht konnte der Mörder ein halbes Jahr später wieder auferstehen. Es sei denn, er hieß Hermann Monster und der Kopf war ohnehin nur festgeschraubt …

»Was ist?!«, unterbrach Liam mein gedankliches Abschweifen und sah mich gespannt an. »Hast du Angst vor Werwölfen?«

Ich schaute zum Fernseher. Der Werwolf hatte sich gerade vor einer Frau aufgebäumt, die jetzt herzzerreißend schrie.

Entschieden schüttelte ich mit dem Kopf. Ich bekam keine Angst bei solchen Filmen. Sie waren nur einfach nicht mein Geschmack.

»Albern«, antwortete ich knapp.

»Albern?« Liam hob ungläubig eine Augenbraue, als er meine Antwort wiederholte.

Ich nickte.

»Du hättest also keine Angst, wenn ein zähnefletschender Werwolf vor dir stände? Im Kopf nur die Jagd und das saftige, begehrenswerte Fleisch zum Greifen nah?«

Ich sah ihm in die Augen, die plötzlich wieder diesen wilden Ausdruck hatten. So wie er es sagte, schauderte es mich doch ein wenig. Trotzdem schüttelte ich nochmals den Kopf und Liam lächelte daraufhin spöttisch. – Meine Güte! Er schien seine Filme ja regelrecht zu lieben, wenn er so empfindlich auf Kritik reagierte.

»Ist ja auch egal«, sagte ich und streichelte sanft über seinen sehnigen Unterarm.

Mein Beruhigungsversuch klappte. Liam seufzte wohlig.

»Es gibt doch sowieso keine Werwölfe«, fügte ich noch hinzu, was ihn gequält lächeln ließ. – Okay Liam, es tat mir zwar leid, aber irgendjemand musste es dir ja sagen: Werwölfe waren wie Weihnachtsmänner und Osterhasen. Man konnte zwar daran glauben, doch das machte sie noch lange nicht real.

Ich kuschelte mich näher an ihn heran und schaute zurück zum Fernseher. In diesem Moment sprang der Werwolf auf sein Opfer, welches einen gellenden Schrei ausstieß, und biss ihm mit einem Mal den Kopf ab. Das Blut spritzte nur so gegen die Mattscheibe.

»Buh!«, machte Liam in diesem Moment und ich erschreckte mich fast zu Tode, während er schallend zu lachen begann ...

So ein Arsch! Trotzdem musste ich im Nachhinein über mich selbst grinsen.

»Vielleicht sind sie doch ein kleines bisschen unheimlich«, zwinkerte er mir zu, immer noch laut lachend – auch wenn es irgendwie traurig klang.

Ich nahm meinen ganzen Mut zusammen und beschloss, sein schadenfrohes Gelächter mit einem Kuss zu ersticken. Strafe musste schließlich sein, auch wenn es nicht wirklich eine war und diese mir mehr als gelegen kam.

Also schwang ich ein Bein über seinen Schoß, setzte mich einfach auf ihn und presste meine Lippen auf seine.

Im ersten Moment erwiderte er meinen Kuss, doch als ich meine Lippen leicht öffnete, schreckte er davor zurück.

Er schien tatsächlich noch schüchterner zu sein als ich, doch diese Suppe hatte er sich selbst eingebrockt. Hätte er sich besser nicht über mich lustig gemacht, denn jetzt musste er da durch. Ob er wollte oder nicht. Und je mehr ich merkte, dass für Liam alles genauso neu war wie für mich, desto mutiger wurde ich.

Er versuchte, sich mir sanft zu entwinden, doch er kam nicht weit. Die Couchlehne im Rücken und meine Hände, die sein Gesicht festhielten, hinderten ihn. Erst noch widerwillig, ergab er sich schließlich mit einem tiefen Seufzer und ich machte triumphierend dort weiter, wo er mich unterbrochen hatte.

Mit leicht geöffnetem Mund begann ich, seine Unterlippe zu küssen. Ich merkte, wie sein ganzer Körper sich anspannte, obwohl ich den Eindruck hatte, dass es ihm gut gefiel.

Warum war er nur so unheimlich nervös? Er brauchte sich überhaupt keine Gedanken zu machen. Er küsste wundervoll!

Ohne mich beirren zu lassen, machte ich einfach weiter und küsste ihn erneut auf diese Weise. Diesmal aber auf die Oberlippe. Liams rechte Hand war in ein Kissen gekrallt und sein Körper spannte sich immer mehr.

Dann geschah etwas Unerwartetes. Liams vornehme Zurückhaltung war plötzlich wie weggeblasen. Sein rechter Arm umschlang meinen Körper und hob mich mit einem Ruck von ihm herunter. Ein bisschen zu fest. Sein Griff war kurz vor der Schmerzgrenze. Mit seinem linken Arm stützte er sich ab und ich wusste zwar nicht, wie er es gemacht hatte, doch in null Komma nichts lag ich unter ihm auf der Couch.

Er erdrückte mich fast, als er seinen muskulösen Körper an meinen presste und ich versuchte nach Luft zu schnappen, doch seine Lippen waren schon wieder auf meinen. Dieser Kuss war nicht mehr mit denen zu vergleichen, die er mir vorher gegeben hatte. Dieser hier war keineswegs sanft oder wie die Flügel eines Schmetterlings, sodass ich ihn kaum spürte. Er war drängend und ungeduldig. Feurig und unbeherrscht.

Bevor ich seinen Kuss richtig erwidern konnte, hatte er auch schon meinen Kopf beiseite gedreht, um mich vorsichtig halsabwärts zu küssen.

Ich stöhnte leicht auf, was ihn nur noch mehr anzuspornen schien. Sein Atem ging rau und seine Küsse waren hart, aber unendlich leidenschaftlich. So arbeitete er sich langsam bis zu meinem Schlüsselbein vor. Ich merkte, dass die Senke über meinem Schlüsselbein eine besonders empfindsame Stelle war, und atmete laut aus, als er sie berührte.

Und genau da schlug die Zimmertür auf und seine Mutter stand wutschnaubend auf der Schwelle. Während ich erschrocken zur Tür glotzte und vergeblich versuchte, Liam von mir wegzudrücken, schien ihn das gar nicht zu stören – er schien es überhaupt nicht mitzukriegen! – Äh … Hallo? Liam?

Erst als seine Mutter ein paar große Schritte auf uns zumachte, ihm ins Genick griff und von mir runterziehen wollte, zuckte er zusammen und richtete sich auf.

Peinlich berührt setzte ich mich ebenfalls gerade hin. Ich spürte, wie mir die Hitze in die Wangen stieg, während mein Herz so laut pochte, dass man es leicht mit dem Rattern einer Dampflok verwechseln konnte.

Liams Mutter stand mit wippendem Fuß im Zimmer und sah ihren Sohn vorwurfsvoll an, welcher schuldbewusst die Augen senkte.

»Es wird Zeit. Wir wollen gleich fahren«, sagte sie tonlos und ging Richtung Tür. Obwohl wir nach diesem Vorfall ganz sicher nicht dort weitermachen würden, wo wir aufgehört hatten, schien sie wohl auf Nummer sicher gehen zu wollen und blieb an der Tür stehen.

Ich sprang von der Couch.

»Ich geh dann mal heim«, sagte ich schnell und wollte mich schon auf den Weg machen, da stand Liam ebenfalls auf.

»Ich fahr dich«, sagte er zu mir, doch ich schüttelte energisch mit dem Kopf. Seine Mutter sah nicht sonderlich erfreut darüber aus, und ich wollte mich nicht noch unbeliebter machen, als ich es offensichtlich eh schon getan hatte.

»Aber draußen wird es bereits dunkel …«, wandte er besorgt ein.

»Und genau daran solltest du denken!«, zischte seine Mutter und sah ihn mahnend an.

»Ich werde zu Fuß gehen«, sagte ich bestimmt. »Ein kleiner Spaziergang tut mir sicherlich gut.«

Liam schaute mich skeptisch an, doch ich lächelte aufmunternd. Es war nicht gelogen. Ein kleiner Spaziergang an der frischen Luft, um wieder einen klaren Kopf zu bekommen, würde mir jetzt wirklich gut tun.

Sichtlich zufrieden über den Verlauf des Gesprächs verabschiedete sich seine Mutter mit einem kalten »Tschüss Erna« und ging aus dem Zimmer.

Ich machte mich ebenfalls auf den Weg zur Haustür, da ich ihr keine zweite Gelegenheit geben wollte, mit dem Gedanken zu spielen, mir den Kopf abzureißen.

Mal ernsthaft: Sie sah so aus, als würde sie das tatsächlich in Erwägung ziehen, wenn man es zu weit trieb.

Liam folgte mir und verabschiedete sich mit einem Küsschen auf die Stirn. Zuerst wollte ich protestieren, da ich dachte, wir hätten die Sache jetzt hinter uns gelassen, doch unter den gegebenen Umständen wollte ich keine Diskussion anfangen. Ich nahm den Kuss entgegen und machte mich auf den Heimweg.

Langsam schlenderte ich die Straße hinauf. In den ganzen schönen Häusern brannte jetzt Licht und ich schaute beim Vorbeilaufen neugierig hinein. Wow! Die Einrichtung von manchen war echt beeindruckend.

Vor lauter Staunen hätte ich fast Liams Schwester übersehen, die zusammen mit Tyler (Ja, dem Tyler aus meiner Klasse!) Hand in Hand auf der anderen Straßenseite an mir vorbeilief. Musste sie nicht auf den Geburtstag? Und: Durfte *sie* jemanden mitbringen?

Zuerst wollte ich mich darüber ärgern. Immerhin war ich von Liams Mutter deutlich ausgeladen worden, doch eigentlich war ich auch gar nicht scharf auf irgendeinen Verwandtengeburtstag. Ich fand die Feiern von meiner eigenen Familie ja schon grässlich. Wie würde es dann erst bei Fremden sein?

Ich überlegte, ob ich seine Schwester grüßen sollte, doch ich entschied mich dagegen. Ich kannte sie ja nicht mal, und wenn sie nur halb so gut auf mich zu sprechen war, wie Liams Mutter – dann gute Nacht.

Ich machte mich ohne weiter zu trödeln auf den Weg nach Hause, sagte meinen Eltern noch schnell guten Abend und legte mich schlafen, da ich auf einmal merkte, dass ich doch ziemlich müde war.

Leider war die Nacht nicht halb so erholsam, wie man es eigentlich erwarten würde. Ständig wachte ich auf und wälzte mich im Bett hin und her, weil irgend so ein beschissener Köter aus der Nachbarschaft die ganze Nacht hindurch jaulte, und das in einer Lautstärke, als würde er direkt in meinem Zimmer sitzen.

Wenn ich den erwische, drehe ich ihm den Hals rum, dachte ich genervt und stülpte mir das Kissen über den Kopf. Das Jaulen war nun nicht mehr ganz so laut, doch immer noch gut hörbar.

Glücklicherweise schlief ich bald fest genug, um im weiteren Verlauf der Nacht nicht mehr aufzuwachen und bekam so wenigstens etwas Schlaf.

12. Kapitel

Das Aufstehen fiel mir diesmal wieder leichter. Allein die Vorfreude, gleich wieder bei Liam sein zu können, ließ mich schon vor dem Wecker wach werden und trieb mich aus den Federn. Obwohl ich dank der blöden Töle so schlecht geschlafen hatte, fühlte ich mich fit wie ein Turnschuh und tapste erst mal ins Badezimmer, um eine entspannende Dusche zu nehmen.

Geruhsam schälte ich mich aus meinem Schlafanzug, doch gerade, als ich die Duschkabine öffnen wollte, blieb mein Blick an meinem Spiegelbild hängen. Erschrocken fuhr ich herum. Blau! Alles blau! Ich hatte gigantische Blutergüsse um die Taille, die in den schönsten Blautönen leuchteten. Genau da, wo Liam gestern seinen Arm um mich gelegt hatte, um mich hochzuheben.

Mir war ja bereits gestern aufgefallen, dass die Berührungen im Gegensatz zu sonst weniger sanft gewesen waren, doch dass er so fest zugepackt hatte, hätte ich nicht gedacht. Schließlich hatte es in keinem Moment wirklich wehgetan. Oder?

Ich tippte mit meinem Zeigefinger auf einen der Flecken und fuhr vor Schmerz zusammen. Au! Die Dinger sahen nicht nur verboten aus, sie taten tatsächlich auch noch scheiße weh.

Verdattert über meine Entdeckung ging ich schließlich duschen. Wieso hatte Liam mich so grob behandelt? Das sah ihm gar nicht ähnlich.

Als ich so darüber nachdachte, fiel mir auf, dass Liam sich gestern generell sehr komisch benommen hatte. Erst zierte er sich davor, mich zu küssen und dann war er nicht mehr zu bremsen. Selbst als seine Mutter zur Tür hereinkam und jeder normale Jugendliche sich zu Tode geschämt hätte, hörte er nicht auf. Er schien ... wie sollte ich es beschreiben ... wie im Rausch zu sein? Aber vielleicht war das ja auch bei jungen Kerlen normal, wenn sie in ihren ersten Frühling kamen. Wer wusste das schon?

Es klopfte an der Tür.

»Kann ich reinkommen, Schatz?« Es war meine Mutter.

Zuerst wollte ich sie hereinbitten, doch als ich beim Einseifen erneut über die Flecken fuhr, antwortete ich: »Einen Moment noch!« Nicht auszudenken, was passieren würde, wenn sie die Dinger sah.

Sie würde bestimmt glauben, mich hätte jemand misshandelt – und dann würde sie ausrasten. Sie würde mich zwingen, ihr zu sagen, wie ich mir die blauen Flecken geholt hatte, und ich würde lügen, was sie aber garantiert merken würde und dann würde sie Liam verdächtigen, da er der einzige Kerl war, mit dem ich mich traf. Das Ende wäre, dass er nie wieder zu uns kommen dürfte – sollte sie ihn überhaupt am Leben lassen ...

Ich duschte mich so schnell es ging ab, sprang aus der Kabine und wickelte mir eins von den großen Badetüchern um. – Gut, alles war verdeckt. Meine Mutter konnte kommen.

»Komm rein«, rief ich, doch die Tür blieb geschlossen. Es hatte ihr wohl zu lange gedauert.

Schnell föhnte ich meine Haare und lief zurück in mein Zimmer, um mich anzuziehen. Ich wühlte in meinem Schrank herum und holte aus der hintersten Ecke ein Unterhemd hervor. Ich hasste Unterhemden, doch in Anbetracht meines neuen Körperschmucks war es wohl angebracht.

Falls mein Pulli aus irgendeinem Grund ein Stück hochrutschen sollte, würde mich das Hemd vor neugierigen Blicken schützen. Ich stopfte es so tief in meine Hose, dass ich das Gefühl hatte, es steckte bereits in meinen Socken, und zog den Pulli drüber. Fertig.

Dann beeilte ich mich, aus dem Haus zu kommen. Je schneller ich war, desto mehr Zeit würde ich mit Liam verbringen können.

Endlich erreichte ich unsere Laterne, doch er war nirgends zu sehen. Komisch. Eigentlich war er immer vor mir dort. Immer – bis auf einmal. Das war vor ungefähr vier Wochen gewesen. Ich konnte mich noch gut daran erinnern, da ich gedacht hatte, Liam und Amilia wären ein Paar und hätten den Abend zusammen verbracht. Glücklicherweise hatte sich das aber als Hirngespinst herausgestellt.

Ich lehnte mich an die Laterne. Meine Güte, war es kalt draußen. Schnell zog ich den Reißverschluss hoch bis unter mein Kinn und wartete. In Sekundenabständen schaute ich auf die Uhr. Die Zeit rannte dahin, doch Liam war nirgends zu sehen. Es half nichts, ich musste losgehen, sonst würde ich zu spät zum Unterricht kommen. Seufzend machte ich mich schließlich auf den Weg.

Immer wieder drehte ich mich um, doch Liam kam nicht. Hoffentlich war er nicht krank! Oder eher: Hoffentlich hatte ihn seine Mutter nicht umgebracht, als ich gegangen war!

Obwohl ich ziemlich spät dran war, standen fast alle Schüler aus meiner Stufe noch auf dem Schulhof und unterhielten sich aufgeregt über etwas. Ich ging jedoch direkt in die Klasse und setzte mich auf meinen Platz. Der Lehrer hätte eigentlich längst da sein müssen und wenn ich schon ohne Liam zur Schule gegangen war, sollte es wenigstens nicht umsonst gewesen sein – auch wenn außer mir nur Edwin und Roswitha im Raum waren und alle anderen zu spät kommen würden.

Es war ein komisches Gefühl, plötzlich wieder neben einem leeren Stuhl zu sitzen. Außerdem sorgte ich mich um Liam. Was wohl mit ihm los war? Krank hatte er gestern noch nicht gewirkt, aber seine Mutter war extrem sauer gewesen. Ich hoffte wirklich, dass er nicht allzu viel Ärger bekommen hatte.

Auf einmal lehnte sich Edwin in meine Richtung.

»Pssst«, zischte er zu mir herüber, als ich auf sein Näherkommen nicht reagierte. »Hast du schon gehört?«

Neugierig schaute ich ihn an. Was sollte ich denn gehört haben? Wusste er etwa, wo Liam war?

»Tyler wurde heute Morgen tot aufgefunden.«

»WAS?!«, platzte es aus mir heraus. Ungläubig starrte ich ihn an.

»Ja! Seine Leiche lag völlig zerfetzt in einem Waldstück.«

Wie bitte? Hatte ich richtig gehört? Wollte er mich verarschen?

»Woher weißt du das?«

»Oh, Emma … du kriegst auch gar nichts mit. Die ganze Schule redet darüber.« Edwin verdrehte die Augen.

»Aber ...« Ich wollte sagen, dass das gar nicht sein konnte, da ich Tyler gestern Abend noch quicklebendig mit Liams Schwester gesehen hatte, doch ich brach den Satz ab.

»Wie um alles in der Welt ist das passiert?«, fragte ich vorsichtig. Obwohl ich mir gar nicht so sicher war, ob ich das überhaupt wissen wollte.

»Sie vermuten, er wurde von einem Tier angefallen. Den Zahnabdrücken nach zu urteilen, muss es so etwas wie ein Hund gewesen sein. Nur größer!«

Ich ließ mich zurück in den Stuhl sinken. Ach du liebe Scheiße! Da dachte man, man wohnte in einem kleinen harmlosen Städtchen, wo niemals etwas passieren würde und dann sowas! Wie schrecklich, von einem Tier angefallen zu werden. Der arme Tyler! Ich merkte, wie mir eine kleine Träne die Wange hinunterlief.

Die Klasse füllte sich jetzt langsam und unter den ganzen Schülern kam auf einmal auch Liam in den Raum geschlichen.

Er sah nicht gerade gut aus. Seine sonst so wunderschönen, leuchtenden Augen waren dunkel schattiert und tiefe Augenringe ließen auf eine lange Nacht schließen. Sein Haar war unordentlich und das Hemd hing halb in und halb aus der Hose heraus. Aber nicht so, wie es modern war. Eher so, als wäre er gerade erst aus dem Bett gefallen und hätte sich schnell in seine Klamotten gewurschtelt.

Er warf seine Schultasche auf den Tisch und ließ sich neben mich auf den Stuhl fallen. Nicht elegant, wie sonst immer, sondern eher plump.

»Sorry, dass ich heute Morgen nicht da war. Ich habe verschlafen.« Liam küsste mich flüchtig auf die Wange und lächelte mich entschuldigend an.

Ich wollte ihm direkt von Tyler erzählen, da betrat unser Schulleiter die Klasse, wahrscheinlich um den Unterricht für den wohl ausgefallenen Lehrer zu übernehmen.

Womöglich hatte Liam aber auch schon von Tylers Tod gehört. Ich lehnte mich in seine Richtung und wollte ihn fragen, da merkte ich, dass sein Kopf auf seiner Schultasche lag und er die Augen geschlossen hatte. Das gab's doch nicht! War Liam etwa schon wieder in der Klasse eingepennt? Und das beim Schulleiter!

Ich schluckte. Wenn ich so über seine Schwester und ihren Killerblick nachdachte, läge das durchaus im Bereich des Möglichen, doch das konnte ich ja schlecht sagen.

»Natürlich nicht«, versuchte ich ihn zu beruhigen. »Doch ... ich dachte nur ... je mehr Informationen, desto besser?«

Liam wurde ruhiger und legte den Arm um meine Taille. Ich zuckte zusammen, als er auf einen meiner schmerzenden blauen Flecken fasste. Verblüfft schaute er mich an.

»Hab ich dir Angst gemacht?«, fragte er besorgt, sein Blick war sofort wieder weich.

»Ein bisschen.« Er war mir gegenüber noch nie so aus der Haut gefahren. Wobei ich nicht deshalb zusammengezuckt war, sondern aufgrund meiner neuen Körperverzierung. Das verschwieg ich ihm allerdings lieber. Er hatte sich ja eh schon geziert, mich zu küssen. Wenn er davon wüsste, würde er sich bestimmt noch mehr anstellen.

Ich bekam sowieso schnell blaue Flecke. Manchmal war ich mir noch nicht mal sicher, woher ich sie überhaupt hatte, und sie sahen wahrscheinlich auch nur so schlimm aus, weil der Rest meiner Haut nicht gerade braungebrannt war.

Als wir an der Laterne ankamen, trennten sich unsere Wege. Liam schlief quasi schon beim Gehen ein und wollte nur noch in sein Bett. Das hieß für mich, dass ich den Tag wohl oder übel alleine verbringen musste.

***

Zu Hause angekommen legte ich mich ebenfalls erst einmal ins Bett. Es war noch recht früh am Tag, also beschloss ich, selbst noch etwas zu schlafen, konnte aber schlussendlich kein Auge zumachen.

Ich dachte über Liam und seine Schwester nach. Und vor allem über Tyler. Wieso war er gestern Abend in den Wald gegangen? Was hatte er dort zu suchen gehabt? Und war Liams Schwester dabei gewesen? Oder war sie zum Geburtstag gefahren?

Wir hatten hier wilde Tiere, das stimmte. Doch ich hatte noch nie gehört, dass ein Mensch von ihnen angegriffen, geschweige denn, getötet wurde.

Gegen zehn Uhr hörte ich ein Auto. Meine Mutter kam gerade von der Frühschicht wieder, also ging ich hinunter und begrüßte sie.

»Du bist schon hier?«, fragte sie mich.

»Ja, Schule ist ausgefallen.«

Meine Mutter nickte wissend. Offensichtlich hatte sich der Vorfall bereits herumgesprochen.

»Und? Wie geht es dir?«, fragte sie mich. »War Tyler ein guter Freund von dir?«

Ich schüttelte den Kopf. »Wir hatten nicht viel miteinander zu tun.« Ich brauchte ihr ja nicht unbedingt zu sagen, dass Kyle und Tyler mich immer ärgerten oder zumindest geärgert hatten.

Nachdenklich setzte ich mich an den Küchentisch und legte den Kopf in die Hände. Meine Mutter stellte mir derweil eine Tasse heißen Kakao vor die Nase und setzte sich neben mich.

»Du siehst so nachdenklich aus, Mäuschen ...«

Vorsichtig nippte ich an dem viel zu heißen Getränk.

»Willst du mir nicht sagen, was dich bedrückt?«

Sollte ich ihr von der Sache mit Liams Schwester erzählen?

»Manchmal hilft es, darüber zu reden«, bohrte sie weiter.

Ich gab mich geschlagen. Sie würde sowieso nicht eher aufhören, bis ich ihr irgendetwas erzählte, und da meine Kreativität aufgrund meiner vielen Gedanken äußerst eingeschränkt war, beschloss ich, ihr einfach die Wahrheit zu sagen.

»Nun ja ...«, begann ich, und schaute dabei in das neugierige Gesicht meiner Mutter.

»Gestern Nachmittag war ich ja bei Liam.«

»Das war bestimmt schön, Schätzchen! Wie haben die's denn so?«

Ich runzelte die Stirn. Da versuchte ich ihr etwas womöglich Wichtiges mitzuteilen, und sie fragte mich, wie Liams Wohnung aussah.

Zuerst wollte ich es ihr deshalb nicht mehr erzählen, doch ich entschied, dass ich dringend ihren Rat brauchte.

»Ich hab Tyler gestern Abend noch gesehen.«

Dem Gesichtsausdruck nach zu urteilen, hatte meine Mutter mit allem Möglichen gerechnet – nur nicht damit. Ihre Kinnlade klappte förmlich nach unten und sie schaute mich erstaunt an.

»Wo?«

»Als ich von Liam nach Hause gegangen bin.«

»Was hat er da gemacht?«

»Er ist zusammen mit Liams Schwester die Straße entlanggegangen.«

Meine Mutter atmete tief ein. Was hatte das zu bedeuten? Warum sagte sie nichts? Musste ich das jetzt irgendwem erzählen oder war es ohne Belang?

»Damit musst du sofort zur Polizei gehen!«, wetterte jemand hinter mir los und beantwortete damit all meine Fragen.

Erschrocken fuhr ich herum. Ich hatte gar nicht mitbekommen, dass mein Vater mittlerweile in die Küche gekommen war.

So ein Mist. Ihm wollte ich meine Beobachtung ganz bestimmt nicht erzählen. Ich hatte das Gefühl, jetzt wo Liam und ich zusammen waren, könnte er die Sache eventuell nicht mehr ganz so objektiv beurteilen, wie es sein sollte.

»Aber warum? Sie haben doch nichts gemacht«, verteidigte ich Liams Schwester. – Ich verteidigte Liams Schwester?!

»Das ist doch vollkommen egal. Sie ist wahrscheinlich die Letzte, die Tyler lebend gesehen hat und somit verdächtig«, sagte mein Vater bestimmt.

Ich schluckte. Von dieser Seite aus hatte ich es noch gar nicht betrachtet. Jetzt verstand ich auch, warum Liam so ungehalten reagiert hatte.

Sollte Liams Schwester etwas mit Tylers Tod zu tun haben? Nein, ganz bestimmt nicht. Die zwei hatten glücklich ausgesehen – sie hielten Händchen! Außerdem war Tyler von einem Tier getötet worden und auch wenn ich mir von Liams Schwester alles Mögliche vorstellen konnte: Auf allen vieren hatte ich sie noch nicht laufen sehen.

Mein Vater legte mir das Telefon vor die Nase.

»Am besten rufst du jetzt einfach bei der Polizei an und machst eine Aussage.«

Entsetzt schaute ich ihn an. »Spinnst du?!«

Doch mein Vater sah nicht im Geringsten so aus, als würde er Witze machen. Auffordernd zeigte er auf das Telefon.

»Das kannst du vergessen! Die zwei sind Hand in Hand die Straße entlanggelaufen. Sie sahen glücklich aus!«

»Emma, sei doch vernünftig ... Wenn sie unschuldig ist, wird ihr schließlich nichts passieren.«

Ich schnaubte verärgert. Er glaubte doch nicht im Ernst, dass Liams Schwester etwas mit Tylers Tod zu tun hatte?

»Wenn du nicht anrufst, tu ich es.« Damit ging mein Vater zurück in den Laden.

Grimmig starrte ich ihm hinterher. *Hoffentlich rutscht er aus!*, dachte ich zornig, während meine Mom beruhigend meinen Unterarm streichelte.

»Reg dich nicht auf, Spätzchen. Ich finde aber auch, dass du es sagen solltest.«

Wie konnte sie mir so in den Rücken fallen? Empört schaute ich in ihre Augen, die mich liebevoll anblickten.

»Wir überlassen dir die Entscheidung, aber denk doch mal an Tylers Familie. Wäre es nicht schön für sie zu wissen, dass er seine letzten Stunden glücklich verbracht hat?«

Ah! Das war ja nicht zum Aushalten. Jetzt kam sie mir auf die Mitleidstour. Meine Mutter wusste ganz genau, wie sie mich zu etwas bringen konnte.

»Ich möchte Liams Familie aber nicht in Schwierigkeiten bringen«, sagte ich kleinlaut.

Meine Mutter lächelte mich an. »Das tust du doch gar nicht. Du beschuldigst ja niemanden. Du erzählst nur, was du gesehen hast. Außerdem kann ihr doch sowieso nichts passieren. Die Todesursache war ein Wildtierangriff.«

So gesehen hatte sie Recht. Trotzdem war es irgendwie blöd, das jetzt erzählen zu müssen.

»Wäre ich Tylers Mutter, würde ich auch gerne so viel wie möglich wissen wollen«, setzte sie noch nach.

Ich seufzte tief. Okay, okay. Ich gab mich ja schon geschlagen.

Doch gerade, als ich nach dem Telefonhörer greifen wollte, klingelte es an der Haustür. Meine Mutter stand auf und öffnete.

Ich wollte abwarten, bis der Besuch wieder weg war. Das Telefongespräch musste ja nicht jeder mitbekommen, doch meine Mutter kam zurück in die Küche und führte zwei Polizisten hinein. Einen älteren, kleinen Dicken mit grauem Schnauzbart, den ich als Officer Stanley kannte, und hinter ihm einen wesentlich jüngeren Polizisten, der beim Gehen ein wenig humpelte. Ich schätzte ihn auf Mitte zwanzig.

»Verzeihung Ma'am«, sprach er meine Mutter an. »Wir ermitteln im Fall Tyler Dawson und wurden damit beauftragt, seine Klassenkameraden zu befragen, ob ihnen in den letzten Tagen irgendetwas an Tyler aufgefallen ist.«

Mom nickte und deutete in meine Richtung. »Da müssen Sie meine Tochter fragen.«

Sie ließ mir immer noch die Wahl. Ich war stolz auf sie. Es war also doch nicht verkehrt gewesen, sie einzuweihen.

Meine Mutter bot den beiden Polizisten eine Tasse Kaffee an und bat sie, Platz zu nehmen.

»Danke Ma'am«, sagte Officer Stanley und wandte sich mir zu. »Hallo Miss. Ich bin Officer Stanley, aber mich kennst du ja schon.« Er zwinkerte. »Und das ist David, äh, Officer Dewey, meine ich. Ist dir gestern irgendetwas an Tyler aufgefallen?«

»Du kannst mich ruhig David nennen«, warf der junge Polizist ein und schaute mich erwartungsvoll an.

Sollte ich die Wahrheit sagen? Ich schaute in das aufmunternde Gesicht meiner Mutter, welches mich sofort an unser Gespräch von vorhin erinnerte. Sie hatte Recht. Ich musste es sagen.

»Ich … ähm …«, stammelte ich los, da ich nicht genau wusste, wie ich mich ausdrücken sollte. Außerdem verunsicherte mich Davids stechender Blick.

»Ich … habe ihn gesehen. Es war …« – Wie viel Uhr war es denn überhaupt? – »Es wurde gerade dunkel, da hab ich ihn zusammen mit Liams Schwester, also Faith Hunter, gesehen.«

Officer Stanley hob die Augenbrauen und David schaute mich immer noch durchdringend an. Seine Miene war unergründlich.

»Und? Konntest du noch etwas beobachten?«

Wie sich das anhörte. Als würde ich Leuten hinterherschnüffeln.

»Nein, das war alles.«

Der Officer nickte gutmütig.

»Doch, Moment. Die beiden haben Händchen gehalten und sahen ziemlich glücklich aus. Nicht, dass Sie denken, Liams Schwester …«

Doch Officer Stanley lächelte mich an. »Keine Sorge, Emma. Die Verletzungen, die Tyler davongetragen hat, konnte ihm unmöglich ein Mensch zugefügt haben. Schon gar nicht ein schwaches Mädchen.«

Ich nickte erleichtert und Officer Stanley schaute mir freundlich in die Augen.

»Das ist nur für die Akten. Ganz normale Polizeiarbeit, verstehst du?«

Ich nickte noch einmal. Officer Stanley sprach mit mir, als hätte er es mit einer Schwachsinnigen zu tun. Ob ich einen solchen Eindruck erweckte?

Der Officer erhob sich, doch David blieb sitzen.

»Das ist wirklich alles, was du zu erzählen hast?«, fragte er noch einmal mit Nachdruck.

Ich nickte.

»Stimmt es, dass Liam Hunter und du ein Paar seid?«

Ich nickte wieder. Aber was ging ihn das denn bitte schön an? Ungläubig starrte ich in seine Augen, die mich immer noch akribisch musterten.

»Du würdest uns auch nichts verschweigen, nur um Liams Familie nicht in Schwierigkeiten zu bringen?«

Ahh … daher wehte der Wind. Doch bevor ich antworten konnte, kam mir Officer Stanley bereits zur Hilfe und klopfte David auf die Schulter.

»David ist neu bei uns. Er möchte seine Arbeit besonders gründlich machen. Sternchenjäger eben …«

David erhob sich grimmig, während Officer Stanley schallend lachte. Er bedankte sich bei meiner Mutter für den köstlichen Kaffee und ging mit Humpel-David zur Tür hinaus.

Die ganze Zeit, die David bei uns im Haus gewesen war, hatte er mich keine Sekunde aus den Augen gelassen. Ob er etwa auch schon Bekanntschaft mit Liams Schwester gemacht hatte? Oder warum war er so misstrauisch? Was wusste er, was ich nicht wusste?

***

Am nächsten Morgen beeilte ich mich ganz besonders, zur Laterne zu kommen. Doch als ich ankam, stand ein schwarzer BMW an der Ecke. – Liam fuhr plötzlich mit dem Auto zur Schule?

Langsam näherte ich mich dem Fahrzeug und machte die Beifahrerseite auf.

»Guten Morgen«, begrüßte ich ihn freundlich und ließ mich auf den Sitz fallen.

»Morgen!«, brummte Liam mir entgegen.

Ich wollte ihm einen Kuss auf die Backe geben, doch er zog sein Gesicht weg. – Hä?! Was war denn jetzt? Warum war er so abweisend? Mir wurde ganz flau im Magen.

»Warum fährst du denn heute mit dem Auto zur Schule?«, fragte ich ihn vorsichtig. Ich erinnerte mich daran, dass er einmal gesagt hatte, er wolle durch das Laufen mehr Zeit mit mir verbringen. Das hieß also im Umkehrschluss, dass er da heute keinen Wert drauf legte.

Das flaue Gefühl wurde stärker. Zudem sah er aus, als würde er jeden Moment explodieren.

»Ich muss meine Schwester heute nach der Schule vom Revier abholen. Irgendjemand hat der Polizei gesagt, dass Tyler zuletzt mit ihr gesehen wurde!«, presste er zwischen den Zähnen hervor und sah dabei wütend auf die Straße.

Das *Irgendjemand* hätte er sich auch sparen können. So, wie er es betont hatte, hätte er auch direkt »Emma hat der Polizei erzählt …« sagen können.

Mir wurde nun gänzlich schlecht. Ich wollte nicht, dass er wütend auf mich war.

»Sie standen einfach bei uns vor der Haustür«, begann ich, doch Liam reagierte gar nicht darauf. »Sie haben nur gefragt, ob ich was gesehen habe und ich habe ihnen erzählt, dass deine Schwester glücklich und Händchen haltend mit Tyler die Straße entlangspaziert ist.«

Er würdigte mich immer noch keines Blickes, sondern raste jetzt regelrecht zur Schule. Wenige Minuten später hielten wir auf dem Parkplatz.

»Liam, ich …« Ich griff nach seiner Hand, die verkrampft das Lenkrad umschloss. Er drehte sich zu mir und seine Augen funkelten mich zornig an. – Zornig? Zornig war eigentlich gar kein Ausdruck mehr. Es war derselbe vernichtende Blick, den seine »Ich-brech-kleinen-Mädchen-die-Finger«-Mutter mir damals zugeworfen hatte. Anscheinend brachte sie den ihrer ganzen Familie bei.

Eingeschüchtert ließ ich ihn los und fasste stattdessen nach dem Türgriff. Wahrscheinlich war es besser, Liam erst einmal in Ruhe zu lassen. Ich konnte es nicht ertragen, dass er sauer auf mich war, doch meine Anwesenheit schien die ganze Sache nur noch schlimmer zu machen.

Da hielt er mich plötzlich am Unterarm fest und ich hörte, wie er tief durchatmete.

»Und du meinst nicht, dass du es mir oder meiner Familie hättest überlassen sollen, ob wir das der Polizei erzählen?«

Na toll. Jetzt machte er mir auch noch ein schlechtes Gewissen. Was hatte ich nur getan? Ich hätte auf mein Bauchgefühl hören und einfach nichts sagen sollen.

»Ich weiß gar nicht, was so schlimm daran ist. Die Polizei sagte doch, dass Tyler von einem wilden Tier angefallen wurde. Er hatte Verletzungen, die ein Mensch ihm nie hätte zufügen können«, verteidigte ich mich kleinlaut.

»Eben. Deswegen weiß ich nicht, warum es nötig war, meine Familie in diese Sache mit hineinzuziehen. Es ist nicht gerade angenehm, mit so etwas in Verbindung gebracht zu werden.« Liams Stimme wurde wieder ruhiger. Er schien sich abgeregt zu haben.

Schuldbewusst senkte ich den Blick.

»Tut mir leid«, flüsterte ich zaghaft, während ich die Beifahrertür öffnete, um aus dem Auto zu steigen. Doch er hielt mich immer noch fest. Seine Schokoladenaugen waren plötzlich wieder warm und er lächelte mich an. Es sah zwar etwas gezwungen aus, aber wenigstens lächelte er wieder.

»Mir tut es auch leid«, sagte er mit seiner samtenen Stimme und strich mir dabei zärtlich die Haare aus dem Gesicht.

»Aber das nächste Mal könntest du so etwas mit mir absprechen – oder mich wenigstens vorwarnen. Es war nicht besonders unterhaltsam, als Officer Dewey heute Morgen mit Blaulicht angefahren kam und meine Schwester abgeführt hat, als wäre sie eine Schwerverbrecherin.«

Bei den letzten Worten grinste er schelmisch. Offenbar fand er es doch unterhaltsamer, als er zugeben wollte.

Reumütig nickte ich.

Liam küsste mich daraufhin sanft auf den Mund und mein Herz machte einen Hüpfer. Viel zu schnell nahm er seine Lippen wieder von meinen. Ich hätte gerne mehr gehabt, doch in Anbetracht der vorherigen Stimmung war das vermutlich alles, was ich erwarten konnte.

»Es tut mir wirklich leid«, beteuerte ich noch einmal, doch er grinste jetzt schon wieder. Sein Ärger schien verflogen zu sein und bis auf das leicht wilde Flackern in seinen Augen sah er aus wie immer.

Ich wandte mich zur Tür, drehte mich dann aber noch einmal um.

»Liam?«

Aufmerksam sah er mich an.

»Deine Schwester ... weiß die, dass ich ...« Ich konnte den Satz nicht zu Ende sprechen, da fing er völlig unterwartet an zu lachen.

»Hast du sie noch alle? Wenn sie das wüsste ...« Und auch er beendete seinen Satz nicht, lachte aber weiter.

Mir fiel ein Stein vom Herzen. Ich war nicht scharf darauf, Liams Todesblick-Schwester zu verärgern.

Erleichtert wollte ich nun endlich die Tür öffnen, da fing Liam an zu knurren. Erschrocken nahm ich die Hand vom Türgriff und ließ mich zurück in den Sitz fallen. Schalkhaft grinste er mich an und stieg aus dem Wagen. Ich verstand und wartete darauf, dass er mir die Tür öffnete.

Meine Güte, wie konnte man nur so starrköpfig sein?!

***

Nach der Schule brachte Liam mich nach Hause, um im Anschluss zum Revier zu fahren und seine Schwester abzuholen. Wieder breitete sich das flaue Gefühl in meinem Magen aus, als ich an sie dachte, doch Liam schien es mir nicht mehr übelzunehmen. Er verabschiedete sich mit einem flüchtigen Küsschen auf meinen Mund und fuhr davon.

Am späten Nachmittag kam er dann noch bei uns vorbei und erzählte mir, dass David wohl sehr aufdringlich gewesen sein musste. Er hatte Faith in einen dunklen Raum geführt, und mit einer Schreibtischlampe ins Gesicht geleuchtet, während er auf ein Geständnis hoffte.

Beim Gedanken daran lief mir ein Schauer über den Rücken. David hatte eindeutig zu viele Filme gesehen.

Die gute Faith schien darüber verständlicherweise mächtig verärgert gewesen zu sein, aber zum Glück passierte sonst nichts weiter. Officer Stanley protokollierte ihre Aussage und legte sie dann zu den Akten.

Zufrieden über diesen harmlosen Verlauf konnte ich am Abend gut einschlafen.

13. Kapitel

Die Wochen verstrichen und Liam und ich verbrachten viel Zeit miteinander. Es passierte nichts Spektakuläres, trotzdem genoss ich jede Minute mit ihm. Wir schauten zusammen TV, gingen spazieren, ich half ihm im Laden – auch wenn ich das nur tat, um in seiner Nähe zu sein – und er unterstützte mich dafür manches Mal bei den Mathehausaufgaben.

Na gut, wenn ich ehrlich war, machte er sie für mich. Liam hatte mehrmals den Versuch gestartet mir etwas zu erklären, doch in Mathe war das einfach hoffnungslos. Da ließ ich mich lieber in irgendwelche Tagträume gleiten, die da anfingen, wo wir auf seiner Couch aufgehört hatten.

Liam versuchte mich immer durch mehrfaches Räuspern zur Besinnung zu bringen, doch Mathe war einfach Mathe. Selbst er würde es nicht schaffen, mir das irgendwie näherzubringen. Auch wenn ich zugeben musste, dass er im Vergleich zu unserem Lehrer doch die wesentlich besseren Voraussetzungen dafür hatte.

Glücklicherweise schien er mir das nicht übelzunehmen. Wir waren wie ein normales, glücklich verliebtes Pärchen – bis auf eine Sache … Nach dem Vorfall, bei dem seine Mutter uns in seinem Zimmer erwischt hatte, war Liam mir gegenüber äußerst zurückhaltend geworden. Er hatte mich seit dieser Zeit nie wieder so geküsst, wie er es auf seiner Couch getan hatte. Seine Küsse blieben immer sanft und zärtlich und schrecklich zurückhaltend!

Hilfe! Ich hörte mich mittlerweile bestimmt schon an wie eine Perverse, die ihren Freund zu sexuellen Handlungen zwingen wollte. Doch wenn ich an unser Coucherlebnis dachte, fehlte den Küssen, die ich jetzt von ihm bekam, irgendwie das Feuer und die Leidenschaft.

Immer, wenn ich ihm mit halb geöffneten Lippen zu nahe kam, fand er irgendetwas, um mich von meinem eigentlichen Vorhaben abzubringen.

Ich überprüfte mehrmals meinen Atem. Der war in Ordnung, daran konnte es nicht liegen. Auch Liam brauchte sich keine Gedanken zu machen. Er roch immer, als hätte er den ganzen Tag im Wald gesessen. Für mich ein wunderschöner Duft!

Er hatte mich noch mehrmals zu sich nach Hause mitgenommen. Seine Mutter, ihr Name war Florence, war zwar nicht freundlicher geworden, doch so, wie es aussah, hatte sie sich mit mir abgefunden. Wenigstens nannte sie mich jetzt in Liams Beisein Emma und nicht mehr Erna.

Ich war mir sicher, dass ich mich damit zufriedengeben musste und nicht viel mehr erwarten durfte. Florence kam allerdings kein zweites Mal in Liams Zimmer gestürzt. Anscheinend wusste sie, dass sie das nicht mehr brauchte.

Es war echt frustrierend. Ich war über beide Ohren in Liam verliebt und wollte einfach mehr von ihm als bloßes Händchenhalten, doch Liam war so anständig. Zu anständig!

Was hätte ich alles für den stürmischen Liam von der Couch gegeben! Den unglaublich guten Küsser, der mich mit seiner Leidenschaft ganz atemlos gemacht hatte! Dafür hätte ich sogar die einen oder anderen blauen Flecke in Kauf genommen.

Aber naja ..., ich würde ihm die Zeit geben, die er benötigte.

Eigentlich hatte das ja etwas Lustiges an sich. Hatte ich mir das früher nicht anders ausgemalt? Hätte das nicht eigentlich umgekehrt sein müssen? Dass Liam mich drängelte, um mir dann, nachdem ich ihm eine Abfuhr erteilte, zu sagen, dass wir alle Zeit der Welt hätten? – Komisch ... Irgendwie verlief das in Filmen immer anders.

Liams Brüder hatte ich hingegen immer noch nicht kennengelernt. Das Einzige, was ich von ihnen wusste, waren ihre Namen. Der größere von beiden hieß Blake, der andere Billy.

Sie waren immer auf Achse, wenn ich bei Liam war. Vielleicht war das aber auch ganz gut so. Liam sagte, wir hätten keine ruhige Minute, wenn sie da wären.

Zu meinem Vergnügen durfte ich jedoch Liams Vater Harry kennenlernen. Als ich ihn sah, wusste ich sofort, nach wem Liam kam. Harry war ebenfalls ein überaus attraktiver Mann. Die gleiche Statur wie Liam, wobei ... ich würde sagen, er war breiter und kräftiger als sein Sohn, hatte aber die gleichen dunklen Haare und die gleichen dunklen Augen.

Im Gegensatz zu Liams Mutter begrüßte er mich immer sehr freundlich und war fast noch zuvorkommender als Liam (was eigentlich schon gar nicht mehr möglich war) und im Umgang mit seiner Frau erkannte ich, dass die altmodische Erziehung von ihm stammen *musste.*

Ich kam mir bei all dem Türaufhalten, In-den-Mantel-Helfen und so weiter immer ein bisschen blöd vor, doch Florence schien es sehr zu genießen. Ich hatte sogar das Gefühl, sie erwartete solch eine Behandlung und würde ihren alles vernichtenden Todesblick einsetzen, wenn Harry nicht parierte.

***

Heute verging die Schule wieder relativ zügig und ich malte mir den kommenden Abend aus, denn Liam würde zu mir kommen.

Ich hatte extra einen Film aus der Videothek ausgeliehen und wollte es mir mit ihm so richtig gemütlich machen.

»Eine wie Keine« hieß der Streifen und war ein schöner, romantisch-kitschiger Film. Er handelte von einem Mädchen, das in der Schule furchtbar unbeliebt war und dann mit dem beliebtesten, hübschesten Jungen der Klasse zusammenkam.

Mal ganz davon abgesehen, dass ich den Schauspieler unheimlich klasse fand, war es einfach ein wundervoller und hoffentlich auch lehrreicher Film für Liam.

Kein Wunder, dass dieser bei den ganzen Horrorfilmen, die er sonst schaute, total vergessen hatte, wie »richtiges« Küssen funktionierte. So gesehen konnte ich regelrecht froh sein, dass er noch nicht versucht hatte, mir den Kopf abzuschlagen.

Aber heute Abend würde ich ihm auf die Sprünge helfen. Das würde eine Lehrstunde vom Allerfeinsten werden. Wir würden kuscheln und zusammen anschauen, wie der gut aussehende Junge das Mädchen verführte. Denn so herum war es ja auch eigentlich richtig. Oder?

Nach der Schule ging ich direkt nach Hause. Liam wollte noch Knabberzeug besorgen und anschließend nachkommen. Ich hatte schon alles für einen romantischen Abend vorbereitet, eine Kerze angezündet und das Bett frisch bezogen. Auch den Film hatte ich bereits eingelegt, als es unten an der Tür klingelte.

Schnell sprang ich die Treppe hinunter und öffnete Liam die Haustür. Meine Mutter lugte aus der Küche und ich zwinkerte ihr zu. Sie hatte mir ihr Versprechen gegeben, auf meinen Vater aufzupassen, damit er nicht wie sonst ein paar »wichtige« Gründe suchte, um immer wieder in mein Zimmer hineinzuplatzen.

Voller Vorfreude ging ich mit Liam hinauf. Er warf seine Jacke über meinen Schreibtischstuhl und legte sich aufs Bett. Das kam meiner Wunschvorstellung von heute Morgen schon ziemlich nahe.

Ich grinste vergnügt und kuschelte mich neben ihn, nachdem ich den Film eingeschaltet hatte. Er legte den Arm um mich und mein Kopf ruhte auf seiner Brust. Von mir aus konnten wir für immer so liegenbleiben.

Dann ging es los. Liam lächelte, als er den Film erkannte.

»Kein Horrorfilm«, stellte er fest.

»Nein.« Ich schüttelte den Kopf und kicherte.

Behutsam strich er mit seinen Fingern durch meine Haare. Auch wenn ich das Gefühl hatte, dass ihn der Film nicht besonders interessierte, passte er dennoch gut auf. Vermutlich wollte er mich nicht mit Desinteresse kränken, vielleicht suchte er aber auch irgendetwas, auf das er sich konzentrieren konnte, damit ich nicht in Versuchung kam, ihn in eine bestimmte Situation zu bringen.

Der Rollladen war halb geöffnet und draußen wurde es bereits dunkel. Nachdenklich sah ich ihn an und betrachtete fasziniert, wie das Kerzenlicht auf seinem Gesicht flackerte.

»Mal sehen, ob du morgen auch wieder so müde bist. Nur gut, dass wir keine Schule haben«, sagte ich zu ihm, als der Film zu Ende war.

»Bitte, was?«, fragte Liam mich verwirrt. Er sah nicht so aus, als hätte er kapiert, auf was ich hinauswollte, deshalb grinste ich schelmisch.

»Morgen wärst du normal wieder mit In-der-Schule-Einschlafen dran.«

Völlig entgeistert sah er mich an.

Mir wurde unwohl. Hatte ich ihn gekränkt? Das sollte eigentlich ein Witz werden ... Emma! Du vorlautes Plappermaul!

»Nun ja«, begann ich zu erklären. »Die letzten beiden Male bist du im Abstand von neunundzwanzig Tagen morgens todmüde in die Schule gekommen. Wenn ich mich nicht total verzählt habe, wäre es morgen wieder soweit.«

Ich lächelte zerknirscht. Eigentlich hatte ich ihn nur ein bisschen damit aufziehen wollen, doch plötzlich schaute er so ernst, dass das wohl gründlich nach hinten losgegangen war. Vielleicht hielt er mich jetzt für einen krankhaften Stalker, weil ich mir das so genau gemerkt hatte? Aber ich konnte nichts dafür. Schließlich war seine Verfassung an beiden Tage wirklich miserabel gewesen. An dem einen kam noch erschwerend hinzu, dass Tyler gestorben war.

Völlig perplex sprang Liam auf einmal auf. Sein Gesicht war fassungslos.

»Ich muss weg«, stieß er zwischen den Zähnen hervor, schnappte sich seine Jacke und flüchtete Richtung Haustür.

Betreten starrte ich ihm hinterher. Was war denn jetzt los?

»Liam!«, brüllte ich, doch er drehte sich nicht um.

»Liam! Was hab ich denn gesagt?«, schrie ich noch einmal und lief hinterher, doch er hatte die Haustür bereits hinter sich zugeschlagen.

Ich riss sie wieder auf und versuchte ihm zu folgen.

»Liam!« – Verflucht, war der schnell! War er neben einem unheimlich gut aussehenden und charmanten Mathe-Crack auch noch ein Langstreckenläufer oder so etwas?

»Sorry Emma, ich kann jetzt nicht. Ich hab ... was vergessen!«, rief er zurück und rannte ohne ein weiteres Wort weiter. Seltsamerweise nicht in Richtung seines Hauses, sondern in Richtung Wald.

Was vergessen? Im Wald? Was sollte das sein? Musste er jetzt einen Tannenbaum für Weihnachten schlagen oder was?! War ich denn wirklich so ein fürchterliches, liebeshungriges Monster, vor dem man sich dermaßen fürchten musste, dass es selbst einen großen, gut gebauten Mann in die Flucht schlug? War ich so schlimm, dass Liam sich lieber im Wald versteckte, damit ich ihn nicht finden konnte?

Ich rannte hinter ihm her, geradewegs in den Wald hinein.

»Der spinnt doch!«, fluchte ich vor mich hin, während ich keuchend versuchte, ihn einzuholen, doch der Abstand vergrößerte sich immer mehr, bis ich einfach keine Puste mehr hatte und erst mal stehenblieb, um zu verschnaufen. Dann ging ich langsam weiter, immer tiefer in den Wald hinein. Doch Liam schien wie vom Erdboden verschluckt. – Meine Güte, er konnte wirklich verdammt schnell rennen!

Immer tiefer und tiefer kämpfte ich mich an Bäumen und Büschen vorbei, bis keine Häuser mehr zu sehen waren und keine Geräusche mehr von der Straße herdrangen. Lediglich das Kreischen eines Uhus durchbrach die Stille.

»Liam?«, rief ich wieder. Es war schon fast dunkel geworden und natürlich wäre ich liebend gerne wieder umgedreht, doch ich konnte ihn nicht allein im Wald zurücklassen. Was, wenn ihm das gleiche geschehen würde wie Tyler?

Obwohl ich schon längst nicht mehr konnte und meine Angst nach und nach immer größer wurde, trieb mich meine Sorge um Liam weiter voran. Dennoch fragte ich mich, was ihn nur geritten hatte, allein in diesen furchteinflößenden Wald zu rennen.

Behutsam tastete ich mich weiter vor.

»Liam?«, rief ich noch einmal.

Nichts! Langsam aber sicher verließ mich die Hoffnung, dass ich ihn jemals hier finden würde. Der Wald war groß und ich hatte nicht den leisesten Schimmer, wo genau er hingerannt war. Ich lehnte mich gegen einen Baum und spielte mit dem Gedanken, vielleicht doch besser wieder umzukehren, da hörte ich plötzlich ein Geräusch.

»Liam«, sprach ich ihn erneut an, doch er reagierte immer noch nicht. Schweiß tropfte von seiner Stirn und auch sein Hemd war von oben bis unten durchgeschwitzt.

Ich hob seinen Kopf an, damit ich ihm in die Augen sehen konnte, doch er hielt sie geschlossen. Nicht, dass er irgendeine Art Anfall hatte und dringend Hilfe benötigte? Sein Gesicht war schmerzverzehrt, die Kiefer angespannt und seine Adern und Sehnen traten überdeutlich an seinem Hals hervor, während sein ganzes Gesicht vor Schweißperlen triefte. Zudem zitterte er und sein ganzer Körper verkrampfte sich immer wieder.

Ich wollte ihm helfen – aber wie?

»Liam«, versuchte ich ihn noch einmal anzusprechen, da öffnete er seine Augen.

Entsetzt fuhr ich zurück. Das waren nicht Liams Augen! Das waren nicht die dunklen Zartbitteraugen, in die ich mich verliebt hatte und in die ich so tief versinken konnte. Diese Augen hier sahen schrecklich aus. Sie waren gelbgrün und anstatt einer Pupille hatten sie schmale Schlitze. Es waren die Augen eines Raubtiers. Eines gefährlichen Raubtiers.

»Geh weg, Emma, bitte!«, flehte Liam mich an. Auch seine Stimme hatte sich total verändert. Sie war noch rauer geworden und untypisch tief für ihn.

Ich wusste nicht, was ich tun sollte. Völlig verdattert blieb ich vor ihm sitzen, eine Hand an seiner glühenden Wange.

Liam richtete sich auf, schubste mich von sich und lief noch tiefer in den Wald hinein. – Das hieß, er versuchte zu laufen. Er stolperte und fiel zwischendurch immer wieder auf die Knie. Es war ein jämmerlicher Anblick und wenn nicht schon der Wald mir Angst eingejagt hätte, wären es spätestens diese Bilder gewesen.

Dann schob sich eine Wolkenwand vor den Mond, sodass ich nichts mehr sehen konnte. Es war jetzt stockfinster und ich traute mich nicht, mich zu bewegen.

Plötzlich hörte ich das Jaulen eines Wolfs und bekam noch mehr Angst. Was, wenn jetzt das Untier kam, das Tyler getötet hatte?

Zitternd verharrte ich auf meinem Platz und hoffte, dass dieser Albtraum schnell vorbeigehen würde, da zog die Wolkenwand weiter und der Vollmond erhellte wieder die Lichtung.

Beruhigt, wenigstens wieder etwas sehen zu können, wollte ich herausfinden, was mit Liam geschehen war, als ein riesiger Wolf aus dem Unterholz hervortrat und mich mit funkelnden Augen anknurrte.

Ich hatte das Gefühl, mein Herz müsste stehenbleiben. – Was zur Hölle war das?! Dieses Ding hatte zwar den Kopf eines Wolfs, doch den Oberkörper eines muskelbepackten Mannes, dazu völlig behaart, mit Klauen anstatt Händen und langen scharfen Krallen anstatt Fingernägeln.

Ich schluckte, als es sich leicht aufrichtete und gebückt auf mich zuging.

Oh Mann ... ich *musste* eingeschlafen sein. Das hier war doch nicht real! Hoffentlich würde ich gleich aufwachen und alles wäre wieder so wie vorher – doch nichts dergleichen passierte.

Das Wolfsding ging weiter auf mich zu, bis es sich auf wenige Meter genähert hatte. Zu gerne wäre ich weggerannt, doch ich war starr vor Angst. Dann fletschte es seine gelblichen Reißzähne und knurrte mich unverhohlen an.

Ich zitterte am ganzen Körper. Wo steckte bloß Liam? Warum war er nicht hier, um mir beizustehen?

Dann fiel mir auf, dass die Fellfarbe dieses Dings seiner Haarfarbe ziemlich ähnlich sah. Waren Wölfe nicht für gewöhnlich grau? Ich überlegte kurz, ob es da einen Zusammenhang geben könnte, doch dann verwarf ich den Gedanken schnell wieder. Das war ja völlig absurd! Doch wo war Liam hin und was war vorhin mit ihm losgewesen? Das Vieh machte noch einen weiteren Schritt auf mich zu und starrte mir geradewegs in die Augen. Ich schluckte, als ich das gleiche Gelbgrün darin erkannte, wie vorhin in Liams Augen. Entgegen jeglicher Vernunft bekam ich Zweifel, ob mein vorheriger Gedanke vielleicht doch nicht ganz so abwegig war.

»Liam?«, versuchte ich es deshalb einfach mal, doch sofort kam ich mir dabei mehr als blöd vor. Was tat ich hier eigentlich? *Das* konnte doch nicht wirklich Liam sein!

Doch ich sah, wie es kurz seine Ohren spitzte, als ich den Namen sagte, und einen Moment lang bildete ich mir tatsächlich ein, es würde überlegen, doch dann knurrte es mich abermals an. Was hatte ich mir nur dabei gedacht? Offensichtlich war ich schon am Überschnappen.

Ich traute mich noch nicht mal mehr, richtig Luft zu holen, aus Angst, ich könne dabei irgendwelche Instinkte in ihm wecken, die mir vielleicht besser verborgen bleiben sollten. Mein Blick war starr auf das Tier gerichtet, während es mich ebenso zu fixieren schien. Kurz hatte ich die Hoffnung, es hätte vielleicht gar kein Interesse an mir, da hielt es prüfend seine Schnauze in die Luft und begann zu schnuppern.

Ich hielt die Luft an und hoffte, dass es erkennen würde, dass ich sicher nicht gut schmeckte und es sich besser ein anderes Abendessen suchen sollte. Doch dann ging alles ganz schnell.

Blitzartig ließ das Tier sich wieder auf alle Viere fallen, sprang mit einem gezielten Satz auf mich zu und warf mich zu Boden. Ich war so geschockt, dass ich noch nicht mal in der Lage war zu schreien, obwohl das Wolfsding direkt über mir stand und ich seinen heißen, stinkenden Atem in meinem Gesicht spüren konnte.

Mir wurde übel. Keine Ahnung, ob es an dem widerlichen Gestank oder an meiner panischen Angst lag. Ich hoffte nur, dass es wenigstens schnell vorbei sein würde und ich nicht allzu große Schmerzen dabei empfinden musste.

Ob es Tyler auch so ergangen war? Ob es sich hierbei um das gleiche Biest handelte, was ihn getötet hatte?

Es senkte seine Nase und roch noch mal an mir. Schleim tropfte aus seinem Maul. Dann leckte es sich genüsslich über seine Zähne, legte den Kopf in den Nacken und stieß ein tiefes Heulen aus. Ich hatte das Gefühl, ich würde jeden Augenblick in Ohnmacht fallen, als ich einen Schuss und gleich darauf ein herzzerreißendes Jaulen hörte.

Das Wolfsding ließ von mir ab und hinkte verletzt in das Dickicht zurück. Blut tropfte aus seiner Schulter. Dann war es verschwunden.

Verwirrt sah ich mich um. Da kam der junge Polizist David aus dem Gebüsch gehumpelt und packte mich am Arm. Mit einem Ruck zerrte er mich wieder auf die Füße. Jetzt kapierte ich gar nichts mehr.

»David ...«

Doch er ließ mich nicht ausreden. »Wir müssen hier weg. Schnell!«

»Wir können Liam doch nicht mit diesem Ding alleinlassen!«, protestierte ich lautstark, doch David schaute mich nur spöttisch an.

»Das Ding *ist* Liam!«

»Liam?«, fragte ich fassungslos. Es war also wahr?!

»Emma, wir haben jetzt keine Zeit für Erklärungen. Er hat bereits sein Rudel gerufen und gleich werden wir umringt von diesen Viechern sein, die alle einen Riesenhunger haben!«

»Aber ...«

»Los, komm schon.« Wieder zog er mich am Arm.

»Aber dann ist Liam verletzt?«, brabbelte ich vor mich hin, unfähig einen klaren Gedanken zu fassen.

»Ihm passiert nichts!« Davids Geduld schien am Ende zu sein. Er riss mich am Arm mit sich und rannte hinkend aus dem Wald heraus. Gedankenverloren ließ ich mich von ihm ziehen. Diese Informationen musste ich erst mal verarbeiten.

Bei der Verfolgung von Liam musste ich wohl vorhin im Kreis gelaufen sein, denn wir brauchten nur wenige Minuten, um aus dem Wald zu kommen.

Davor parkte der Polizei-Jeep. David riss die Beifahrertür auf und schob mich hinein. Dann rannte er, soweit es sein Bein zuließ, um den Jeep herum, sprang auf den Fahrersitz und fuhr los. Ich konnte gar nicht glauben, was soeben passiert sein sollte.

David trat das Gaspedal bis zum Anschlag durch und wir entfernten uns rasend schnell von dem Wald, bis er auf einem abgelegenen Parkplatz anhielt. Ich starrte vor mich hin. Das war alles so unglaublich, dass ich zu keiner wirklichen Regung fähig war.

»Ich bring dich erst mal weiter weg, damit die Wölfe uns nicht folgen und sich neue Beute suchen können. Dann fahr dich wieder zurück nach Hause, ok?«

Ich sagte nichts, sondern starrte weiter stumm vor mich hin.

»hofGeht's dir gut?«, fragte er.

Ich zuckte mit den Schultern, da ich es nicht wirklich wusste.

David musterte mich argwöhnisch von oben bis unten.

»Du wurdest doch nicht gebissen, oder?!«

Ich schüttelte mit dem Kopf.

Er schaute mich weiter an, dann sagte er: »Du wartest jetzt sicher auf eine Erklärung.«

Ich überlegte kurz. Dann nickte ich.

»Wie hast du uns gefunden?«, fragte ich, auch wenn das vermutlich die unwichtigste aller Fragen war, die ich stellen konnte, doch sie interessierte mich. Es konnte ja schließlich kein Zufall sein, dass David mich im Wald entdeckt hatte.

»Nun ja ... Sagen wir so, seit unserem Gespräch und dem Vorfall mit Tyler hielt ich ein Auge auf Liams Familie. Ich kannte seinen Großvater. Wir wohnten damals in derselben Stadt.«

Ich setzte einen Was-soll-das-denn-heißen-Blick auf und er seufzte.

»Emma ... sagt dir der Begriff *Lykantrophie* etwas?«

Wieder überlegte ich kurz, dann schüttelte ich abermals den Kopf. Dieses Wort hatte ich wirklich noch nie gehört.

»*Lykantrophie* ist eine schwere psychische Krankheit. Liams Großvater war, als er noch lebte, deswegen in Behandlung.«

Meine Augen weiteten sich. »Hört sich echt krank an.«

David nickte. »Das ist es auch. *Lykantrophie* beschreibt Menschen, die glauben, sich bei Vollmond in ein Raubtier – speziell in einen Wolf – verwandeln zu können.«

Fassungslos starrte ich ihn an. »So was gibt's!?«

Er nickte wieder. »Nur ...« Dann machte er eine kurze Pause und sah mich ernst an. » ... dass es nicht immer nur ein Glaube ist.«

»Und das heißt?«, fragte ich, obwohl ich mir gar nicht sicher war, ob ich die Antwort überhaupt hören wollte.

»Damals wurde Liams Großvater für verrückt erklärt. Mein Vater war Arzt und führte das Behandlungsgespräch mit ihm. Da meine Mutter früh gestorben ist, habe ich meine Nachmittage oft bei ihm in der Praxis verbracht. Jedenfalls ... Liams Großvater war so überzeugend ... Ich fand den Gedanken faszinierend, dass sich ein Mensch in einen Wolf verwandeln konnte. Dass es Werwölfe tatsächlich geben sollte.«

Ich schluckte laut, als er das Wort »Werwolf« benutzte.

»Ich war zu jung und zu dumm, um die Gefahr richtig einzuschätzen. Mein Vater entließ Liams Großvater aus der Praxis und stempelte ihn als armen, alten Irren ab. In einer Vollmondnacht schlich ich mich dann aus dem Haus und passte Liams Großvater ab, der gerade dabei war, in den Wald zu gehen. Ich wollte dabei sein, wenn es passierte – oder *falls* es passierte, sicher war ich mir da noch nicht –, also folgte ich ihm.«

Ich hörte gebannt zu, doch David schwieg plötzlich und sah traurig aus dem Fenster. Ich wollte unbedingt wissen, wie es weiterging, doch er machte keine Anstalten, fortzufahren. Es schien ihm schwerzufallen, überhaupt darüber zu reden, doch schließlich sagte er: »Du solltest dich besser von Liam fernhalten.«

»Nein«, antwortete ich knapp.

»Emma ... sei vernünftig. Das damals im Wald ... das wäre fast das Letzte gewesen, was ich getan hätte.«

»Aber ...« Doch er unterbrach mich.

»Emma, ich hatte bereits das zweifelhafte Vergnügen mit einem Werwolf und ich würde es nicht mal meinem ärgsten Feind wünschen.«

Ich holte tief Luft. Liam war also ein Werwolf. Was sollte ich darauf sagen? Ich wusste ja nicht mal, wie ich empfinden sollte. Überwog die Angst vor diesem gefährlichen Raubtier? Oder die Faszination, dass Werwölfe tatsächlich existierten? Außerdem gab es Liam ja immer noch als Person. Als liebevollen, klugen, charmanten Freund und irgendwie weigerte sich mein Herz, ihn jetzt als Bestie zu sehen. Dafür hatten wir bereits zu viele wundervolle Momente miteinander erlebt. Ich spürte, wie sich mir die Kehle zuschnürte, bei dem Gedanken daran, dass ich diese in Zukunft vielleicht nicht mehr haben würde.

»Mag ja sein, dass Liam ein Werwolf ist, aber deswegen ist er doch immer noch Liam, oder nicht?«, fragte ich schließlich mit belegter Stimme.

Seufzend griff er an seinen Gürtel und begann die Knöpfe seiner Hose aufzumachen. – Was sollte das denn jetzt?! Unruhig rutschte ich auf meinem Platz hin und her.

»David, ich bin dir wirklich dankbar, dass du mich gerettet hast, aber ...«

Er verdrehte genervt die Augen und mit einem Ruck riss er sich die Jeans herunter. Jetzt saß er nur noch in Boxershorts neben mir. Schnell wandte ich den Blick ab. Was dachte er sich nur dabei?!

»Willst du wohl hingucken?«, schnauzte er mich an.

Ich schaute immer noch starr aus dem Fenster. Hatte er sie noch alle? Hatte er mich gerettet, um mir sein bestes Stück zu präsentieren?

»Jetzt schau hin.« Wut schwang in seiner Stimme mit.

Vorsichtig drehte ich mich zu ihm um, da fasste er mir ins Genick und drückte meinen Kopf so zurecht, dass ich auf seine Oberschenkel blicken musste.

Entsetzt und gleichzeitig angewidert wich ich zurück. Sein rechter Oberschenkel (der Oberschenkel seines Hinkebeins) war völlig deformiert und vernarbt. Auch wenn die Verletzung abgeheilt war, konnte man deutlich sehen, dass ein großes Stück Fleisch fehlte.

Fragend sah ich ihn an.

»Eine Begegnung mit einem Werwolf läuft nicht immer so glimpflich ab wie bei dir, Emma ... Und um deine Frage zu beantworten: Wenn Liam verwandelt ist, ist er nicht mehr Liam. Er ist ein Tier. Ein Raubtier, um genau zu sein. Mit allen, was dazugehört.«

Konnte das alles wahr sein? Ich lernte den tollsten Jungen auf Erden kennen und dann sowas?! Ich schaute wieder aus dem Fenster.

»Und jetzt?«, fragte ich mit zittriger Stimme.

»Jetzt fahr ich dich nach Hause und du bleibst in deinem Zimmer UND kommst vor morgen früh nicht mehr heraus. Werwölfe haben eine besonders gute Nase, wenn es um ihre Auserwählte geht.«

David zog sich die Hose wieder über die grässliche, alte Fleischwunde und startete den Motor.

»Und was ist jetzt mit Liam? Du hast ihn immerhin angeschossen!«

Ich konnte nicht verhindern, dass meine Stimme gerade mehr Vorwurf als Dankbarkeit enthielt. Natürlich war ich froh, dass David mir mein Leben gerettet hatte, aber er hatte auch Liam angeschossen und ich fühlte mich überhaupt nicht wohl dabei, nicht zu wissen, wie es ihm jetzt ging.

Tränen stiegen mir in die Augen. Das war alles zu viel für mich. Liam war ein Werwolf. Gut. Diese Info musste ich erst mal sacken lassen, denn sie war beim besten Willen nicht leicht zu verdauen. Aber hatte er deswegen verdient, dass man ihn anschoss und jetzt irgendwo im Wald verbluten ließ?

Ich fühlte mich schuldig. Er war immer gut zu mir gewesen und wäre ich nicht so dickköpfig, ihm in den Wald zu folgen, hätte ich dieses Werwolf-Dilemma vermutlich nie herausgefunden und wäre nie in Gefahr geraten. Es war meine Schuld, dass er jetzt dalag und Schmerzen hatte. Ich musste ihm helfen!

»David? Kannst du mich bitte zurückfahren?«

»Wie bitte?«, fragte er, als habe er nicht richtig verstanden.

»Ich möchte wieder zurück«, wiederholte ich.

»Du weißt, was du da redest, ja? Entweder bist du krank oder verrückt.« Er nahm seine Hand und legte sie mir prüfend auf die Stirn.

»Fieber scheinst du keins zu haben. Also bleibt nur die zweite Möglichkeit. Du musst verrückt sein!«

Ärgerlich schlug ich seine Hand weg. Das hatte mir gerade noch gefehlt. Ein Möchtegern-Hilfssheriff, der sich über mich lustig machte.

»Wenn du mich nicht fährst, lauf ich eben.« Ich langte nach dem Türgriff und versuchte die Tür zu öffnen, um hochnäsig davon zu stolzieren, aber ich saß dummerweise in einem Polizeiwagen. War ja klar, dass alle Türen außer der Fahrertür nur von außen geöffnet werden konnten.

»Warum willst du denn unbedingt zurück? Da wimmelt es jetzt nur so von Werwölfen!« David sah mich entgeistert an.

»Aber Liam ... du hast ihn angeschossen«, erklärte ich noch mal und eine Träne rollte mir über die Wange. »Und alles nur, weil ich nicht auf ihn gehört habe. Wäre ich zu Hause geblieben, so wie er es verlangt hatte, wäre das alles nie passiert.«

Ich schniefte. Entsetzliche Schuldgefühle plagten mich immer mehr und ich fühlte mich einfach nur grausam.

»Emma ... mach dir keine Sorgen.« David legte freundschaftlich seine Hand auf meine Schulter und sah mich mitfühlend an, doch ich schluchzte weiter.

»Ich kann Liam gar nicht umbringen«, sagte er aufmunternd. »Hörst du?«

Wie meinte er das denn jetzt schon wieder?

»Einen Werwolf kann man nicht töten. Jedenfalls nicht so ohne weiteres. Ich weiß das, ich war selbst mal einer.«

Erschrocken starrte ich ihn an. War ich nur noch von Verrückten umgeben?

»Keine Sorge, der Werwolf, der mich gebissen hat, ist längst tot. Ich weiß nicht genau, wie es funktioniert – du musst wissen, Werwölfe sind äußerst übellaunige Versuchskaninchen.« Er zwinkerte mich lässig an. »Doch wenn der Werwolf, der einen gebissen und somit selbst zu einem von seiner Art gemacht hat, stirbt, verwandelt man sich selbst auch nicht mehr. Man ist quasi befreit von dem Fluch.«

Verwirrt schaute ich ihn an.

»Ich dachte, man kann einen Werwolf nicht umbringen?«

»Ich wüsste zumindest nicht, wie. Ich habe mal gehört, dass man sie bei lebendigem Leib verbrennen muss. Aber es gestaltet sich äußerst schwierig, einem wütenden Werwolf eine Fackel in den Arsch zu schieben.« Er grinste.

»Letztendlich weiß ich nicht, woran Liams Großvater gestorben ist, doch nachdem er tot war, war der Spuk vorüber.«

Ich dachte an sein entstelltes Bein und bekam sofort Mitleid. Er war für sein Leben lang gezeichnet. Ganz zu schweigen von den Erinnerungen daran, die er mit Sicherheit auch nie wieder vergessen würde.

Ich schluckte hörbar.

»Wie ich schon sagte, Emma. Nicht jede Begegnung mit einem Werwolf läuft so glimpflich ab wie bei dir. Allerdings ...« Er rieb sich sein Kinn zwischen Daumen und Zeigefinger.

» ... mich wundert es schon ein bisschen, dass Liam so lange gezögert hat. Als sein Großvater sich verwandelt hatte, stürzte er sich sofort auf mich. Hätte ihn damals nicht irgendwas abgelenkt, hätte er mich sicher zerrissen oder sogar aufgefressen. Verdenken könnte ich es ihm nicht. Ich bin bestimmt lecker.«

David grinste mich über beide Backen an und ich bewunderte ihn dafür, wie er so locker darüber sprechen konnte. Doch noch mehr bewunderte ich, dass er mir trotz seiner ganzen Erlebnisse zu Hilfe geeilt war.

Ich dachte an Liams beängstigende gelbgrüne Augen. Wie sie vor Zorn und Gier gefunkelt hatten. Ich wüsste nicht, ob ich den Mut gehabt hätte, mich einem solchen Raubtier ein zweites Mal entgegenzustellen. Zumal David klar gewesen sein musste, dass er im Ernstfall rein gar nichts gegen ihn hätte ausrichten können.

»Und was ist nun mit Liams Schussverletzung?« Ich hatte das Bild vor Augen, wie der Wolf, ich meine Liam, mit blutender Schulter ins Unterholz verschwand und sofort wurde mir wieder übel vor lauter Sorge.

»Du brauchst dir wirklich keine Gedanken zu machen. Das ist ja das Coole am Werwolfsein.« Er lächelte verschmitzt. »Liam wird jetzt 'ne Viertelstunde rumjammern und danach ist die Verletzung verheilt, als wäre nie etwas gewesen.«

Ich hatte gar nicht mitbekommen, dass David losgefahren war und bereits auf unseren Hof rollte.

»Und ... ähm ... Warum ist dein Bein nicht vollständig verheilt?« Ich wusste nicht, ob das zu unhöflich war, doch ich musste es einfach wissen.

»Wunden heilen, aber was weg ist, ist weg. Es bildet sich kein neues Fleisch.«

»Oh …«

»Hier hast du meine Karte. Wenn du irgendwelche Fragen hast, ruf mich an. Ich brauch dir wohl nicht zu sagen, dass du deine Entdeckung besser für dich behalten solltest.«

David drückte auf einen Knopf an den Armaturen und ein Klicken entriegelte die Türen. Ich zog an dem Griff und die Tür sprang auf. Gedankenverloren rutschte ich vom Sitz herunter, da fasste er nochmals auf meine Schulter.

»Emma?«

Neugierig drehte ich den Kopf herum.

»Tu mir bitte den Gefallen und geh nicht mehr in den Wald. Du wirst sehen, Montagmorgen sitzt Liam wieder unversehrt in der Schule neben dir.«

Ich nickte und ging zum Haus. Ich hatte den Kopf so voller Gedanken, dass ich völlig vergaß, mich bei ihm zu bedanken oder gar zu verabschieden. Als es mir wieder einfiel, war er schon vom Hof gefahren.

***

Es war mittlerweile schon nach Mitternacht. Gott sei Dank schienen meine Eltern nicht mehr wach zu sein. Was hätte ich ihnen auch sagen sollen? *Hi Mom, hi Dad. Ich komme gerade aus dem Wald und habe herausgefunden, dass Liam ein gefährlicher Werwolf ist. Ach, und nur zur Beruhigung. David hat ihn angeschossen, aber das geht in Ordnung, er war auch mal einer.*

Ich schüttelte mich bei der Vorstellung an dieses absurde Gespräch. Hoffentlich würde der heutige Abend nie in irgendeiner Form thematisiert werden.

In meinem Zimmer angekommen, wollte ich mich gerade ins Bett legen, als mein Blick auf den Computer fiel. Kurzerhand schaltete ich ihn ein.

Meine Güte … Die Kiste brauchte ewig, bis sie hochgefahren war. Ungeduldig klickte ich auf der Maus herum. Dann endlich konnte ich die Google-Startseite öffnen und den Begriff »Werwolf« eingeben. – 279.000 Ergebnisse in 0,06 Sekunden gefunden.

Ich öffnete den erstbesten Beitrag ohne genau zu wissen, wonach ich suchen sollte, doch ein bisschen zusätzliche Informationen konnten schließlich nicht schaden.

Auf der Website stand, dass man einen Werwolf mit einer Silberkugel oder einer silbernen Waffe töten konnte.

Gut, dass David mir versichert hatte, dass Liam nichts passiert war. Dann hatte er sicherlich keine Silberkugeln verwendet.

Außerdem stand da, Werwölfe dürften keine Mondfinsternis ansehen. Auch das würde sie umbringen. Und sie dürften kein Weihwasser trinken, da sie Geschöpfe des Teufels wären und sie das ebenfalls töten würde.

So fand ich noch vielerlei weiteren Quatsch – zumindest hielt ich es dafür, da sich manche Sachen einfach zu sehr an den Haaren herbeigezogen anhörten. Zum Beispiel, dass Werwölfe in der Vollmondnacht besonders hungrig seien, weil sie sonst nichts fraßen (Ich hatte Liam aber schon unzählige Male essen sehen.), und dass sie einen äußerst ausgeprägten Geschlechtstrieb hätten. So anständig, wie Liam war, konnte das nie im Leben stimmen.

Ich klickte ein paar Bilder an und ein eiskalter Schauer lief mir über den Rücken, als ich die Ähnlichkeit zwischen den Werwölfen auf den Zeichnungen und dem Wolfdings im Wald bemerkte. Wenn es tatsächlich Liam gewesen war, und davon ging ich mittlerweile aus, war er tatsächlich ein Werwolf. Wirklich absolut unglaublich!

Unter einem Bild, auf dem ein blutverschmierter Werwolf zu sehen war, standen ein paar Zeilen geschrieben:

- Werwölfe, auch Lykantrophen genannt (abgeleitet von Lýkos = Wolf und Ánthrōpos = Mensch), jagen bei Vollmond. Zu ihrer Beute gehören alle Arten von Wildtieren, aber am meisten verzückt sie der Genuss von Menschenfleisch …

Fassungslos starrte ich auf den Bildschirm und klickte auf den Link, der zu einer separaten Homepage führte, um den Text weiterlesen zu können.

Mir wurde schlagartig schlecht, als ich auf einmal an Tyler dachte. Hatte Liam ihn etwa auf dem Gewissen? Oder war Tyler wirklich nur einem Wildtier zum Opfer gefallen?

Die Homepage baute sich auf und ich konnte weiterlesen:

- Wenn Sie einem Werwolf begegnen, machen Sie nicht den Fehler, sich über ihn lustig zu machen, falls er Ihnen von seinem Leid erzählt. Bei Vollmond wird er Ihnen sonst garantiert einen Besuch abstatten.
- Werwölfe sind jähzornig und leicht reizbar. Sollten Sie einen Werwolf verärgert haben, verlassen Sie Ihre Wohnung unter keinen Umständen bei Vollmond. Der Tag wird schon risikoreich genug für Sie werden.
- Behandeln Sie den Werwolf wie einen normalen Menschen, aber seien Sie auch nicht zu freundlich. Lädt er Sie in seine Höhle ein, möchte er Sie an seinem Lieblingsknochen knabbern lassen oder fragt er Sie nach Ihren Adressdaten, offerieren Sie ihm freundlich aber bestimmt, dass kein Interesse besteht.
- Zeigen Sie keine Paarungsbereitschaft, denn sonst werden Sie den Werwolf nicht mehr los.

Das war ja mal der größte Schwachsinn, den ich je gelesen hatte. Liam hatte mich nie gefragt, ob ich einmal an »seinem Lieblingsknochen« knabbern wollte. Er war doch kein Hund! Und ich hatte sehr wohl das Gefühl, dass ich Liam mit übertriebenem Paarungsverhalten loswerden konnte. Immerhin entzog er sich mir immer, wenn ich ihm auf irgendeine Weise zu nah kam.

Völlig übermüdet nickte ich irgendwann auf der Tastatur ein.

14. Kapitel

Das Wochenende verging elendig langsam. Ich hatte nichts mehr von Liam gehört und überlegte, ob ich ihn besuchen sollte, doch ich traute mich nicht. Nicht, weil mein Liebster ein Werwolf war. Der Vollmond war vorüber und folglich war Liam sowieso wieder Liam. Aber ich wusste nicht richtig, was ich sagen sollte.

Leider meldete er sich ebenfalls nicht.

Am Montagmorgen sprang ich dann förmlich aus dem Bett. Ich zog mich in Windeseile an, schlang mein Frühstück herunter und rannte mit großen Schritten zu der Laterne, an der ich mich immer mit ihm traf. Ich freute mich wahnsinnig auf ihn. So lange waren wir, seit wir zusammen waren, noch nie voneinander getrennt gewesen. Ich würde ihn umarmen und abknutschen. Egal, ob er sich dabei anstellte oder nicht.

Im Laufschritt sah ich bald schon von weitem die Laterne, doch Liam war weit und breit nicht zu sehen. Ich verlangsamte enttäuscht meine Schritte.

An der Laterne angekommen, lehnte ich mich dagegen und verschnaufte erst mal. So viel Sport, wie ich heute und am Freitag getrieben hatte, kannte ich aus meinem ganzen bisherigen Leben nicht.

Ich wartete lange auf Liam, doch er kam nicht. Widerwillig ging ich schließlich allein zur Schule. Ein kleiner Hoffnungsfunke bestand noch, dass er wie beim letzten Mal etwas verspätet auftauchen würde, doch auch hier wurde ich enttäuscht.

Blöder David! – Was hatte er gesagt? Du wirst sehen, Montagmorgen sitzt Liam wie jeden Tag in der Schule neben dir. Bla, bla, bla. Was wusste der denn schon! Pffft!

Sofort beschlich mich das ungute Gefühl, dass Liam vielleicht doch schlimmer verletzt war, als David mir weismachen wollte. Andererseits hatte ich sämtliche Berichte über Werwölfe ausgiebig gelesen. Und auch, wenn im Internet viel wirres Zeug darüber stand und das meiste auch ziemlich unrealistisch klang (Wobei ... was konnte man noch als realistisch einstufen, wenn es sich um Werwölfe handelte?), hatten alle Berichte zumindest zwei Punkte gemeinsam: angeblich ließ sich ein Werwolf nicht so leicht töten und verfügte zudem über eine sehr schnelle Selbstheilung. Das beruhigte mich ein wenig.

Niedergeschlagen ging ich am Nachmittag nach Hause. Mein Vater war gerade dabei, die neu angekommenen Obstkisten auszuräumen.

Verwundert schaute ich ihn an. Das war doch Liams Arbeit? Heute war Montag und montags musste Liam arbeiten.

»Was tust du da?«, fragte ich.

Erstaunt sah mich mein Vater an. »Liam hat sich krankgemeldet. War er etwa in der Schule?«, mutmaßte er kritisch, als wenn er ihn ertappt hätte.

Ich schüttelte den Kopf. Die anfängliche Begeisterung, die mein Vater für Liam empfunden hatte, war genau zu dem Zeitpunkt verflogen, als er erfuhr, dass er und ich offiziell ein Paar waren. Der einzige Grund, weshalb mein Dad ihn noch nicht rausgeworfen hatte, war wahrscheinlich, dass ihm das Kistentragen nicht mehr so leicht fiel wie früher und er froh über jede helfende Hand war. Denn: Wer – außer Liam – würde freiwillig so eine anstrengende, schlecht bezahlte Arbeit erledigen? Wobei Liam die Arbeit nie sehr schwergefallen zu sein schien.

Umso überraschter war ich, dass er sich krankgemeldet hatte. Es war ein Gefühl, als würde mir jemand eine Bratpfanne ins Gesicht schlagen. Nicht, dass das schon einmal vorgekommen wäre und ich somit irgendeine Vergleichsmöglichkeit gehabt hätte, aber so stellte ich mir es zumindest vor.

»Wie lange?«, fragte ich begierig, doch mein Dad zuckte nur mit den Schultern.

»Keine Ahnung, aber es hörte sich nicht so an, als würde er diese Woche noch kommen.«

Zack! Erneut klatschte mir die imaginäre Bratpfanne gegen die Stirn. Hoffentlich war das ein schlechter Scherz gewesen. Wie sollte ich eine komplette Woche ohne Liam aushalten?

Andererseits würde ich sicher auch keine schweren Obstkisten tragen wollen, wenn ich angeschossen worden wäre – egal, ob Werwolf oder nicht. Die Krankmeldung galt bestimmt nur für Dads Laden.

***

Der nächste Tag begann genauso wie der letzte. Mit Hektik, Hektik, Hektik! Ich hastete zu der Laterne, um Liam glücklich in Empfang zu nehmen, doch wieder war er nicht da.

Ich wartete länger, als ich gedurft hätte, immer noch in der Hoffnung, dass er noch kommen würde, und erschien natürlich prompt zu spät zum Unterricht.

Schüchtern öffnete ich die Klassentür und schlich zu meinem Platz, während Mr Graham mich mit Argusaugen verfolgte und sich eine Notiz in sein Lehrerbuch machte. Vermutlich hatte er mir einen Eintrag verpasst.

Schweigend setzte ich mich auf meinen Platz und holte meine Schulsachen hervor, doch genauso gut hätte ich sie auch in der Tasche lassen können. Ich hatte nicht wirklich Lust, dem Unterricht zu folgen, sondern dachte pausenlos an Liam.

So verging wieder ein Tag, an dem ich ihn nur in meinen Gedanken sehen konnte.

Der Rest der Woche verlief auch nicht besser. Jeden Morgen hechtete ich zu der Laterne und jeden Morgen machte sich die gleiche Enttäuschung in mir breit. Ich wartete auf Liam, doch er kam nicht. Allerdings erlaubte ich mir nicht mehr, dafür zu spät zum Unterricht zu kommen. In die Klasse zu müssen, während alle anderen schon saßen und mich von allen Seiten anstarrten, gehörte wahrlich nicht zu meinen Lieblingserlebnissen.

Mittlerweile war Freitag und ich hatte von Liam immer noch nichts gehört. Selbst meine ganzen Anrufe hatte er unbeantwortet gelassen. Das war wirklich frustrierend, obwohl ich zugeben musste, dass meine Sorge sich mittlerweile in Unmut verwandelt hatte.

Was fiel ihm überhaupt ein, mich hier so lange alleine zu lassen? Ohne sich zu melden, mir zu sagen, ob es ihm gut ging oder wenigstens mal ein Lebenszeichen von sich zu geben? Immerhin war er angeschossen worden und ich war seine Freundin! Ich hatte ein Recht darauf, es zu wissen.

Schlechtgelaunt setzte ich mich an meinen Platz und packte mein Schulzeug aus. Was das Fass zusätzlich zum Überlaufen brachte, war die Tatsache, dass heute die Gedenkfeier für Tyler stattfand und wir mit der Klasse vereinbart hatten, gemeinsam hinzugehen. – Das hieß, die Klasse hatte abgestimmt und Blöd-Emma unterlag dem Gruppenzwang. Die hasste nämlich Gedenkfeiern mehr als alles andere.

Murrend warf ich meine Schulsachen auf den Tisch und blickte missmutig umher. Edwin war wie immer komplett in Schwarz gekleidet und hatte seine Augen schwarz umrandet. Wenn ich mir die zusätzlichen Kajalstriche betrachtete, würde ich sogar sagen, er hatte sich extra schick gemacht. Anscheinend freute er sich auf die Gedenkfeier. Edwin war schon echt krank. Wie konnte man an so etwas Vergnügen finden? Aber was interessierte mich schon Edwin.

Ich dachte wieder an Liam. Heute Nachmittag, nach der Beerdigung, würde ich einfach bei ihm vorbeigehen. Irgendein Vorwand würde mir schon einfallen. Wobei, brauchte man als Freundin überhaupt einen triftigen Grund, um seinen Freund zu besuchen? Eigentlich doch nicht ... Wie auch immer, ich würde sagen, es wäre ein Krankenbesuch. Oder dass ich ihm den Stoff vorbeibringen wollte, den er in der Woche verpasst hatte. Ja, das war eine gute Idee. Ein Vorwand, den selbst Fingerbrecher-Florence akzeptieren musste.

Nach der Schule marschierten wir als Gruppe zum Friedhof hinunter, wo Tyler vor wenigen Wochen im engsten Familienkreis beerdigt worden war. Ich hatte mir eine schwarze Bluse und eine dunkelblaue Jeans angezogen und hoffte, dass keinem auffiel, dass sie nicht schwarz war.

Kyle steckte in einem dunklen Anzug mit weißem Hemd und Krawatte, und obwohl mir so was nicht gut über die Lippen kam, musste ich zugeben, dass er relativ schick darin aussah. Wie ein Geschäftsmann.

Seinen Arm bot er, ganz gentlemanlike, Amilia an, die sich nur zu gern darin einhakte. Sie posierte im kurzen Schwarzen, hatte schwarze, hochhackige Pumps dazu kombiniert und trug eine feine schwarze Strumpfhose, die ihre Beine verführerisch ebenmäßig aussehen ließ.

Obwohl ich diese Woche nicht unter Liams Schutz stand, waren Amilia und Kyle freundlich zu mir. Kyle überschwänglich und Amilia mit einem Wenn's-denn-sein-muss-Beigeschmack. Ich hätte nie gedacht, dass ich das mal sagen würde, aber Gyle-Kyle war tatsächlich NETT zu mir. Anders konnte man es nicht ausdrücken.

Gut, wahrscheinlich hatte Kyle Angst, dass Liam ihm andernfalls die Hölle heiß machen würde (Nachdem ich den Text im Internet gelesen hatte, war mir aufgefallen, dass einige Sachen doch recht gut auf Liam zutrafen, beispielsweise seine herrische Art und dass er leicht reizbar war, wenn etwas nicht nach seiner Nase ging.), aber das war ja egal. Kyle bemühte sich, und das Ergebnis war zumindest besser als das von Amilia.

Die Trauerrede hatte bereits angefangen, als wir uns in die hinteren Reihen der Friedhofskapelle setzten. Ich hatte das Gefühl, der Pfarrer hörte gar nicht mehr auf zu reden, doch ich hütete mich, irgendein Geräusch von mir zu geben. So viel Anstand besaß ich noch.

In der ersten Reihe sah ich Tylers Familie sitzen. Seine Mutter weinte bitterlich und auch seinem Vater, der ihr zum Gefallen wohl versuchte, stark zu bleiben, rollte eine Träne nach der anderen aus den Augenwinkeln. – Die Armen ... Sie taten mir schrecklich leid! Ob sie Tylers Leiche noch einmal gesehen hatten? Ich stellte es mir furchtbar vor, sein Kind zerfleischt auf einer Metallbahre liegen zu sehen. Mit einem Zettelchen am Zeh.

Über Kyle hingegen wunderte ich mich erneut. Er saß völlig teilnahmslos in der Ecke und schaute Amilia lüstern auf die Beine, die sie grazil übereinandergeschlagen hatte. Dass er nicht sabberte, war auch alles. Ich hatte immer gedacht, Tyler und Kyle wären die besten Freunde gewesen.

Aber das konnte nicht sein. Ich musste mich geirrt haben. Seinem Freund würde man doch schließlich hinterhertrauern und nicht bei der Rede des Pfarrers dabeisitzen, als würde einen das alles nichts angehen. Kyle schien absolut gefühlskalt zu sein.

Schließlich sprach der Pfarrer die Schlussworte und wir gingen gemeinsam zum Grab, in dem Tylers Urne eingebettet worden war – Tylers Familie hatte ihn verbrennen lassen. Ich vermutete, dass mit seiner Leiche auch nichts anderes mehr anzufangen gewesen war. Vielleicht hatten sie auch nicht gewusst, welche Sarggröße sie auswählen sollten. Die Größe, die Tyler zu Lebzeiten gebraucht hätte, oder die Größe, die ihm nach dem Unfall vermutlich reichte.

Emma! So etwas solltest du nicht denken! Ich musste gar nicht über Kyle meckern. Besonders feinfühlig schien ich auch nicht zu sein.

Der Pfarrer sprach erneut ein paar rührende Worte. Alle Anwesenden schnieften und schnäuzten sich in ein Taschentuch. Selbst mir lief eine Träne über die Wange.

Ich hatte mich extra nach hinten gestellt, um den Angehörigen und Freunden den Vortritt zu lassen, da hörte ich hinter mir jemanden jämmerlich schluchzen. Verwundert drehte ich mich um. Ich dachte, *ich* würde ganz hinten stehen? Liams Schwester lehnte an einem Baum, die eine Hand voll zerknüllter Taschentücher, in der anderen eine langstielige, weiße Rose.

Wieso kümmerte sich denn keiner um sie? Niemand schien sie auch nur ansatzweise bemerkt zu haben, obwohl ich mir sicher war, dass sie am lautesten weinte.

Ich überlegte, ob ich zu ihr gehen sollte. Sie sah so verloren aus. Ihre Augen waren voller Trauer. Von dem wütenden Blick, den ich damals in der Schule gesehen hatte, war nichts mehr übrig.

Ich hatte nicht den Eindruck gehabt, dass Liams Schwester mich besonders gut leiden konnte, doch ich brachte es nicht übers Herz, sie jetzt einfach so stehenzulassen. Irgendwie waren wir ja nun eine Familie und sie schien Tyler wirklich geliebt zu haben.

Also näherte ich mich ihr ganz vorsichtig, doch sie merkte es gar nicht. Genauso gut hätte ich mich an einen Stein heranschleichen können. Sie starrte apathisch auf das Grab und fummelte an einem Taschentuch.

»Faith?«, fragte ich vorsichtig, als ich mich auf zwei Meter herangepirscht hatte. Sie hob den Kopf und schaute mich mit traurigen Augen an.

»Geh weg!«, knurrte sie mir entgegen, doch durch das Schluchzen konnte ich sie nicht wirklich ernstnehmen.

Ich ging zu ihr, nahm sie in die Arme und drückte sie fest an mich. Ich war nicht besonders gut im Redenschwingen und ich wusste auch nicht, was ich zu jemandem sagen sollte, der seinen Freund verloren hatte, doch ich wollte ihr einfach zeigen, dass sie nicht allein war. Dass jemand da war, der ihr Trost spenden wollte.

Ich kam mir gerade unglaublich selbstlos vor, da schubste Faith mich schwungvoll weg und ich landete unsanft auf meinem Hintern.

»Geh weg!«, wiederholte sie. Ihre Stimme klang schon wieder etwas klarer – weniger zittrig, dafür wütender.

Zuerst ärgerte ich mich über ihr Verhalten. So behandelte man keinen, der einem helfen wollte. Doch andererseits: Diese Faith kannte ich eher. Das hieße wohl, sie war wieder etwas gefasster, auch wenn sie immer noch wie ein Häufchen Elend aussah.

Während ich noch auf der matschigen Wiese saß, drängelte sie sich durch die Trauergemeinde, warf ihre Rose auf das Grab und stolzierte davon, ohne mich noch eines Blickes zu würdigen.

Bei Gelegenheit würde ich Liam fragen, was sie eigentlich gegen mich hatte. Wenn Liam und ich länger zusammenblieben, was ich doch sehr hoffte, hätte ich gerne ein besseres Verhältnis zu meiner Schwägerin.

Apropos Liam. Ich sah mich um. Meine Klassenkameraden standen teilweise noch am Grab, manche waren aber auch schon nach Hause gegangen. Ich würde wohl nicht negativ auffallen, wenn ich nun ebenfalls nach Hause ging. – Nach Hause? Nein. Ich ging jetzt zu Liam.

Der Friedhof war nicht weit von seinem Haus entfernt. Ich stieg die blitzblanke Marmortreppe hinauf und klingelte. Wer die Treppe wohl ständig so akribisch putzte? Sie hatten bestimmt eine Putzfrau.

Liams Mutter öffnete die Haustür einen kleinen Spalt.

»Was willst du?«, empfing sie mich unfreundlich.

Ich schluckte. Florence war eine überaus einschüchternde Person und sie schien das zu wissen. Jedenfalls wusste sie ihr »Talent« perfekt einzusetzen.

»Liam war ja die ganze Woche nicht in der Schule. Ich wollte ihm den Stoff vorbeibringen, den wir durchgenommen haben.«

»Er ist krank«, antwortete sie darauf und wollte mir die Tür vor der Nase zuknallen, da kam glücklicherweise Liams Vater dazu.

»Emma! Schön dich zu sehen.«

Wie aus einem Munde gaben Florence und ich ein verblüfftes »Ja?!« von uns.

»Sie hat mit Liam sicher viel zu bereden.«

Wir hatten viel miteinander zu bereden? Das konnte man wohl so sagen.

Sanft streichelte er Florences Nacken, die sich zwar etwas zu beruhigen schien, aber immer noch leise vor sich hin knurrte.

»Sei froh, dass sie zu uns gekommen ist, und jetzt nicht bei der Polizei sitzt.«

Ob in Liams Familie alle Werwölfe waren?, schoss es mir plötzlich durch den Kopf.

Widerwillig und immer noch leise knurrend, gab Florence die Tür frei und ich konnte eintreten.

Harry führte seine Frau in die Küche, ließ sie Platz nehmen und massierte ihr weiter den Nacken. Das Knurren verstummte.

Vorsichtig ging ich an der Küchentür vorbei, die Treppe hinauf und klopfte zaghaft an Liams Zimmertür.

»Was?!«, pampte mir seine Stimme entgegen.

Zögernd hielt ich die Klinke in der Hand. Was, wenn er mich gar nicht sehen wollte? Mir wurde ganz mulmig zumute. – Das ist doch albern, sagte ich zu mir selbst. Ich konnte es schließlich die ganze Woche nicht erwarten, ihn wiederzusehen. Und jetzt traute ich mich nicht in sein Zimmer?

Ich nahm allen Mut zusammen und trat ein.

Liam lag geradezu malerisch auf seinem Bett und hatte Kopfhörer im Ohr. Die Musik war so laut gestellt, dass ich ohne weiteres hätte mitsingen können. Wie hatte er nur mein Klopfen gehört?

Er wandte den Kopf in meine Richtung und blickte mich mit immer größer werdenden Augen an.

»Hey«, flüsterte ich, immer noch in Angst vor einer Abfuhr.

»Emma!« Liams Mund klappte auf.

Er feuerte seine Kopfhörer in die nächstbeste Ecke, sprang mit einem Satz leichtfüßig vom Bett und nahm mich in die Arme. – Ein bisschen zu heftig. Ich verlor mein Gleichgewicht und kippte gegen ihn, doch Liam schien das nicht zu stören. Er presste mich an seine warme Brust und vergrub sein Gesicht in meinen Haaren. Einen tiefen Atemzug nehmend, seufzte er. Wie hatte ich ihn vermisst!

»Ich hätte nicht geglaubt, dass ich dich jemals wiedersehe«, murmelte er in mein Haar und hielt mich immer noch fest.

»Du zerquetscht mich …«, war das Einzige, was ich unter seiner erdrückenden Kraft hervorbrachte. Er ließ etwas lockerer. Seine Arme waren nicht mehr ganz so schraubzwingenartig um mich geschlungen wie bisher, doch noch weit entfernt davon, loszulassen.

Ein Gefühl von tiefer Erleichterung durchflutete mich. Er hatte mich also auch vermisst. Und der Umarmung nach zu urteilen, mindestens ebenso sehr wie ich ihn.

Zufrieden kuschelte ich mich an seine Brust. Mit einer gekonnten Bewegung hob er mich hoch und trug mich zum Bett. Dort setzte er mich sanft ab und hockte sich daneben, sorgsam darauf bedacht, mich nicht loszulassen. Ich genoss diese innige Berührung. Solch eine Nähe hatte es schon lange nicht mehr zwischen uns gegeben.

»Krank siehst du aber nicht aus«, rügte ich ihn, als ich Liam so putzmunter erlebte.

Schuldbewusst blickte er mich an.

»Und warum bist du nicht an dein Telefon gegangen?« Meine Stimme klang etwas enttäuscht.

»Ich hab mich nicht getraut. Ich wusste ja nicht, wie du nach ... allem ... reagieren würdest ...«, nuschelte er kaum hörbar in mein Haar.

Ich nickte. Gut, das war verständlich.

»Wie geht's denn deiner Schulter?«, fragte ich so lässig wie möglich, um ein versuchsweise zwangloses Gespräch zu eröffnen, denn ich merkte, dass er sich schon wieder verspannte. Mein Gesicht hatte ich dabei an sein Hemd gekuschelt.

Er hatte keinen Verband um, den hätte ich durch den dünnen Stoff gespürt. Er schien auch keine Schmerzen zu haben, dafür bewegte er sich zu unbefangen. Ich dachte daran, wie er aufgejault hatte, als die Kugel ihn traf. Allein die Erinnerung an diesen markerschütternden Ton verursachte mir sogleich eine Gänsehaut.

»Der geht's prima.« Er zögerte kurz. »Die Frage ist doch eher, wie es dir geht, oder?« Bekümmert schaute er unter seinen langen, dichten Wimpern hervor und musterte mich.

Ich tat seine Frage mit einer Handbewegung ab. »Warum sollte es mir schlecht gehen? ICH wurde nicht angeschossen.«

Misstrauisch beäugte ich ihn und tastete vorsichtig an seiner Schulter herum. Liam lächelte.

»Du scheinst mir nicht zu glauben«, stellte er fest.

Ich sagte nichts dazu, sondern schaute ihm nur prüfend in die Augen.

»Warte.« Liam knöpfte langsam sein Hemd auf, zog es aus und ließ es neben sich auf den Fußboden fallen.

Ach du heilige Scheiße! Liams Körper sah ja noch besser aus, als ich es mir je erträumt hatte. Leicht gebräunt und durchtrainiert bis zum letzten Muskel. Nicht so übertrieben bodybuildermäßig wie Kyle, der fast größere Brüste hatte als jedes Mädchen aus der Klasse – nein, er war einfach nur gut durchtrainiert. Nicht zu viel und nicht zu wenig. Genau so, wie es sein sollte. Genau so, wie ich mir den perfekten Mann vorstellte.

Er drehte und wendete sich, sodass ich seine Schulter von sämtlichen Blickwinkeln aus betrachten konnte.

»Siehst du. Alles wieder paletti.«

Er hatte Recht, man sah nicht den kleinsten Kratzer, geschweige denn ein Überbleibsel einer Schusswunde.

Dann lehnte sich Liam gegen das Bettgestell und zog mich an sich. Erfreulicherweise hatte er sein Hemd nicht wieder anzogen. Ich schmiegte mich in die Kuhle zwischen Oberkörper und Arm und legte meinen Kopf auf seine Brust. Fasziniert betrachte ich seine gut definierten Bauchmuskeln und zeichnete sie sanft mit meinem Zeigefinger nach. Liam schloss die Augen und seufzte wohlig.

»Du bist also ein Werwolf«, sagte ich und er nickte schüchtern, während er sich verlegen in den Nacken griff.

Es war also wahr. Ich schluckte, ließ mir jedoch sonst nichts anmerken. Die Tatsache zuzugeben, schien für ihn ohnehin schon nicht einfach zu sein, ich wollte das Ganze nicht noch verschlimmern, indem ich ihn mit angsterfüllten Augen anstarrte, so wie er das von den Opfern in seinen Horrorfilmen kannte. Obwohl mir schon ein Schauer über den Rücken lief, als ich an seine gelbgrünen Augen dachte, mit denen er mich vor seinem Angriff fixiert hatte.

»Ich bin froh, dass du gekommen bist und ich die Chance bekomme, mit dir darüber zu reden.« Er drückte mich näher an sich.

»Warum sollte ich nicht? Du bist mein Freund.« Aufmunternd lächelte ich ihn an.

Ich war seine Freundin. Es war schön, das zu wissen, doch noch schöner war es, es auszusprechen.

»Ich hätte gerne schon früher mit dir gesprochen, doch ich wusste nicht so richtig, was ich sagen sollte. Und um ehrlich zu sein, weiß ich das immer noch nicht genau.«

»Versuch es doch einfach«, ermutigte ich ihn.

Liam setzte sich aufrecht hin, sodass er mir direkt ins Gesicht schauen konnte. Ich tat es ihm gleich.

»Okay.« Er holte tief Luft. »Ich weiß, dass ich Scheiße gebaut habe, Emma, und es tut mir unendlich leid. Ich hätte dir trotz Verbot alles sagen sollen, dann wäre es nie so weit gekommen. Dass ich dich dadurch in Gefahr gebracht habe, war unverzeihlich und ich schäme mich sehr dafür, doch bitte ... bitte, bitte gib mir noch eine Chance. Ich schwöre bei meinem Leben, so etwas wird nie wieder vorkommen. Du bist so eine unglaublich tolle Frau, Emma. Und ich würde alles dafür tun, dich nicht zu verlieren.«

Ich schluckte. Ich war so gerührt von seiner Liebeserklärung, dass ich nicht fähig war, irgendetwas darauf zu erwidern.

»Erinnerst du dich noch daran, wie wir im ›Nightmare?‹ waren und Dan dich eine Alpha nannte?«

Ich nickte.

»Ich sagte dir, dass es ein Kosewort für eine tolle Frau sei. Aber das war nur die halbe Wahrheit.«

Aufmerksam schaute ich ihn an.

»Natürlich stimmt das, aber das ist hier anders zu verstehen. Wie du dir sicher denken kannst, kommt dieses Wort aus dem Tierreich. Ich selbst bin ein Alpha-Männchen und ich habe lange nach einer passenden Frau für mich gesucht.«

»Du bist doch erst siebzehn«, antwortete ich etwas verdutzt, auch wenn ich seine Ausführungen obersüß fand.

Liam grinste. »Na ja, in unserer Gattung würde man eher sagen *schon* siebzehn.«

»Schon?«, fragte ich erstaunt.

»Normal sind wir schon viel früher liiert.«

»Was verstehst du denn unter *viel früher*?«

»Werwölfe suchen sich ihren Lebensgefährten normalerweise mit dem Einsetzen der Geschlechtsreife.«

»Und die Geschlechtsreife ...«,

» ... beginnt zwischen dem vierzehnten und fünfzehnten Lebensjahr«, vollendete er meinen Satz.

»So früh hättest du dir eine Partnerin suchen müssen?«

»Hätte ... richtig. Aber ich fand keine.«

Fragend schaute ich ihn an. Liam sah nicht wirklich so aus, als würde er Probleme bei so was haben.

»Natürlich gab es genug Anwärterinnen. Das Problem war nur, dass sie nicht die richtigen *für mich* waren.«

Zuerst wollte ich fragen, wie er darauf kam, dass ich die Richtige sei, aber Liam schien meine Gedanken bereits erraten zu haben.

»Du bist eine Einzelgängerin. Du lässt dir ungern etwas sagen, hast eine leicht aufrührerische Art, eine Egal-Einstellung in Bezug darauf, was andere von dir halten und bist trotzdem fair, hilfsbereit und liebevoll. Dir mag das gar nicht bewusst sein, aber all diese Eigenschaften machen dich zu einer hervorragenden Frau eines Alphatiers und somit zu einer hervorragenden Frau für mich.«

Ich schluckte noch mal. Ich wusste gar nicht, was ich darauf erwidern sollte.

»Ich würde verstehen, wenn du mich nicht mehr wiedersehen möchtest, aber bitte denke vorher darüber nach.« Dann nahm er meine Hand, führte sie zu seinem Mund und küsste sanft meinen Handrücken. »Ich liebe dich, Emma. Seit ich dich das erste Mal gesehen und erlebt habe, war mir klar, dass ich mein Leben mit dir verbringen möchte, und ich würde mir nichts sehnlicher wünschen, als dass es dir genauso ginge ...«, sagte er und schaute mir dabei tief in die Augen.

»Ich ... ich bin so gerührt«, gestand ich wahrheitsgemäß und eine kleine Träne stahl sich aus meinem Auge.

Das war das Schönste, was jemals jemand zu mir gesagt hatte. Wie kam er nur darauf, dass man ihn nach solch einer Liebeserklärung zum Teufel jagen könnte?

»Du musst nichts antworten. Es reicht mir, wenn du wenigstens drüber nachdenken würdest. Ich ...«

Doch ich legte meinen Zeigefinger auf seinen Mund, damit er aufhörte zu sprechen. Ich hatte genug gehört und es war Zeit, ihn endlich zu erlösen.

»Du bist mein Traummann, Liam. Egal, was du bist, aber du hast mir immer das Gefühl gegeben, etwas Besonderes zu sein und ich hatte nie vor, mit dir Schluss zu machen.«

Liams Augen hellten sich auf.

»Wir müssen uns nur etwas einfallen lassen, damit so etwas nie wieder vorkommt, okay?«

»Natürlich, Emma. Ich schwöre, ich werde dich nie wieder in eine Situation bringen, in der ich dir wehtun könnte ...«

Dann gab er mir einen zärtlichen Kuss auf die Lippen und drückte mich fest an sich. Ich lächelte ihn an.

»Ich glaube sowieso nicht, dass du mir etwas getan hättest«, entgegnete ich nach einer kurzen Überlegung.

»Emma, mir ist durchaus bewusst, dass das gerade noch mal gut gegangen ist. Du musst es jetzt nicht herunterspielen, nur damit ich mich besser fühle.«

»Tue ich nicht. Aber ich bin der Meinung, wenn du mir tatsächlich etwas hättest tun wollen, hättest du nicht so lange gezögert.«

»Ich hab gezögert?«, fragte er nach.

»Ja, hast du«, antwortete ich.

Liam setzte ein weltmännisches Grinsen auf. »Du bist mir halt wichtig!« Sein Grinsen wurde noch breiter.

»Darf man fragen, was daran so besonders ist?«

»Ich seh schon, ich bin der erste Werwolf, den du kennenlernst«, lachte Liam und drückte mich wieder an sich.

Verdutzt schaute ich ihn an.

»Weißt du, Emma, wenn wir uns verwandelt haben, verlieren wir jegliche Kontrolle über unseren Geist. Wir können uns morgens nicht an die kleinste Kleinigkeit erinnern, die wir am Abend zuvor gemacht haben. Angeblich soll man die Kontrolle über den Geist lernen können, aber bis jetzt war ich wenig erfolgreich, und wenn ich ehrlich bin, habe ich mich mit diesem Thema auch noch nicht wirklich auseinandergesetzt. Bis jetzt war mir das ziemlich egal. Ich hab mich meinen tierischen Trieben einfach ergeben.«

Mit großen Augen sah ich ihn an.

»Du erinnerst dich an rein gar nichts?«, fragte ich fassungslos.

»An rein gar nichts«, antwortete Liam.

»An rein gar nichts«, wiederholte ich noch mal für mich selbst.

»Emma, glaubst du etwa im Ernst, wenn ich auch nur auf einen Funken meines Verstands zugreifen könnte, hätte ich dich angegriffen?!« Liam klang empört und ich schüttelte schnell den Kopf.

Das war unglaublich, doch was war an der ganzen Werwolfgeschichte schließlich nicht unglaublich. Von daher sollte mich eigentlich nichts mehr wundern. Trotzdem schien es schlecht vorstellbar, dass ein Mensch, oder immerhin Halbmensch, eine ganze Nacht Dinge tat und sich danach an nichts mehr erinnern konnte. Das ähnelte irgendwie den Stories, die man schon mal von Betrunkenen hörte. Wie nannten die das gleich? Filmriss?!

»An rein gar nichts«, sagte ich noch einmal.

»Na ja, nicht direkt zumindest. Manchmal taucht es in unseren Träumen auf, aber das passiert nur selten.«

»In deinen Träumen?«

Liam nickte.

»Und was träumst du dann?«

Liams Gesichtsausdruck wurde plötzlich wieder ernst.

»Emma«, sagte er sanft, »das sind keine schönen Träume. Bitte lass uns über etwas anderes sprechen, okay?«

Obwohl es mich nach dieser Aussage nur noch umso brennender interessierte, beschloss ich, ihn erst mal nicht weiter damit zu quälen.

»Und woher weißt du dann, was überhaupt passiert ist?«, fragte ich neugierig.

»David hat es mir erzählt ...«

»David?«, fragte ich ungläubig.

Liam nickte.

»Wo hast du ihn denn getroffen?«

»Er hat mich besucht. Er wollte wissen, wie es meiner Schulter geht.«

»So eine hinterlistige Ratte ... dann war er sich also doch nicht hundertprozentig sicher, dass dir nichts passieren kann ...«, grummelte ich mürrisch vor mich hin und Liam grinste.

»Eigentlich schon, doch irgendjemand muss ihm ein furchtbar schlechtes Gewissen gemacht haben.« Schelmisch schielte er zu mir herüber.

»Wie kommt's, dass David dich nicht verrät?«, wollte ich wissen.

»David war ein Werwolf. Er ist für immer an den Werwolf-Kodex gebunden, der besagt, dass wir unsere Identität geheim halten müssen und unsere Artgenossen unter keinen Umständen verraten dürfen.«

Ich nickte geflissentlich. Sehr sozial, diese Werwölfe.

»Wer das Gesetz bricht, wird umgebracht«, fügte er noch hinzu.

Ich schluckte. Sozial, aber auch sehr hart.

»Und das Einzige, mit dem man euch umbringen kann, sind Silberkugeln?«

Liam zog eine Augenbraue kritisch nach oben.

»Muss ich mich jetzt in Acht nehmen?«

»Natürlich nicht!«, entfuhr es mir, doch Liam grinste lässig. Er hatte mich veräppelt.

»Nein, ich muss dich enttäuschen. Silberkugeln machen uns genauso wenig aus, wie die Mondfinsternis. Und einen Lieblingsknochen hab ich auch nicht. Alles Mythos.«

Er lachte in sich hinein, als würde er die Internetseite kennen, auf der ich mich informiert hatte.

»Keine Silberkugeln also.«

»Keine Silberkugeln«, bestätigte er.

»Silber tut aber scheißweh und du kannst von Glück sagen, dass David das wusste. Eine normale Kugel hätte nicht die gleiche Wirkung gehabt ...«

Es war also doch eine Silberkugel gewesen! Ich schauderte, als mir noch einmal bewusste wurde, wie knapp ich dem Tod von der Schippe gesprungen war.

»Aber im Endeffekt braucht es schon mehr als ein bisschen Silber, um einen Werwolf umzubringen. Das wurde nur erfunden, damit ihr kleinen Menschlein euch nicht so hilflos vorkommt«, grinste Liam überheblich.

»Ihr seid also unsterblich?«, fragte ich verblüfft und überging seinen arroganten Blick.

»Nein, das nicht. Gegen das Alter sind selbst wir machtlos.«

»Man kann einen Werwolf also nicht umbringen?«

Wieder zog Liam eine Augenbraue nach oben.

»Sollte ich mir darüber Gedanken machen, warum du dich genau für diesen Teil meines Daseins so interessierst?«

Schamesröte stieg mir ins Gesicht, als ich mir überlegte, wie meine Fragerei sich für Liam anhören musste.

Ich schüttelte verlegen den Kopf. »Es ist nur alles so ... unglaublich ...«, versuchte ich mich zu rechtfertigen.

Liam lächelte. »Sagen wir so: Ein Mensch kann uns nicht so einfach umbringen. Ihr müsstet es schon schaffen, uns bei lebendigem Leib zu verbrennen, aber das ist nahezu unmöglich.«

»Wenn du sagst ein Mensch ... heißt das etwa, dass es andere Wesen gibt, die das könnten?!«

Gespannt hing ich an seinen Lippen. Das hier war spannender, als der gruseligste Horrorfilm, den ich jemals gesehen hatte – okay, ich hatte zwar noch nicht viele gesehen, aber es konnte unmöglich etwas Interessanteres geben.

»Andere Werwölfe zum Beispiel. Da bestünde nämlich noch die Möglichkeit des gegenseitigen Totbeißens ...«, antwortete Liam gelassen auf meine Frage und ich schluckte laut. Stimmte ja. David hatte bereits von seinem Rudel gesprochen.

Ich beschloss, das Thema erst einmal auf sich beruhen zu lassen, bevor Liam am Ende wirklich noch dachte, ich hätte ein Attentat auf ihn geplant. Außerdem hatte er jetzt etwas angeschnitten, was meine Aufmerksamkeit ebenfalls erregte.

»Gibt es denn noch mehr Werwölfe hier bei uns?«

»Ja.«

Oh! Wie ich diese einsilbigen Antworten hasste!

»Wer?«, platzte es aus mir heraus.

»Von meiner Familie wirst du es dir sicher denken können, deswegen versuche ich gar nicht, dich da zu belügen. Aber zu anderen Personen darf ich dir nichts sagen.«

»Deine *ganze* Familie? Wow ... Aber warum willst du mir von den anderen nichts erzählen?«, fragte ich leicht geknickt.

»Erinnerst du dich an den Werwolf-Kodex, von dem ich eben gesprochen habe? Wenn ich es verraten würde, hätte ich das Gesetz gebrochen ...«

Na toll! Ein ehrenhafter Werwolf. Dabei war ich jetzt sooo neugierig!

»Jemand, den ich kenne?«, hakte ich noch einmal nach, doch Liam zuckte nur mit den Schultern.

Gemeinheit! Erst die Nase lang machen und dann mit der Sprache nicht rausrücken wollen.

Ich überlegte und ging in aller Schnelle die mir bekannten Gesichter durch, doch so wirklich konnte ich mir bei keinem vorstellen, dass er sich an Vollmond in einen Wolf verwandeln sollte. Der Gedanke war einfach zu absurd. Absurd ... Moment! Edwin war absurd oder zumindest nicht normal. Jedenfalls assoziierte ich dieses Wort mit ihm. Auch, wenn es vielleicht fies klang, doch Edwin konnte schließlich nicht abstreiten, dass er irgendwie »anders« war und ich persönlich hatte auch das Gefühl, dass ihn gerade das stolz machte.

»Edwin?!«, fragte ich und sah Liam scharf in die Augen. Ich hatte die Hoffnung, an seiner Reaktion eine Antwort ablesen zu können, doch Liam hatte sich locker an das Bettgestell gelehnt und lächelte nur.

»Wie kommst du auf Edwin?«

»Na ja ...« Tja ... wie kam ich ausgerechnet auf Edwin?

»Weil er immer so schwarz angezogen ist?«

Meine Antwort hörte sich mehr nach einer Frage an und Liam lachte laut auf, so als hätte ich etwas unheimlich Witziges gesagt.

»Werwölfe sind doch keine Gothics!«, gluckste er vergnügt.

»Oder hast du schon mal was von einem Gothic-Werwolf gehört? Mit schwarzem Fell und weißer Schnauze?« Er lachte weiter.

Schön, dass ich meinen Freund so belustigen konnte. Blöder, alberner Witzwolf!

Ich beschloss, hier vorerst nicht weiter nachzubohren. Vorerst! Es gab nämlich noch eine Sache, die mich brennend interessierte.

»Darf ich noch was fragen?«

»Nur zu.«

»Egal was?«

Liam überlegte gar nicht. Es schien ihm also wirklich nichts auszumachen. »Egal was«, antwortete er.

»Wie ist das, wenn du dich verwandelst?«

Liam verzog das Gesicht. Das schien wohl keine besonders angenehme Frage zu sein. Hoffentlich war ich nicht zu aufdringlich.

»Ich ... ähm ... ich mein ja nur. Du hast so schmerzerfüllt ausgesehen«, versuchte ich mich zu erklären, doch Liam winkte ab.

Gut, er hatte also vor, mir zu antworten. Er schaute aus dem Fenster. Im Gegensatz zu der unbeschwerten Fröhlichkeit von vorhin, machte sich nun eine düstere Stimmung breit.

»Am Anfang macht es einen völlig fertig.« Liam machte eine kurze Pause. »Du hast Schmerzen. Starke Schmerzen! Es ist, als würdest du bei lebendigem Leibe verbrennen ...« Er begann allein bei dem Gedanken daran zu zittern. »Du bekommst entsetzlichen Durst, hast aber gleichzeitig panische Angst vor Wasser. Es ist zum Verrücktwerden! Es ist, als wäre dein Körper zu klein geworden und als würde er plötzlich an allen Seiten und Enden aufreißen, um deinem größeren Inneren Platz zu machen.«

Ich streichelte mitfühlend über seinen Rücken. Genauso hatte es im Wald ausgesehen. Als hätte er entsetzliche Schmerzen gehabt.

Ich legte meinen Kopf wieder an seine Schulter und schwieg. Mehr wollte ich gar nicht hören. Schlimm genug, dass es Liam so schlecht ergangen war. Er musste sich das nicht noch mal alles vor Augen führen, nur weil ich neugieriger Naseweis alles wissen wollte. Ich bekam ein schlechtes Gewissen, dass ich überhaupt so unsensibel danach gefragt hatte. Wie furchtbar, so was jeden Monat durchmachen zu müssen!

Nachdem ich eine Weile nichts mehr gesagt hatte, fragte mich Liam: »Verhör beendet?« Er lächelte wieder.

»Fürs Erste …«, antwortete ich und versuchte ihm genauso schalkhaft zuzuzwinkern, wie er das immer tat, doch bei mir sah es wohl eher wie ein unbeholfenes Augenzusammendrücken aus. Als hätte ich einen Fremdkörper im Auge oder so.

»Das heißt also, wir sind noch zusammen?«, fragte Liam hoffnungsvoll und schaute mich mit glänzenden Augen an.

»Natürlich sind wir das«, sagte ich ohne zu zögern. Immerhin hatte ich eine ganze Woche Zeit gehabt, mir das Hirn darüber zu zermartern und auch wenn ich an dem Abend zutiefst entsetzt gewesen war, hatte ich Liam doch schrecklich vermisst.

Er nahm mich in die Arme und gab mir noch einen Kuss. Er war wie immer angespannt dabei, doch offensichtlich versuchte er sich zusammenzureißen, weil er mir zeigen wollte, wie ernst ihm die Sache war.

»Eine Frage hab ich allerdings doch noch …«, sagte ich und Liam horchte auf.

Ich weiß nicht, wieso, doch irgendwie musste ich gerade wieder an Tyler denken. Und daran, dass die Bissspuren denen eines Hundes ähnlich waren.

»Weißt du, was mit Tyler passiert ist?«

Liam senkte den Kopf und sein Blick wurde traurig.

»Du hast doch nicht …«, flüsterte ich entsetzt, und ich spürte, wie sich eine unangenehme Hitze in mir ausbreitete.

»Natürlich nicht!« Er sah jetzt mindestens ebenso erschrocken aus wie ich.

Selbstverständlich hatte er nicht … Ich schämte mich sofort, weil ich ihn überhaupt so etwas gefragt hatte.

»Tyler wurde von einem Werwolf getötet, das stimmt«, gab Liam zu. Ich schluckte laut.

»Faith hat doch nicht …«, begann ich, brachte es aber nicht über mich, zu Ende zu sprechen. Liam schüttelte den Kopf.

»Emma …« Er sah mir tief in die Augen.

»Theoretisch hätte es jeder von uns gewesen sein können.«

Ich merkte, wie mir ein Schauer über den Rücken lief. Diesmal allerdings nicht, weil er mir so tief in die Augen blickte, sondern aus Angst.

»Erinnerst du dich noch, als ich sagte, wir müssten auf den Geburtstag meiner Tante? An diesem Tag bist du das erste Mal bei mir zu Hause gewesen.«

Ich nickte. Wie süß, dass er sich daran erinnerte. Anscheinend war es für ihn ebenso etwas Besonderes gewesen wie für mich.

»Meine Mutter war stinksauer. Sie dachte, ich würde dich nicht rechtzeitig loswerden, und nachdem du mich so auf der Couch überfallen hast …«, lächelte Liam, »hätte das auch leicht passieren können. Ich wusste aber, dass meine Mutter im Notfall schon aufpassen würde. Nicht umsonst stehen überall Kalender, die uns an das erinnern, was wir sind.« Liam stöhnte unglücklich.

»Jedenfalls war das mit dem Geburtstag gelogen. An Vollmondtagen geht unsere Familie nachts in die Wälder, damit wir keinem Schaden zufügen können. Tyler liebte Faith. Er war ihr in den Wald gefolgt.«

Ich spürte, wie sich Tränen in meinen Augen sammelten. Wie traurig! Der ahnungslose Tyler hatte sein Leben riskiert, weil er Faith liebte. Genau wie ich Liam. Nur, dass er nicht so viel Glück gehabt hatte.

»Wir waren schon weit in den Wald hineingelaufen – du musst wissen, selbst in Menschengestalt sind wir hundertmal schneller und stärker als Menschen –, als wir plötzlich das Aufheulen eines Werwolfs hörten. Es war das Heulen eines Werwolfs, der zur Jagd rief. Wir dachten, wenn wir Tyler schnell genug davonliefen und er Faith nicht fand, würde er umkehren. Doch offensichtlich hatte er das nicht getan.

Jemand – ein Werwolf – hatte ihn aufgespürt. Meine Mutter verwandelte sich und rannte los. Sie ist neben meinem Vater die Einzige in unserer Familie, die ihren Geist auch im verwandelten Zustand beherrscht. Mein Vater hielt Faith und mich zurück, damit wir dem Jagdruf nach unserer Verwandlung nicht folgen konnten.

Leider kam meine Mutter zu spät. Tyler war bereits tot. Als meine Mutter die traurige Nachricht überbrachte, erlangte Faith schlagartig ihr Bewusstsein wieder. Das war das erste und einzige Mal ... Faith lief zu Tyler, setzte sich neben ihn und heulte die ganze Nacht neben seiner Leiche.«

Die Tränen, die sich vorhin so schön in meinen Augen gesammelt hatten, rannten mir mittlerweile sturzbachartig über die Wangen. Was für eine herzzerreißende, tragische Geschichte. Und ich Depp hatte mich noch geärgert, welche Töle die ganze Nacht jaulte. Ich hätte ihr sogar einen Schuh gegen den Kopf geworfen, wenn ich gewusst hätte, wohin ich hätte zielen müssen.

»Faith beschützte seine Leiche sogar vor den anderen Werwölfen, sonst wären seine Überreste gefressen worden. Sie hatte die Hoffnung, dass er infiziert wäre und ebenfalls zum Werwolf werden würde, doch seine Verletzungen waren zu schwerwiegend. Tyler war schon tot, bevor sich die Infektion in seinem Körper ausbreiten konnte.«

Ich starrte vor mich hin. Unfähig, noch irgendetwas zu sagen. Der arme Tyler. Was er wohl empfunden hatte, als ein riesiger Werwolf sich auf ihn stürzte? Ob der Werwolf, der Tyler getötet hatte, auch so stechende Augen besaß wie Liam? Erneut überkam mich ein Schauer, als ich daran dachte.

»Hast du jetzt keine Fragen mehr?«, riss Liam mich aus meinen Gedanken.

Ich und Fragen? Nur ein paar tausend, aber ansonsten ...

Ich merkte, wie ich vor mich hinstarrte, ohne mich zu rühren. Selbst als Liam den Arm um mich legte, zeigte ich keine Reaktion. Ich war in Gedanken versunken. Tyler tat mir unendlich leid. Und Faith erst. Faith, die auf tragische Weise ihre Liebe verloren hatte. Ich wusste, ich könnte es nicht ertragen, wenn ich Liam verlieren würde. Dafür nahm ich sogar die Werwolf-Sache in Kauf.

Sanft streichelte Liam meinen Unterarm. »Denk nicht weiter drüber nach, Emma. Das mit Tyler war eine furchtbare Sache, aber zur Beruhigung kann ich dir versichern, dass es der einzige Todesfall war, in den unsere Familie irgendwie verwickelt wurde.«

Ich schaute zu ihm auf und er lächelte mich zärtlich an. »Who's afraid of the big bad wolf?«, versuchte er zu witzeln, doch sein Versuch prallte kläglich an meiner ernsten Stimmung ab.

Da zog er mich an sich und strich mir durch die Haare.

»Vielleicht möchtest du dir das mit mir doch noch mal überlegen?«, nuschelte er, während er mich fest an sich gedrückt hielt, doch ich wollte auf gar keinen Fall, dass auch nur im entferntesten solch ein Eindruck entstand, also biss ich die Zähne zusammen und vertrieb meine Gedanken an Faith und Tyler. Da ich eh nie viel mit Tyler zu tun gehabt hatte und Faith ebenso wenig kannte, musste das ja machbar sein.

»Nein, nein, da gibt es nichts mehr zu überlegen«, sagte ich aufmunternd. »Außerdem wollte ich schon immer ein Hündchen haben.« Ich grinste frech.

»Ein Hündchen!?«, schnaubte Liam verächtlich.

Meine kleine Stichelei brachte den gewünschten Effekt. Liams nachdenklicher Gesichtsausdruck war verflogen und wechselte zu einem ... nun ja, wie soll ich sagen? Jetzt sah er irgendwie so aus, als wolle er mich gleich übers Knie legen. Oder als wolle er mir zumindest mal zeigen, was ein »Hündchen« so alles drauf hat. Scherzhaft knurrte er mich an und ich lachte.

»Na ja, besonders gefährlich schein ich auf dich ja nicht zu wirken, wenn du mich sogar auslachst, wenn ich dich anknurre!«, frotzelte er und ich musste nur noch mehr lachen.

»Ist ja auch nicht für immer«, kicherte ich.

»Bitte was?«, fragte er irritiert und schaute schlagartig böse.

Ich war verwundert über diesen urplötzlichen Stimmungswechsel. Konnte er mich bei so etwas nicht vorwarnen? Litten alle Werwölfe unter solchen Stimmungsschwankungen?

»Na ja ...«, begann ich und fummelte verlegen an meinem Blusenärmel.

»David hat mir erzählt, dass sich die Sache von selbst erledigt, wenn der Werwolf, der dich gebissen hat, stirbt.«

Zu gern hätte ich gefragt, wie es dazu gekommen war, aber ich traute mich nicht. Das war mit Sicherheit eine furchtbare Erinnerung, der ich Liam momentan nicht unbedingt aussetzen wollte. Vielleicht würde er mir das irgendwann einmal von selbst erzählen. So lange würde ich eben warten ...

Liam schaute mich unsicher an, was mich noch viel nervöser werden ließ.

»Bei David war's doch so, oder? Du müsstest nur deinen Beißer töten und …«

Liam nickte langsam, doch sein Blick war betrübt.

»Ach Emma … du hast ja keine Ahnung. Wenn das so einfach wäre.«

Ob Liam Angst hatte? Na gut, ich würde selbst nicht ohne weiteres mit einem Wolf kämpfen wollen, aber es wäre die Lösung seines ProbleMs Und zur Not brauchte er einfach nur zu warten, bis der Werwolf, der ihn gebissen hatte, auf natürlichem Wege starb.

Ich persönlich hatte mich bereits damit abgefunden, dass Liam ein Werwolf war. Mir machte es nichts aus. Da war ich mir sicher. Und wie schlimm war das schon, wenn mein Liebster einmal im Monat nachts im Wald herumstreunte.

Ich schmunzelte über meine Ausdruckweise. Es klang tatsächlich mehr nach einem Hund, als nach einem gefährlichen Werwolf.

»Was hat David dir sonst noch so erzählt?«

Ich wusste, auf was er hinauswollte und zuckte mit den Schultern.

»Nichts Besonderes«, gab ich zur Antwort.

»Hat er dir gesagt, wer ihn gebissen hat?«

Ich nickte schüchtern.

Liam entfuhr ein tiefes Knurren. Dieses Knurren war ein ganz anderes, als das gespielte von vorhin.

»Dass du überhaupt noch dieses Haus betreten hast.« Liam schüttelte ungläubig den Kopf und ich grinste ihn an.

»Spricht das nicht für dich?«, versuchte ich ihn anzuflirten.

»Wohl eher für deine Dummheit«, seufzte er.

Verärgert verzog ich den Mund, was Liam ein kleines Lächeln ins Gesicht zauberte. Anscheinend hatte er Spaß daran, mich zu necken. Mobb-Wolf!

Zufällig streifte mein Blick die Uhr. Ach du Schande! Es war bereits nach dreiundzwanzig Uhr. Wenn mir mein Leben lieb war, sollte ich mich schnellstmöglich auf den Heimweg machen. Vermutlich stand mein Vater bereits hinter den großen Ladenfenstern Spalier und wartete auf mich.

Liam sah meinen entsetzten Gesichtsausdruck.

»Was ist?«, drängte er. Er schien sich sofort Gedanken darüber zu machen, ob es etwas mit ihm zu tun haben könnte, doch ich beruhigte ihn schnell.

»Mein Dad wird sauer, wenn ich ohne Bescheid zu geben so lange wegbleibe.«

»Ach so«, schmunzelte er. »Ich fahr dich schnell.«

Liam sprang auf und zog mich an der Hand mit nach oben. Im Laufschritt rannten wir die Treppe herunter, hinaus auf den Hof. Er drückte auf die Fernbedienung des Autos und die hellen Xenon-Augen seines Wagens blitzten in der Dunkelheit auf. Zuvorkommend – wie immer – öffnete er mir die Wagentür und ließ mich einsteigen, bevor er sie hinter mir schloss. Dann stieg er selbst ein, ließ den Motor aufheulen und den BMW die Straße hinaufsprinten.

Es dauerte nur wenige Minuten, da standen wir vor unserem Haus. Wie gut ich doch meinen Vater kannte. Er lief tatsächlich hinter den langen Scheiben hin und her, und als er Liams Wagen sah, quetschte er sein Gesicht dagegen.

»Wer den Abdruck morgen wohl wieder wegwischen darf …«, murrte ich und Liam kicherte.

»Dein Vater scheint sich schon große Sorgen zu machen. Am besten gehst du direkt rein.«

Ich hatte nicht die geringste Lust, mich jetzt von Liam loszueisen und, nachdem ich mir einen Anschiss abgeholt hatte, mutterseelenallein in meinem Zimmer zu sitzen, doch jede Minute, die ich jetzt weiter hinauszögerte, würde die Sache vermutlich verschlimmern.

Ich schnallte mir also den Sicherheitsgurt ab und beugte mich nach vorne, um Liam zu küssen. Er erwiderte meinen Kuss – nicht ganz so flüchtig wie sonst, aber immer noch meilenweit von dem Kuss auf seiner Couch entfernt.

In diesem Moment streifte ein Lichtstrahl Liams Gesicht und ließ ihn blinzeln. Erschrocken drehte ich mich um. Ich schattierte mit meinem

Handrücken die Augen, damit ich besser sehen konnte. Was um alles in der Welt war das?!

Der helle Lichtstrahl funkelte abwechselnd in mein, dann wieder in Liams Gesicht. Ich kniff die Augen stärker zusammen. Mein Vater! Wer auch sonst … Er stand immer noch hinter den Ladenfenstern, hatte sich aber mittlerweile eine Maglite dazugeholt und strahlte damit durch die Fenster in Liams Auto.

Kein Wunder, dass er sich jetzt nicht getraut hatte, mich richtig zu küssen. Jetzt – wo mein psychopathischer Vater hinter der Scheibe lauerte, wie der hungrige T-Rex aus Jurassic Park.

Seufzend stieg ich aus dem Fahrzeug und verabschiedete mich von Liam. Ich sehnte mich nach der Zeit, in der ich dachte, meine Mutter und ihre versauten Witzchen seien mein größtes Problem, wenn ich mal einen Freund hätte.

»Wir sehen uns morgen«, rief Liam mir lächelnd hinterher und fuhr los.

Bestens! Ihn schien die Sache mal wieder zu erheitern. Wenigstens nahm er die ganzen Peinlichkeiten, die meine Eltern mir seinetwegen schon angetan hatten, mit Humor. Ich hätte auch gar keinen anderen Freund als ihn haben können. Wer – der hundertprozentig toll und kein Werwolf war – würde so etwas mitmachen?!

Nachdem mein Vater gesehen hatte, dass ich ausgestiegen und Liam davongefahren war, verschwand er hinter der Scheibe. Murrend ging ich den Hof entlang bis zur Haustür. Eigentlich hatte ich erwartet, dass mein Vater sie erwartungsvoll aufreißen würde, um mich darüber auszuquetschen, wo ich mich so lange herumgetrieben hatte. Aber entweder hatte meine Mutter ihn bei Fuß gerufen und im Wohnzimmer Sitz machen lassen oder meinem Vater genügte es, zu sehen, dass Liam sich entfernt hatte. Ich tippte auf Letzteres.

Grummelnd wühlte ich in meiner Tasche nach dem Haustürschlüssel. Wenn mein Vater uns schon gestört hatte, war es ja wohl nicht zu viel verlangt, wenigstens die Haustür zu öffnen, aber nein …

Ich angelte meinen Schlüssel hervor und steckte ihn ins Schloss, als mir plötzlich jemand unsanft auf die Schulter fasste.

Wie aus dem Nichts stand Faith hinter mir. Der harte Druck ihrer Hand ließ mich aufwimmern. Das gab bestimmt einen blauen Fleck.

»Pssst«, meckerte sie mich an und ich spürte ihren starren Blick in meinem Nacken.

Vorsichtig drehte ich mich zu ihr um.

»Was machst du hier?«, fragte ich verblüfft. Immerhin hatte ich Faith noch nie in dieser Gegend gesehen, also schied schon mal aus, dass sie rein zufällig hier vorbeigekommen war. Ihrem Gesichtsausdruck nach zu urteilen, war das auch kein Besuch unter alten Freundinnen.

Faith überging meine Frage jedoch.

»Hätte ja nicht gedacht, dass du dich noch einmal zu uns traust, nach allem, was du weißt und getan hast.«

Ihr Blick war wütend. – Nicht, dass ich Liams Schwester jemals hätte anders schauen sehen, doch dieser Blick war noch schlimmer, als das boshafte, überhebliche Glitzern, das sonst in ihren Augen funkelte.

Ungeduldig starrte sie mich an. ... Ach so, ich sollte etwas erwidern. Was hatte sie noch mal gesagt? Dass ich mich nach alldem noch zu ihnen getraut hätte? Faith hatte wohl Angst, dass ich Liams kleines Geheimnis verriet.

»Ihr braucht keine Angst zu haben. Ich werde niemandem etwas erzählen«, versprach ich ihr mit ruhiger, fester Stimme, doch sie schnaufte nur höhnisch.

»Natürlich wirst du nicht – das kann ich riechen, aber als wenn es darum ginge ...« Sie machte eine kurze Pause. »Doch wo du es schon erwähnst ... Vielleicht sollten wir dich sicherheitshalber an den Werwolf-Kodex binden.«

Verwirrt schaute ich sie an.

»Aber der gilt doch nur für Werwölfe?«

Anstatt einer Antwort entblößte Faith ihre makellosen Zähne mit einem süffisanten Grinsen. Ich schluckte laut. Das konnte doch unmöglich ihr Ernst sein!

»Keine Sorge. Ich kann mich beherrschen – in Menschengestalt«, fügte sie hinzu und schaute verächtlich auf mich herab. Bei ihr konnte ich keine Sekunde hoffen, dass sie mich verschonen würde, so wie Liam es getan hatte.

»Ich … ich muss jetzt rein …«, stotterte ich und drehte den Schlüssel im Schloss herum. Ich hatte die Türklinke schon in der Hand, als Faith erneut sprach.

»Das mit Liam und dir wird nie was.« Ihre Mundwinkel hoben sich zu einem spöttischen Lächeln.

»Warum nicht?«, fragte ich, mittlerweile verärgert. Ich war ihr wohl zu schlecht für ihren tollen Bruder. Warum sagte sie nicht einfach, was sie wollte? Langsam nervte mich dieses Schwacher-Mensch-starker-Wolf-Spielchen.

Erwartungsvoll sah ich ihr direkt in die Augen. Ich dachte gar nicht daran, mich weiter von ihr einschüchtern zu lassen. Ab einem gewissen Punkt schlug bei mir Angst in Wahnwitz um. Dieser war nun erreicht. Nein, sogar überschritten.

»Wie wollt ihr eine normale Beziehung führen, wenn Liam alle neunundzwanzig Tage zum Tier wird? Und das meine ich wörtlich!«

Zum Tier wird? Ein Wortwitz unter Werwölfen. Sehr lustig …

»Ich wüsste nicht, was dich das angeht«, erwiderte ich knapp.

»Emma … sei doch nicht so dumm …« Einen kurzen Augenblick bildete ich mir ein, dass Faiths Ausdruck von überheblich zu besorgt gewechselt war, doch der Moment war so kurz, dass ich mich auch irren konnte.

»Faith … ich weiß deine Besorgnis zu schätzen. Aber ich liebe Liam. Er würde mir nicht wehtun.«

Gut … Ihre Augen funkelten jetzt wenigstens wieder wie immer. Gereizt und wütend. Ich wusste nicht, ob das unbedingt besser war, doch wenigstens kam sie mir so vertrauter vor.

»Emma! Du bist selbst für einen Menschen unglaublich einfältig«, schnaufte sie aufgebracht.

Ich war zwar genervt, doch offensichtlich meinte es Faith nur gut mit mir, also bemühte ich mich, ihre Sorge etwas einzudämmen.

»Außerdem ist euer Zustand ja nicht für immer. Wenn euer Beißer gestorben ist, hat sich das Problem erl …«

Doch Faith schnitt mir das Wort ab. »Liam wurde von niemandem gebissen!«

Überrascht sah ich sie an. »Ach nein?«

»NEIN! Liam ist ein geborener Werwolf! Er wird nie normal werden und in deine Menschenwelt passen.«

Ich schluckte. Stimmte das? Trotzdem hielt ich dagegen.

»Ist mir egal! Dann ist Liam halt alle neunundzwanzig Tage ein Werwolf. Wen kümmert das schon ...«, sagte ich trotzig.

»Emma ... das KANN nicht funktionieren. Wir sind einfach anders als ihr!«

So, jetzt hatte ich aber genug davon.

»Warum bist du dir da so sicher? Bin ich etwa nicht gut genug für Liam?«, brüllte ich Faith an. »Oder ist es, weil es bei Tyler und dir nicht geklappt hat?!«

Hoppla! Den letzten Satz wollte ich gar nicht sagen. Er war mir einfach herausgerutscht. Doch bevor ich mich entschuldigen konnte, hatte Faith mich blitzartig gegen die Haustür gedrückt und stieß ein wildes Knurren aus.

Erschrocken tastete ich nach dem Türgriff, doch sie ließ mir gerade so viel Bewegungsfreiheit, dass ich nicht auf der Stelle erstickte. Ans Türöffnen war nicht zu denken.

»Mach, was du willst, Emma. Aber beschwer dich nicht, wenn du hinterher als Frühstück oder Betthupferl für Liam endest«, flüsterte sie mir ins Ohr, sodass ich eine Gänsehaut bekam.

Was hatte sie da gesagt? Wie sollte ich enden?

Mit einer schnellen Bewegung wandte Faith sich von mir ab und ging eiligen Schrittes davon.

»Es tut mir leid«, rief ich ihr hinterher, doch Faith war bereits in der Dunkelheit verschwunden.

Na toll! Ein gutes Verhältnis mit meiner zukünftigen Schwägerin konnte ich mir jetzt wohl abschminken.

Vorsichtig öffnete ich die Haustür. Ob jemand etwas von der Auseinandersetzung zwischen Faith und mir mitbekommen hatte? Ich linste hinein. Alles war dunkel. Meine Eltern waren offensichtlich ins Bett gegangen.

Ich schloss die Haustür hinter mir und schlich hinauf in mein Zimmer. Meine Gedanken kreisten immer noch um die Unterhaltung mit Faith. Wo war ihr Problem? Machte sie sich tatsächlich Sorgen, dass mir etwas zustoßen könnte? Oder wollte sie so jemanden wie mich einfach nicht in ihrer Familie haben?

Ich verstand gar nicht, warum sie so ein Theater machte. Liam verwandelte sich doch nur einmal im Monat und da sollte es doch wirklich zu schaffen sein, dass man diese eine Nacht lebend überstand, oder etwa nicht?

Ich schlurfte ins Bad und machte mich bettfertig. Als ich meinen Pullover auszog, sah man bereits einen dicken Bluterguss auf meiner Schulter, der die Form einer Hand hatte. Blöde Werwölfin! Das hätte echt nicht sein müssen!

Ich ging zurück in mein Zimmer und grübelte noch eine Weile, bis ich schließlich hundemüde in mein Kissen sank und einschlief.

15. Kapitel

Am nächsten Morgen stand ich früh auf. Liam wollte heute kommen, zwar erst am Abend, aber ich hatte mir vorgenommen, meine Aufgaben trotzdem so früh wie möglich zu erledigen, um mich in Ruhe auf ihn einstimmen zu können.

Mein Vater hatte mich die Woche über bereits instruiert, dass ich Mrs Davis heute ihre wöchentlichen Einkäufe vorbeibringen musste. Die Dame war gefühlte zweihundert Jahre alt und konnte ihre Nahrungsmittel nicht mehr selbst besorgen, deshalb brachten wir ihr zweimal pro Woche die gewünschten Lebensmittel vorbei.

Ich zog mich an, schlang mein Frühstück herunter, holte die Einkaufstüten für Mrs Davis aus Dads Laden und machte mich auf den Weg.

Zum Glück wohnte sie nicht weit weg von uns. Nach einer Weile bog ich in eine Seitenstraße ab, um die Strecke zu verkürzen. Eigentlich benutzte ich diesen Weg ungern. Durch den schlechten Lichteinfall sah die Straße irgendwie gespenstisch aus und man traf hier nie eine Menschenseele, doch was tat man nicht alles, um seine eigene Faulheit zu unterstützen. Außerdem hatte ich es eilig. Wie gesagt: Liam wollte kommen.

Schließlich hatte ich ihr Haus erreicht. Ich klingelte und sie öffnete die Haustür, mit einer Hand schwerfällig auf einen Krückstock gestützt. Freundlich bat sie mich hinein, damit ich ihr wie gewohnt die Einkäufe in die Küche bringen und dort verstauen konnte. Als ich alles erledigt hatte, wollte sie mich ganz omalike zum Kekse-Essen und Milchtrinken überreden. Unter normalen Umständen hätte ich auch nicht Nein gesagt, aber wie bereits mehrfach erwähnt: Liam wollte kommen!

Nachdem ich ungefähr tausendmal »Nein« gesagt hatte, schaffte ich es endlich, mich erfolgreich von ihr zu verabschieden (Um den schlabbrigen, feuchten Wangenkuss konnte ich mich leider nicht herumdrücken.) und rannte zurück nach Hause.

Daheim angekommen schnappte ich nach Luft. Ich war halb tot! Ich hatte völlig vergessen, wie weit drei Straßen weiter sein konnten.

Schnell öffnete ich die Haustür und ging hinauf ins Badezimmer. Eigentlich hatte ich noch gar keine Lust zu duschen. Liam kam sowieso erst später, also beschloss ich, mich noch einmal kurz aufs Bett zu legen, um zu verschnaufen und ging in mein Zimmer.

Nur eine halbe Stunde, dachte ich mir, und machte die Augen zu.

Plötzlich klopfte es an meiner Tür. Erschrocken fuhr ich hoch.

»Kann ich reinkommen?«, fragte eine männliche Stimme. Es war Liam.

Ich schaute auf meinen Wecker. 17.30 Uhr! Verdammt! Ich war total eingepennt.

»Ja klar«, versuchte ich so munter wie möglich zu antworten, strich meine verwuschelten Haare aus dem Gesicht und rieb mir den Schlaf aus den Augen.

Liam öffnete die Tür und trat ein. Er hatte eine dunkelblaue Jeans und ein weißes Hemd an. Die langen Hemdsärmel wie immer ordentlich bis zu den Ellbogen hochgekrempelt und die Haare frech verwuschelt.

»Bist du fertig?«, fragte er mich, während er mich glücklich ansah. Ich schaute an mir herunter.

»Äh … nein!«, antwortete ich verlegen. »Viertelstunde.«

Liam nickte und ich flitzte ins Badezimmer. So schnell hatte ich, glaube ich, noch nie geduscht. Ich sprang aus der Dusche und trocknete mich in Windeseile ab, um mir meine Klamotten überzustreifen, da fiel mir auf, dass ich mir überhaupt nichts mitgenommen hatte. – Oh nein! Sollte ich einfach das von heute Morgen anziehen? Ich schnüffelte an dem Oberteil. Es roch leicht nach Schweiß. Vermutlich wegen des Dauerlaufs, den ich von Mrs Davis Haus zurückgemacht hatte. Das kam nicht in Frage.

Noch im Handtuch föhnte ich mir die Haare und legte etwas Wimperntusche auf. Nach zehn Minuten war ich fertig. Sollte ich meiner Mutter Bescheid sagen, dass sie mir etwas aus dem Zimmer holte? Schlechte Idee … Sie würde mich aufziehen, weil ich mich genierte.

Todesmutig wickelte ich mir also mein Badetuch fester um und stapfte ins Zimmer. Ich würde mir einfach ein paar Sachen herausholen und mich im Bad umziehen.

»Das ging ja wirklich flott«, grinste Liam mich an.

Ich nickte unsicher und kramte in meiner Schublade nach Unterwäsche. Aus dem Kleiderschrank holte ich eine Jeans und ein schwarzes, langärmeliges Oberteil, welches mit kleinen Glitzersteinchen verziert war. Mom hatte es mir letztens vom Einkaufen mitgebracht. Damit ich auch mal was Schickes im Schrank hätte, meinte sie.

Nachdem ich alles zusammengesucht hatte, wollte ich wieder ins Bad gehen, doch Liam lächelte mich an.

»Du kannst dich ruhig hier umziehen. Ich guck auch nicht.« Er zwinkerte mir zu und drehte sich weg.

Ich fühlte mich gar nicht wohl bei der Sache, doch wenn ich jetzt trotzdem ginge, war das ja noch viel lächerlicher.

»Wirklich nicht?«, fragte ich schüchtern, und als ich die Frage ausgesprochen hatte, hätte ich mich schon in den Arsch beißen können. Wie albern war das denn! Selbst wenn er gucken würde. Liam war mein Freund. Theoretisch durfte er das.

Ja, ja. Ich weiß. Ich war doch eigentlich die, die sich gerne wieder mit ihm wild knutschend auf der Couch gesehen hätte, doch das hier war etwas anderes. Mich nackt zu präsentieren wollte ich mir aufheben, wenn wir richtig intim wurden und nicht einfach so zwischen Tür und Angel. Zumindest nicht hier und heute.

»Versprochen!«, entgegnete er und ich merkte, wie sein Grinsen noch breiter wurde. Na wunderbar!

Vorsichtig ließ ich das Handtuch fallen und obwohl er nicht die geringsten Anstalten machte, sich umzudrehen, beeilte ich mich trotzdem beim Anziehen. Keine zwei Minuten später stand ich ausgehbereit hinter ihm.

»Fertig!«, strahlte ich ihn an.

Er drehte sich um und hob kurz seine Augenbrauen. Anscheinend gefiel ihm, was er sah.

»Du hättest dich nicht so beeilen brauchen. Wenn ich sage, dass ich nicht schaue, mache ich das auch nicht«, neckte er mich und ich errötete leicht. Alter Ärger-Wolf!

»Wo geht's denn hin?«, versuchte ich abzulenken.

Es funktionierte.

»Ich hab mir überlegt, wir gehen erst etwas essen und danach ins Kino. Ich hab extra auch noch einen Film ausgeliehen, falls du nicht ins Kino willst oder nicht so lange ausbleiben darfst.«

Liam – umsichtig wie immer. Aber es versprach, ein schöner Abend zu werden.

Er stand auf und ging zu meiner Zimmertür.

»Kommst du?«, fragte er hoffnungsvoll.

»Ja, ich hol nur grad noch Geld«, sagte ich und schaute mich suchend nach meiner Tasche um.

Liam verdrehte die Augen, packte mich am Oberarm und zog mich hinter sich her. »Du bist natürlich eingeladen.«

Auch gut, dachte ich mir und schmiegte mich beim Gehen an seine starke Schulter. Mittlerweile hatte ich mich an seine altmodische Art gewöhnt und manchmal konnte das wirklich ganz bequem sein.

***

Das Restaurant lag ungefähr eine fünfzehnminütige Autofahrt entfernt. Als ich den Laden sah, in den Liam mich ausführte, war ich heilfroh, dass ich mich etwas schicker angezogen hatte. Das Wort »piekfein« schien noch untertrieben.

Nachdem wir eingetreten waren, nahm Liam mir den Mantel ab und ging zielstrebig auf einen pinguinähnlichen Herrn zu. Nicht nur, dass seine schwarz-weiße Kellnergarderobe ihn so aussehen ließ, er war auch noch klein und dick und seine Nase hatte durchaus etwas von einem Schnabel.

Watschelnd brachte er uns zu einem Zweiertisch. Ich musste schmunzeln, als ich von hinten beobachtete, wie er bei jedem Schritt hin und her wackelte. Liam sah mich zuerst mahnend an, doch dann musste er selbst grinsen. Und nur, um das einmal festzuhalten: Sein Grinsen war wesentlich schadenfroher als meins.

Der Pinguin rückte mir den Stuhl zurecht und wir setzten uns hin. Dann brachte er zwei Karten und nahm unsere Getränkebestellung auf.

»Eine Cola bitte«, tschilpte ich und Liam schien sich das Lachen kaum verkneifen zu können. Er bestellte mit Mühe und Not ebenfalls eine Cola und als der Pinguin sich wackelnd entfernte, begann Liam schallend zu lachen.

»Ein Pinguin tschilpt aber nicht«, tadelte er mich.

»Ach nein?«, fragte ich völlig ernst, während ich an einer Brotstange knabberte.

»Nein«, grinste er.

»Dann versuch ich's beim nächsten Mal mit Gackern«, gab ich trocken zurück.

»Das lässt du schön bleiben, sonst fliegen wir bestimmt raus.« Er lächelte mich an und umfasste mit seiner wunderbar warmen Hand die meine.

Der Pinguin kam wieder. Ich beherrschte mich und bestellte mir Gemüseratatouille – ohne Gackern –, was Liam mit einem Nasekräuseln kommentierte, während er schlicht »wie immer« orderte. Ich war gespannt, was das wohl sein mochte.

Eine Viertelstunde später brachte der Pinguin unser Essen. Er servierte mir meine Ratatouille, während er Liam irgendetwas vor die Nase stellte, was aussah wie ... Mett?

Als der Pinguin weggewatschelt war, schnupperte ich neugierig in Liams Richtung.

»Was ist das?«, wollte ich wissen.

»Tatar«, lautete die kurze Antwort.

»Tatar?«, wiederholte ich ungläubig.

Wer bitteschön ging in so einen piekfeinen Schuppen, um sich rohe Kuh zu bestellen? Und dann auch noch ohne Brot oder sonstige Beilage? Werwolf hin oder her! Ich verzog angeekelt das Gesicht, während Liam sich die erste Gabel voller Genuss in den Mund schob.

»Was ist?«, fragte er verschmitzt.

»Und das schmeckt, ja?« Meine Skepsis war nicht zu überhören.

»Magst du probieren?« Er lächelte schalkhaft. Liam wusste ganz genau, dass ich so etwas nie und nimmer probieren würde. Rohes Fleisch. Bäh!

»Um Himmels willen, nein!«, lautete meine Antwort und er lachte laut auf. Irgendwie erinnerte mich diese Situation an die erste Pause, die wir miteinander verbracht hatten, und sofort wurde mir ganz warm ums Herz.

»Ich hab mich nur gefragt, wie man so einen Geschmack haben kann«, erklärte ich ihm.

»Ich weiß nicht, ob das mein Geschmack ist. Aber der Wolf in mir freut sich darüber.« Er zwinkerte mir zu und steckte sich eine weitere Gabel in den Mund.

»Oh!«, war meine schlichte Antwort. Von dieser Seite hatte ich das bisher gar nicht betrachtet. Ob es an ihm noch mehr kleine Auffälligkeiten gab, die sein wahres Ich erahnen ließen? Vielleicht schaffte ich es ja auch irgendwann, die anderen Werwölfe zu erkennen?

Nachdem wir gegessen hatten und Liam den Pinguin mit einem großzügigen Trinkgeld bedacht hatte, verließen wir das Restaurant.

»Und jetzt? Kino oder nach Hause?«

Ich tat so, als würde ich überlegen, dabei stand meine Entscheidung schon fest, als Liam mir vorhin die beiden Möglichkeiten genannt hatte.

»Besser nach Hause«, sagte ich leise.

»Wie du möchtest.«

Ich hatte damit gerechnet, dass Liam nach dem Warum fragen würde, doch offensichtlich hatte er das nicht vor.

»Nicht, dass mein Paps wieder einen Herzinfarkt bekommt«, fügte ich schnell hinzu.

Er nickte. Eine Erklärung schien er nicht erwartet zu haben, aber ich wollte ihm trotzdem eine liefern. Die letzte Zeit hatte ich irgendwie das

Gefühl, als würde er das Alleinsein mit mir meiden, um nicht wieder von mir angefallen zu werden. Irgendwie witzig, wenn ich so darüber nachdachte. Ich hatte es geschafft, einem Werwolf Angst zu machen. Na Klasse! Ich musste wirklich furchteinflößend sein ... Die blutrünstige Emma und der arme, kleine Werwolf.

Doch heute Abend würde ich ihm zeigen, dass ich mich beherrschen konnte. Wir würden ganz normal auf meinem Bett liegen, ein bisschen kuscheln und dabei den Film ansehen. Kein Draufstürzen auf Liam. Das hatte ich mir soeben fest vorgenommen.

Kurze Zeit später parkte Liam auf unserem Hof und ließ mich aussteigen. Dann öffnete er die hintere Autotür, griff auf den Rücksitz und holte eine DVD hervor.

»Eine wie Keine«, präsentierte er stolz und legte den Arm um mich, während wir zur Haustür gingen.

Wieder durchfuhr mich ein Kribbeln. Nur auf den Film konzentrieren, nur auf den Film konzentrieren, ermahnte ich mich selbst.

»Eine wie Keine?«, fragte ich noch einmal nach, obwohl er mir den Titel vorhin genannt hatte.

»Jap.« Liam schien sichtlich stolz auf seine Auswahl zu sein.

»Beim letzten Mal waren wir ja ein wenig abgelenkt ...« Liam räusperte sich.

Ich öffnete lächelnd die Haustür und ließ uns hinein. Im Wohnzimmer dudelte der Fernseher und keiner kümmerte sich um uns. Allem Anschein nach hatte niemand mitbekommen, dass wir schon wieder zu Hause waren. – Gut so. Ich hatte nicht vor, im Wohnzimmer vorstellig zu werden, damit mein Vater wieder alle fünf Minuten in mein Zimmer gerannt kam, um uns unter irgendwelchen fadenscheinigen Begründungen kontrollieren zu können.

In meinem Zimmer angekommen warf sich Liam aufs Bett, während ich die DVD einlegte und mich dann ebenfalls zu ihm gesellte. Sein Hemd war leicht nach oben gerutscht und entblößte das Bündchen seiner Shorts, die oben aus der Jeans herausschauten.

Schnell wandte ich meinen Blick wieder ab. Wenn ich mir diesen Leckerbissen noch weiter ansah, wäre meine Selbstbeherrschung ganz schnell dahin.

Ich nahm die Fernbedienung und drückte auf »Play«, doch nichts geschah. – Was sollte das denn jetzt?

Ich stand auf und kniete mich fachmännisch vor den DVD-Player, um das Problem zu orten. Natürlich hatte ich keine Ahnung von Elektrogeräten, und selbst wenn ich einen Fehler finden würde, wüsste ich nicht, wie ich ihn beheben sollte. Mit einem gekonnten Klopfen auf den Player versuchte ich ihn fachgerecht wieder zum Laufen zu bringen, doch natürlich tat sich nichts.

»So eine verquirlte Kacke!«, fluchte ich leise vor mich hin und Liam begann zu lachen.

»Kann ich dir helfen?« Bevor ich verneinen konnte, kniete er bereits neben mir. Sein Arm streifte meinen und prompt bildete sich Gänsehaut an der Stelle, an der er mich berührt hatte. Verlegen lächelte ich ihn an.

»Keine Ahnung, was los ist. Das hat er noch nie gemacht«, antwortete ich Liam, obwohl das dick und fett gelogen war. Solche Mucken machte das Mistding ständig, aber wer gab so etwas schon zu, wenn er speziell zum DVD-Schauen eingeladen hatte.

Liam fummelte kurz an dem Gerät herum und der Film begann zu laufen. Ich seufzte. Gab es auch irgendetwas, was dieser Streber nicht konnte?

Er lächelte mich an und zog mich an der Hand mit nach oben. »Du kannst dir gar nicht vorstellen, wie glücklich ich mit dir bin«, sagte er und seine Arme umschlangen fest meine Körpermitte, während er mich charmant angrinste.

Ein Schauer lief mir über den Rücken. Okay … Vorsatz hin oder her. Es schadete wohl nicht, wenn ich ihm mit einem kurzen Küsschen zu verstehen gab, dass es mir auch so ging.

Langsam reckte ich mich ihm entgegen. Auch sein Gesicht kam meinem näher, immer noch vielversprechend lächelnd.

Eigentlich war er selbst daran schuld, dass ich mich nicht beherrschen konnte. Würde er mich nicht am laufenden Band um den Verstand bringen, würde ich mich womöglich immer noch mit einem flüchtigen Küsschen auf die Stirn begnügen.

Vorsichtig küsste ich Liam auf den Mundwinkel und zuckte zurück. Ich wollte seine Reaktion abwarten. Nicht, dass ich ihn wieder verschreckte, aber er sah nicht so aus, als würde es ihm nicht gefallen oder als ginge ich zu weit.

Ich küsste ihn erneut, diesmal ganz sanft auf die Oberlippe. Liam hielt mich immer noch fest in seinen Armen, doch ich merkte, wie er sich verspannte. Verwirrt musterte ich ihn und dachte an das, was Faith zu mir gesagt hatte.

»Nicht, dass du als Betthupferl von Liam endest.«

Ja klar, Faith! Das gestaltete sich schwieriger, als sie dachte. Selbst wenn ich das wollte, würde ich wahrscheinlich keins werden. Liam war einfach zu zurückhaltend.

Er schaute mir immer noch tief in die Augen. Ich wusste nicht so recht, was ich machen sollte. Wenn er es nicht wollte, warum ließ er mich dann nicht einfach los? Und wenn er es wollte, warum küsste er mich dann nicht zurück?

Liam schien zu überlegen.

Mal im Ernst! Was gab es denn in so einer Situation zu überlegen?! Jetzt oder nie, Emma ...

Meine Vorsätze weit über Bord werfend, beschloss ich, mir endlich meinen richtigen Kuss zu holen, doch da hatte Liam mich schon wieder freigegeben.

Verdutzt verharrte ich in meiner Position. Er hatte sich also für Nichtwollen entschieden. Hmpf! Diese Erkenntnis versetzte meinem Herzen einen leichten Stich. Normalerweise hätte ich mich in solch einem Fall in mein Schneckenhaus zurückgezogen, um nie wieder herauszukriechen, doch bei Liam war alles so merkwürdig widersprüchlich. Er ließ sich von mir bereitwillig küssen, nur, wenn ich forscher wurde, bekam ich eine sanfte Abfuhr. So verhielt sich doch keiner, der absolut kein Interesse daran hatte, Zärtlichkeiten auszutauschen. So verhielt sich einer, der sich nicht traute. Oder sah ich das falsch?!

Wieder ein Punkt mehr, den ich in mein Handbuch für Beziehungsanfänger aufnehmen würde. Ich fand es immer noch unglaublich, dass noch niemand auf die Idee gekommen war, einen Ratgeber für jede Lebenslage zu schreiben. Ich würde reich und berühmt werden, wenn ich es fertig hätte. Nicht vorstellbar, dass ich die einzige Person sein sollte, die sich so etwas wünschte.

In diesem Moment gab der DVD-Player ein merkwürdiges Geräusch von sich. Liam lächelte mich entschuldigend an und schaute prüfend auf den Bildschirm. Der Film lief tadellos.

Jetzt oder nie ... Ich stellte mich hinter Liam und schob behutsam meine Hände unter sein Hemd. Seine Muskeln waren wirklich beeindruckend und zuckten leicht, als ich mit meinen Fingernägeln darüber fuhr.

»Emma ...«, stöhnte Liam und ich merkte, wie er unter meiner Berührung erzitterte. »Hör bitte auf ...«, flüsterte er leise.

Zuerst dachte ich, das sei ein Scherz, doch Liam klang plötzlich unglaublich ernst. Ich spielte tatsächlich mit dem Gedanken aufzuhören, doch so, wie Liam es sagte, wollte er das nicht wirklich.

»Wieso?«, fragte ich scheinheilig. »Gefällt dir das etwa nicht?« Es bereitete mir selbst ein viel zu unverschämtes Vergnügen, zu sehen, wie Liam auf mich reagierte, als dass ich jetzt einfach aufhören konnte. Und so ein bisschen Kraulen war ja auch nicht schlimm. Ich wollte schließlich erst mal nicht mehr von ihm.

»Natürlich ...«, antwortete er hörbar gequält. »Doch ... tu das nicht ...« Er sprach wirklich in Rätseln.

»Du musst mir schon einen Grund liefern«, entgegnete ich keck und ließ meine Hände über seine trainierte Brust wandern. Ich war selbst ganz erstaunt über meinen plötzlichen Mut. Aber ich bemerkte, dass ich umso fordernder wurde, je mehr Liam sich zurückzog. Verrückt! Aber es war so. Meine Mutter hatte immer gesagt, man wolle genau die Dinge, die man nicht haben konnte. Und sie hatte Recht. Wie immer eigentlich – auch, wenn ich das vor ihr nie zugeben würde.

»Ich weiß nicht, ob ich mich beherrschen kann. Am Ende tue ich etwas, was du nicht willst, weil ich mich eben nicht bremsen kann und dann hab ich was getan, was du nicht wolltest und ...«

Ich unterbrach Liam mit schallendem Gelächter. So einen umständlichen, wirren Satz hatte ich noch nie aus seinem Mund gehört. Für gewöhnlich fand er in jeder Situation die richtigen Worte, er schien also wirklich nervös zu sein. Das zu wissen, verlieh mir immer mehr Sicherheit.

»Du lachst mich aus?«, fragte Liam völlig fassungslos und ein ärgerliches Blitzen huschte über seine Augen.

Sofort tat mir mein Ausbruch leid. Ich stellte mir vor, wie es sich anfühlen würde, beim ersten Annäherungsversuch ausgelacht zu werden.

Zärtlich strich ich durch seine dunklen Haare. So schnell wollte ich mich aber nicht einschüchtern lassen.

Sanft küsste ich Liam auf die weichen Lippen. Sein ganzer Körper war angespannt und zitterte leicht. Ich war mir sicher, wenn wir erst einmal herausgefunden hatten, was wir hier eigentlich taten, würde auch Liam sich entspannen.

Nachdem er immer noch dastand, als hätte er ein Surfbrett verschluckt, küsste ich vorsichtig seine Unterlippe. Liam seufzte.

»Emma ... ich ...« Doch ich erstickte seine Widerworte mit einem weiteren Kuss. Was plapperte er da nur ständig?! Scheiß doch der Wolf drauf, dachte ich, irgendwie wird's schon gehen.

Immer noch hielt ich meine Lippen auf seine gedrückt, bis er sich schließlich ergab und wir uns endlich richtig küssen konnten. – Welch ein wunderschönes Gefühl! Meine Zungenspitze spielte mit seiner, während meine Hände unter seinem Hemd umherwanderten und über seinen Rücken fuhren.

Plötzlich packte mich Liam, setzte mich auf seine Hüfte und drückte mich gegen die Zimmerwand. Ich keuchte, als er meinen Rücken ungestüm gegen die Wand presste und sämtliche Luft aus meinen Lungenflügeln wich. Jegliche Zurückhaltung schien mit einem Mal vergessen zu sein. Ich war völlig verwundert über diesen abrupten Sinneswechsel.

Seine Lippen bewegten sich immer noch geschmeidig auf meinen, ohne auch nur ein einziges Mal von mir abzulassen.

Ich schlang meine Beine um seine Taille und umfasste mit beiden Händen seinen Hals, um ihn noch näher an mich heranzuziehen, was eigentlich schon gar nicht mehr möglich war, während Liam mich fest gegen die Wand gepresst hielt, sodass es langsam anfing, richtig wehzutun.

»Liam ... aua ...«, flüsterte ich, während er meine Lippen freigab und mich an meinem Hals abwärts küsste, doch er schien keine Notiz von meiner Beschwerde zu nehmen.

Er schob eine Hand unter mein Oberteil und umfasste mit einem festen Handgriff meine Hüfte. Auch dieser Griff war mehr grob als zärtlich. Der Liam von der Couch war wieder da. Die andere Hand lag an meinem Hals, den er immer noch küsste. Langsam und gefühlvoll arbeiteten sich seine Lippen vor und berührten die Senke oberhalb meines Schlüsselbeins.

Ich atmete laut durch den Mund ein und aus, was Liam nur noch mehr anzuspornen schien. Er nahm meine Hände und verschränkte seine darin. Dann drückte er sie wie den Rest meines Körpers gegen die Wand. Handflächen auf Handflächen, Arm auf Arm und Ellenbogen auf Ellenbogen.

»Liam, nicht so grob«, beschwerte ich mich, doch er ignorierte mich. Ich war mir nicht sicher, ob er das absichtlich machte. Wirklich weh tat er mir eigentlich nicht, er war eben sehr leidenschaftlich, doch Liam schien wie in Trance zu sein.

Gut, ich wollte ihn küssen. Ich hatte angefangen. Ich wollte ihn so küssen, wie eine *richtige* Frau einen *richtigen* Mann küsste, doch zu mehr war ich definitiv noch nicht bereit.

Liam sah jedoch so aus, als gäbe es für ihn kein Halten mehr und das war das Eigentliche, was mir Angst machte. Ich konnte nicht leugnen, dass mir das, was Liam tat, nicht doch irgendwie gefiel, doch so sollte das alles nicht laufen. Nicht jetzt, nicht so. Ich wollte lediglich einen Kuss – mehr nicht!

Ich versuchte, ihn von mir wegzuschieben, doch genauso gut hätte ich versuchen können, einen Panzer wegzurollen.

»Liam ... warte doch ...«

Keine Reaktion.

Liam strich mein Oberteil so zur Seite, dass meine Schulter freilag. Zum Vorschein kam der monströse blaue Fleck, den Faith mir verpasst hatte. – Warum zur Hölle mussten Werwölfe so stark sein? Aber auch den schien er nicht zu sehen.

»Liam, lass das jetzt«, schimpfte ich ihn, doch noch immer zeigte er nicht die geringste Reaktion.

»Liam!« Ich erhob meine Stimme, doch Liam küsste unbeirrt weiter. Das gab's doch nicht! Was war bloß los mit ihm?!

»Liam!« Wenn ich noch lauter brüllte, würde gleich mein Vater im Zimmer stehen und ich konnte mir lebhaft vorstellen, dass das dann Liams letzter Besuch gewesen war.

So langsam wurde ich sauer. Er küsste gerade meine Schulter, eine Hand umfasste meine Hüfte, während die andere meinen Nacken umklammerte, als ich merkte, dass ich langsam die Wand herunterrutschte.

Um nicht auf den Boden zu fallen – eigentlich erwartete ich nicht, dass Liam mich fallen ließ, aber sicher war ja bekanntlich sicher – krallte ich mich mit einer Hand in seinem Nacken fest.

Schlagartig hörte er auf mich zu küssen und sah mich mit großen Augen an. In seinen braunen Augen sah man gelbgrüne Risse hervorblitzen. Das gleiche Gelbgrün, dass ich damals im Wald gesehen hatte. Damals, als er sich vor meinen Augen verwandelt hatte.

Erschrocken fuhr ich zurück und starrte ihn an.

»Was ist? Hab ich ...?«, stotterte Liam los.

»Ach! Hallo, Liam! Gibt es dich auch noch, ja?!«, fuhr ich ihn an.

Bestürzt machte er einen Schritt zurück, weshalb ich doch noch fast auf den Boden geplumpst wäre, nachdem er mich nun nicht mehr gegen die Wand drückte.

Mit einer gekonnten Handbewegung fing Liam mich aber auf und stellte mich wie eine Puppe fein säuberlich auf die Füße.

»Emma … sag doch was.« Seine Augen flehten mich regelrecht an. »Es tut mir leid, ich wollte nicht …«, fuhr er fort.

Ich zog die Augenbrauen nach oben.

»Warum hast du dann nicht einfach aufgehört, als ich dich darum gebeten habe?«

Schuldbewusst blickte Liam zu Boden und setzte sich aufs Bett. Ich baute mich vor ihm auf und wippte vorwurfsvoll mit dem Fuß.

»Mhh?«

»Ich hab dich nicht gehört«, nuschelte er nahezu unverständlich vor sich hin.

»Wie? Ich habe das wohl laut genug gesagt.«

Er blickte zu mir auf und schaute mir wieder in die Augen. Sei Blick war voller Reue.

»Es tut mir leid, wenn ich zu weit gegangen bin, aber ich hatte dich gewarnt.«

Verwundert schaute ich ihn an. Ich wurde immer noch nicht schlau aus dem, was er sagte. Gewarnt? Stimmt … Irgendetwas hatte er vor sich hingeplappert. Aber gewarnt wovor?

»Weißt du, Emma … bei Werwölfen ist das ein bisschen anders, als bei normalen Männern …« Liam seufzte, als hätte er geahnt, dass wir irgendwann an diesem Punkt anlangen würden. »Wir verlieren sehr schnell die Beherrschung. In allen Dingen …«

Ich schluckte, doch er sah auch nicht gerade glücklich aus. Es schien ihm schwerzufallen, soviel von sich preiszugeben. Als hätte er Angst vor dem, was ich hinterher über ihn denken könnte.

»Weißt du, wenn jemand wie du … nach dem ich so verrückt bin …« – Mein Herz vollführte einen Dreifachsalto mit anschließender Schraube. » … mich so schamlos angräbt …« Liams Augen blitzten amüsiert, als er sah, wie ich errötete. » … kann ich mich kaum beherrschen …« Er lächelte mich entschuldigend an.

Von den Umständen einmal abgesehen, war das mit Abstand das Süßeste, was je ein Junge zu mir gesagt hatte. – Gut. »Emma stinkt«, »Emma scheißt Obst«, »Emma nagt bei Langeweile an Holzkisten« waren auch nicht *wirklich* Versuche gewesen, nett zu mir sein, aber dennoch.

Ich setzte mich neben Liam und legte den Arm um ihn. »Das war das Schönste, was mir jemals jemand gesagt hat!«

Verdutzt blickte er mich an. Offensichtlich hatte er eine ganz andere Reaktion erwartet.

»Du bist nicht böse?«, fragte er ungläubig.

»Nein«, antwortete ich wahrheitsgemäß und streichelte ihm sanft über den Rücken.

Er lächelte sein wunderbares Liam-Lächeln. »Eins musst du mir aber noch erklären …«

Ich schaute Liam aufmerksam an. Was hatte ich *ihm* denn zu erklären?

»Woher wusstest du, dass du mir in den Nacken fassen musst, um mich zu beruhigen?« Neugierig sah er mich an. »Ich kann mich nicht daran erinnern, dich darauf aufmerksam gemacht zu haben. Und im Internet steht so etwas auch nicht, so viel ich weiß.«

»Muss ich das?«, fragte ich ebenso interessiert zurück.

»Nun ja, irgendetwas haben wir wohl doch mit Hunden gemeinsam. Hunde wenden den Griff bei ihren Jungen an, um sie wieder zur Räson zu bringen.« Er lächelte verschämt und ich nickte wissentlich. Davon hatte ich schon mal gelesen.

»Ich werd's mir merken, fürs nächste Mal.«

Dann zwinkerte ich ihm zu und Liam lachte. Irgendwie hörte es sich sehr erleichtert an.

Ich rückte mein Oberteil zurecht, um schnell den blauen Fleck zu verdecken, den Faith mir zugefügt hatte. Mein Verhältnis zu ihr war ohnehin schon schlecht genug. Da musste ich mich nicht noch unbeliebter machen, indem ich sie an ihren Bruder verpfiff. Nicht auszudenken, was Liam mit ihr anstellen würde, wenn er das erfuhr. Vermutlich würde er Hackfleisch aus ihr machen oder so was. Ich konnte nicht leugnen, dass ein gewisser Teil von mir sich darüber freuen würde, doch wie sagte Liam doch gleich? Werwölfe würden sehr schnell die Beherrschung verlieren. Das sollte man nicht riskieren.

Nachdem ich meine Schulter fein säuberlich verpackt hatte, schenkte ich Liam wieder meine volle Aufmerksamkeit. Er schaute jedoch mittlerweile irgendwie teilnahmslos in den Fernseher. – Was war denn nun schon wieder? Ich konnte mir nicht vorstellen, dass alle Männer, auch wenn sie Werwölfe waren, so launisch sein mochten. Launen-Wolf!

Mit einem grüblerischen Gesichtsausdruck beobachtete ich Liam, der weiter starr in den Bildschirm glotzte und dabei irgendwie sehr abweisend wirkte. Ob er sich tatsächlich für den Film interessierte, wo er doch sonst nur Horrorfilme sah, wagte ich zu bezweifeln.

Da kam mir plötzlich ein Gedanke, bei dem mir ganz heiß wurde: Warum sollte Liam auch glücklich gucken? Er war bestimmt sauer, nachdem ich ihn so offensichtlich abgewiesen hatte.

Ich kaute auf meiner Unterlippe. Ich musste ihn fragen, was ihm auf dem Herzen lag. Ich wollte nicht, dass die Sache von eben zwischen uns stand. Wenn das Ganze nur nicht so peinlich wäre! Ich kaute weiter, bis ich Blut schmeckte. Na toll … Lippe aufgebissen.

Seufzend holte ich Luft. Es half ja nichts. Wenn ich wissen wollte, ob er mir das übelnahm, würde ich ihn fragen müssen. Da führte kein Weg dran vorbei.

Sanft tippte ich Liam auf die Schulter, der daraufhin gleich mit einem flüchtigen Lächeln zu mir schaute.

»Ähm, Liam?«, begann ich vorsichtig.

»Ja?«

»Du bist doch nicht böse, oder? Ich mein, dass ich gerade … dass wir nicht …«

Liam blickte mir liebevoll in die Augen und streichelte sanft über meine Wange.

»Selbstverständlich nicht. Wir nehmen uns alle Zeit, die wir brauchen.«

Ich kaute weiter an meiner Unterlippe. Ich wusste ja nicht, was ein Typ wie Liam erwartete – jetzt, wo ich den wahren Grund für seine Zurückhaltung kannte. Immerhin war ich fast siebzehn. Er erhoffte sich sicher mehr, als bloß Händchen halten.

»Ich mein ja nur ...«, begann ich erneut, doch Liam legte mir seinen Zeigefinger auf den Mund, sodass ich nicht mehr weitersprechen konnte.

»Wie ich schon sagte, wir nehmen uns unsere Zeit. Ok?«

»Ok«, antwortete ich glücklich.

Ich lehnte meinen Kopf an seine Schulter. Es tat so gut, Liams Freundin zu sein. Seufzend kuschelte ich mich an ihn und kraulte ihm den Nacken.

»Ach, Emma?«

Ich schielte zu ihm hinauf und Liam schaute mich zärtlich an. »Ich liebe dich«, flüsterte er mir entgegen.

Mein Herz – Salto mortale – doppelter Rittberger – Fünffach-Schraube mit Doppelkopf-Drehung.

In seiner Stimme schwang so viel Gefühl mit, dass ich überhaupt keinen Grund hatte, die Wahrheit dieser Worte anzuzweifeln. Eine Welle des Glücks durchflutete mich und ertränkte mich fast. So viel Glück war ja kaum auszuhalten!

Liam lächelte mich an und gab mir einen Kuss auf meine vor Erstaunen geöffneten Lippen.

Als ich den Satz realisiert und meine Gedanken halbwegs sortiert hatte, lächelte ich zurück.

»Ich liebe dich auch«, hauchte ich ihm ins Ohr.

Diese Worte zu denken war etwas ganz anderes, als sie zu hören oder gar selbst zu sagen. Doch es war ein furchtbar schönes Gefühl, um nicht zu sagen, ein ganz und gar unbeschreibliches Gefühl.

»Emma ...!«, beschwerte sich Liam lachend und ich sah, wie sich seine feinen Nackenhärchen vor Erregung aufgestellt hatten. Mein Ego freute sich. Wie schön, dass ich auch so eine Wirkung auf ihn hatte.

Arm in Arm lagen wir den Rest des Abends eng aneinandergekuschelt auf meinem Bett. Wir beide schauten in den Fernseher, obwohl weder ich noch Liam (da war ich mir bei seinem glücklich-verträumten Blick sicher) dem Film folgten, sondern einfach nur die Zweisamkeit genossen.

Zu diesem Zeitpunkt gab es absolut nichts, was diesen Moment hätte perfekter machen können, und ich hoffte, er würde bis in alle Ewigkeiten andauern …

ENDE des ersten Bands

© privat

Carina Mueller wurde 1984 im schönen Westerwald geboren, wo sie heute immer noch lebt und arbeitet. Neben ihrem Hund und ihren Pferden zählte das das Lesen schon immer zu ihren gößten Hobbies, woraus sich dann die Idee entwickelte, eigene Romane zu schreiben. Sie selbst liebt Jugendbücher und auch Fantasy-Romane, vor allem die ganz spannenden, weshalb sie auch in diesen Genres schreibt.

Liebenswert und turbulent

Teresa Sporrer
Blind Date mit einem Rockstar
304 Seiten
Softcover
ISBN 978-3-551-30030-0

Wenn sich Serena einer Sache ganz sicher sein kann, dann dieser: Rockstars sind es einfach nicht wert. Ok, vielleicht hat Zoey mit ihrem Acid Glück gehabt, aber das war ja wohl eine totale Ausnahme. Ganz anders sieht es mit seinem verboten gut aussehenden Bassisten Simon aus, der ihr immer mal wieder gerne das Herz bricht. Da hilft nur eins: Ablenkung! Denken zumindest ihre besten Freundinnen, die ihr eifrig ein paar Blind Dates organisieren. Nur leider hat niemand damit gerechnet, dass Simon da bald mit von der Partie ist …

www.impress-books.de